HUANXIANG DE

幻想的尽头

星丛书系 沉舟 —— 著

广西科学技术出版社

·南宁·

图书在版编目（CIP）数据

幻想的烂和 / 沉舟著. —南宁：广西科学技术出
版社，2024.1

ISBN 978-7-5551-2037-7

Ⅰ.①幻… Ⅱ.①沉… Ⅲ.①幻想小说—小说集—中
国—当代 Ⅳ.①I247.7

中国国家版本馆CIP数据核字（2023）第169569号

幻想的烂和　HUANXIANG DE LAN HU

沉舟　著

策　　划：黄　鹏		责任编辑：阁世景	
责任校对：盘美辰		营销编辑：刘珈沂　李林鸿	
责任印制：韦文印		装帧设计：韦宇星	
封面插画：吴蕙杏			

出　版　人：梁　志　　　　　　　出版发行：广西科学技术出版社

社　　　址：广西南宁市东葛路66号　邮政编码：530023

网　　　址：http://www.gxkjs.com　　编 辑 部：0771-5827326

经　　　销：全国各地新华书店

印　　　刷：广西壮族自治区地质印刷厂

地　　　址：南宁市建政东路88号　　邮政编码：530023

开　　　本：889 mm×1194 mm　　1/32

字　　　数：188千字　　　　　　　印　　张：7.5

版　　　次：2024 年 1 月第 1 版　　印　　次：2024 年 1 月第 1 次印刷

书　　　号：ISBN 978-7-5551-2037-7

定　　　价：48.00 元

自序

麻将和牌的通则，是凑够符合一定规律的牌型。三张牌相同或相连，或两张牌成对，都是规律。

但有规律，就有运气。有些人抯上来的牌就更成器，有些人则抯到一手烂牌。穷通有命，富贵在天，十分残忍。

我家乡的麻将亚种，为了救济这种命运的不公平，便专门附加了一条规则。如果你抯到的牌竟然如此之烂，以至仿佛是受到了运气的反向眷顾，便允许在"规律"的反面设置一个对立的终点。譬如说，两张同花色的牌之间，不是相同，不是相邻，甚至不能只隔一个，而必须要隔到两个及以上，幺鸡和四条，五饼和八饼，得像这样。你要能靠得上这么个终点，大家也给予认可，而且还要给予比基本的和牌更高的认可。这就是所谓的——烂和。

这部小说集，就是在打幻想题材的烂和局。九则中短篇小说，以九种相去甚远的题材，巡弋幻想文学与其他文学接壤的九条荒凉边疆：以《怀梦的男孩》巡弋童话（寓言）× 幻想，以《黑匣搜索员》巡弋科幻 × 幻想，以《三重赋格》巡弋哥特（惊悚）× 幻想，以《出元江记》巡弋动物 × 幻想，以《生物钟调校师》巡弋都市 × 幻想，以《终点站到菁桐》巡弋浪漫 ×

幻想，以《屠龙》巡弋剑侠（修仙／神魔／玄幻）×幻想，以《镜像赋格》巡弋现实 × 幻想，最后，再以写实笔法的《六番棋》反幻想。

然则烂者，混沌也，多也；和者，规律也，一也。这部小说集烂固烂矣，和牌之道，唯在一以贯之。有心之人，或可从纸隙墨间，索理出那一根浮若游丝但却绵延不绝的细绪。这正像某部推理小说的文案所写：

只有知道答案的人，才能每题都答错。

目录

怀梦的男孩

一

男孩的家旁边有一片被海水淹没的森林，许多笔直、细高的树站立在白茫茫的水面上，枯黑的枝条沿着树干撒捺出来，分岔、交叉。男孩喜欢划船去森林里玩，有时一个人，有时和伙伴一起，有时还会在森林里结识新的朋友。后来，男孩就怀孕了。

二

刚怀孕的时候，男孩当然并不知道。他只是有一天望着这个世界，忽然觉得作呕，而且动不动就酸溜溜的。再有，他感到一切都很乏。

爸爸妈妈就带他去医院。那个地方好像天堂，什么都是白色的，还有很多老人。

"他怀孕了。"医生张开嘴，一只布谷鸟乘着他的舌头站出来，咕咕地说。

爸爸妈妈都不说话。只要他们不说话，就是在努力接受一件事情。而只要是他们努力接受的事情，他们最后都接受不了。

"他怀了一个梦想。这种肯定是要拿掉的。"那只布谷鸟又出来说。

男孩转过脸，望向电子屏幕上闪烁的黑白影像。那好像把白纸蒙在硬币上，用一支铅笔沿相同方向均匀涂画，摹下的图案。

但屏幕上模模糊糊的一片，看上去什么也没有，大概是一个特别空洞的梦想吧。探头在男孩的小腹间游移，据说就是这个东西，用一种人听不到的音波，唤得了那个梦想酬答的回声。

"可他一个男孩子，怎么会……"妈妈吐了一截丝，吐到一半，丝断了。

"男孩子不注意的话，也会的。"站在舌头上的布谷鸟说。

三

"我想把这个梦想生下来。"

在几个大人连蜂鸟的嘴尖儿都插不进去的讨论中，男孩抬起头，这样说道。

四

爸爸妈妈都是又开明又克制的爸爸妈妈。他们都认为，不能违背男孩的想法把胎儿拿掉。所以他们决定，先改变男孩的想法，再顺从他把胎儿拿掉。

于是男孩先回到了森林旁边的家里。临走前，布谷鸟又伸出来说：

"他怀的是一个梦想，这种情况最后都只有拿掉。越早拿掉，对他伤害越小。而且——"

说到这儿，医生的舌头把布谷鸟拖回了嘴里，用两片嘴唇关了起来。但布谷鸟一边在医生的脸上啄出一个个尖尖的凸起，一边用闷闷的声音继续说：

"——就算不拿掉，生下来也是死胎。现在做掉，也没有别人知道，一直拖着的话，肚子大起来就难看了。"

这些话一直在男孩的脑袋里回荡。

五

男孩的被子都是妈妈吐丝织成的。看完医生的那个晚上，他把被子拉到胸口时，就听见丝里的声音从四面八方包围过来。

"你还太小，你还太小，你还太小……"这是被套上一根经线的声音。

"等你长大，等你长大，等你长大……"这是枕巾上一朵绣花的声音。

男孩耐不住了，一把推开被子，从这个茧里钻出来。窗帘的百叶微微拂动，把一轮圆月切割成波间的瑟瑟倒影。不知道月亮是不是也怀孕了，先用十五个朝暮妊娠，再用十五个昏晓分娩，等到朔望的夜晚，就产下漫天晶晶莹莹的卵。

六

男孩的爸爸是一个木偶剧团的木偶，他每天上班都按相同的脚本做相同的动作。他在木偶剧里的角色话很少，一说话就讲道理，所以他也话很少、很讲道理。他的道理都是设身处地、将心比心得出的，在木偶剧里很管用。

"男人怎么会怀孕呢？"在一家人围着餐桌坐下的时候，他设身处地地拍拍自己的肚子，听着那实心的声音说。这是推导。

"男人不会怀孕，除非怀的是怪胎。"这是结论。

七

一时半会拗不过，男孩的父母只好先送他去那个地方。

这里到处都装着铁栅栏，窗户上有，走廊上有，大门上也有。房间好多好多，一个挨着一个，每个都一模一样。大家全都穿相同的衣服，只有固定的时间才可以到围墙内的空地上活动，其他时候必须关在各自的房间里。这里所有的形状都是方形。

八

这里的每一天是这样的：有人用镊子把磁带从他们的左耳朵里钳出来，穿过一台打字机，接进右耳朵，然后就开始打字。随着键盘的敲击，打字机会不断从左耳抽出空磁带，送到撞针下，同时放松打上字的磁带，让右耳把它卷进去。全程犹如一匹布条经过缝纫机而获得花纹。在磁带移动的时候，人们的两只眼珠会共同朝着鼻梁旋转起来，好像套在一对相互咬合的齿轮上。一个完成，就到下一个。

轮到男孩的时候，他卡带了。打字机噗的一声，一小朵蘑菇形的烟云升了起来。他身体里的孕激素把磁带鞣化得又韧又不吸水，打不上字了。

幸好负责他的那位不太尽责。他把打字机里的磁带取出来，对着光看了看，闹不明白，就一股脑儿全塞回男孩的耳朵眼里了。所以男孩的脑袋里总是一团乱麻。

九

慢慢地，男孩就显怀了。

一条闲话顺着桌脚蜿蜿蜒蜒地爬上了他的桌面，咝咝地吐着信子。男孩看见这条闲话是："男的还怀孕，不羞。"就挥挥手，把它赶开了。

但是情况变得更加恶劣起来。这天，男孩刚打开书本，就惊散了一大群在里面做窝的闲话。它们朝着各个方向弯弯扭扭地溢出那页纸，一边还飞快地振摇着各自的尾巴，发出簌簌的哨声。

"这么小就怀孕了，爸妈怎么教的啊。"

"而且还是男生，好恶心。"

"听说胎儿是个梦想，天知道生出来会怎样。"

"我妈妈说他是因为得了传染病才这样，让我不要靠近他。"

有几条闲话又惊慌又大胆地掠过他的手背逃走，男孩能感觉到它们腹部冰凉的鳞片。

十

男孩的朋友今天没来。有人说，他和男孩一起去过那片森林，被妈妈带到医院去做检查了。

第二天，朋友又坐在位子上了，看上去一切正常。走的时候，男孩想找他说话。这个朋友头顶有一只风信鸡，男孩朝他走过去的时候，正好一阵风来，风信鸡就朝着另外的方向了。今天真是不巧。

男孩站的地方变成了地极，世界在周围流转，同心圆一圈一圈，唯独他没有平行线。

十一

"男孩妈妈，你看啊，我们这里本来全部都是方形。地界是方的，分区是方的；草坪是方的，操场是方的；大楼是方的，房间是方的；桌子是方的，椅子是方的；门是方的，窗户也是方的；地砖是方的，墙砖又是方的；旗子是方的，栅栏上的格子还是方的；食堂的大师傅只会切方丁，修枝的园丁只会剪方块；连孩子们穿的制服都是方格纹。但现在，你儿子的肚子是圆的，他放不进我们这么多的方形里来，他和我们不合适。"

就这样，男孩的妈妈把他领回了家。

十二

男孩自始至终不肯说出他肚子里的胎儿是谁的。

十三

男孩妈妈终于决定做一件男孩将来会感激的事情。她吐出好多根丝，牵起木偶爸爸的两手和两脚，让他的两脚追上男孩，两手把男孩抓住。他们把男孩拧送到一家专门堕梦的高级诊所。其实不用拧，男孩没有太挣扎。

诊所的服务很周到，堕梦之前还要先听宣讲。长着一张猫头鹰脸的护士对着示意图讲解：

"很多人都认为男孩怀梦是一件可耻的事情，其实不必这样想。数据表明，这个年龄段的男孩，有很大比例都是怀过梦，做过堕梦手术的。那有些家长就要问啦，说我看别人家孩子都没有怀梦呀。你们不知道，不代表别人就没有。我们说这个梦想对于男孩，就像包皮。有些人包皮长一点，有些人包皮短一点。包皮长的，割掉就是咯。很多很多男生成年之前，都要经过割包皮这一关，堕梦手术也一样。包皮割掉之后，一劳永逸，生活轻松，也不容易感染病菌，堕梦的效果也一样。所以怀梦就和感冒差不多，感冒就是血液里有细菌，细菌是异物，把异物清除出去就好了。怀梦也是身体里有异物，我们要做的也就是把这个异物清除出去。"

提问环节。

"包皮割掉会复发吗？"

"不会。"

"如果复发呢？"

"再割。"

十四

候诊室。

对面的女人长着像雨蛙一样的双下巴。浑身瘪瘪的一号患者刚进手术室，她就张嘴说话。嘴一张开，像消防水带一样盘在里面的一大卷舌头就掉了出来，往前一直滚，撞到男孩的鞋尖才停下，还剩最后一圈没有打开。

"刚进去的男孩我知道，他已经来打过一次了，但没打干净，又长起来了。这次是来刮宫的。可得刮干净了呀。"

刚说到这里，隔着手术室的门，就传来一种刺耳的声音，像带沙的粉笔在黑板上写字，或钢丝球擦洗着瓷瓶的内壁。导诊台后的猫头鹰护士一听到这种声音就把头旋转起来，头一边转，一边就像螺丝一样拧进肩膀里去。最后螺丝嘣的一声拧断了，她整个头就连着一根弹簧从脖子里弹射出来，划着弧线倒栽在地上。

过了一会儿，那个瘪瘪的男生出来了。他捂着肚子，在一张椅子上坐下来休息。他好像更瘪了一点，如果你从后面按他一下，背部的凹陷就会把他的前胸顶起来。

十五

"二号患者家属进来签字。"

雨蛙妈妈走过来，拾起她的舌头，打开最后的一个圈，从上面拈起一团东西。她把厚厚的黏液剥开，里面有一只湿答答的小蝌蚪。原来她平时都把心肝宝贝含在嘴里，用舌头一层层包好。她又将舌头卷回消防水带的形状，放进嘴里，捏住儿子的尾巴拎起他，走进手术室。蝌蚪男孩的肚子鼓鼓囊囊的，挂在尾巴下晃来晃去，看样子只能引产了。

等到再出来的时候，蝌蚪男孩也变瘪了。雨蛙妈妈把奄奄一息的他捧在手心里，伸出舌头一舔，给他浑身上下糊上一层黏液。然后又卷进舌头，一卷，两卷，边卷边说："乖儿子，这样你就可以长出腿啦，你总不能一直做一只蝌蚪呀。"

十六

"三号患者家属进来签字。"

"你在这好好坐着，别紧张。"妈妈哺出一截最柔软的丝，把男孩的手腕系在椅子的扶手上，然后就由猫头鹰护士带路，和爸爸一起去里面签字。

男孩注意到，今天的这一分钟，只有这一分钟，他身边再没有第二个人。

当爸爸妈妈怀着马上就要掀过这灰暗一页、翻开人生新篇章的心情回到候诊室时，他们发现男孩不见了。一截断掉的丝在椅子的扶手上轻轻飘荡。

十七

男孩不想回家，也不能回那个全是方形的地方，他就在城市里四处游荡。

晚上，他找到一个街角，这里的空中飘浮着一个球，会发出很多很好看的光。一大群好像还蛮有意思的年轻人聚集在它下面。

有位少女朝他这边走来。她没有办法好好走路，因为每走两步，就会把一个小伙欻的一下从人群中吸到她身上。她只好停下来，把这些被吸得颠三倒四的小伙很用力地从身上拭下去，再继续往前走。当她经过男孩身边时，可能是大着肚子、好重好重的缘故，男孩没有被吸过去。这让她好奇地停下来，把头往另一侧歪了歪，对男孩说："走,我带你去见两个朋友。"

第一个朋友有一张锅炉嘴巴。他一根接一根地把烧着的柴棒丢进去,只要蒸汽和烟正从鼻孔里突突地往外冒,他全身的曲轴、杠杆、滑轮和履带就还在充满活力地运转。如果一段时间不添柴呢,他就逐渐消沉下去,整个人都累累的。他手上握着一支酒瓶,酒里泡着一个小人,小人的样子被瓶壁很不协调地放大,这是另一个朋友。

"来一口?"锅炉嘴把酒瓶递到男孩面前。

"怀孕的时候不能乱来的。"男孩说。

"哈,原来是好孩子!"本来还蛮有兴致的少女,听了男孩的话,从鼻子里发出一个嗤笑的音,就走掉了。锅炉嘴也从男孩面前欻的一下被吸开了。

男孩在原来的地方是坏孩子,在他们口中又是好孩子。世界真是好奇怪。

十八

一位影子顾长的先生挨过来。这位先生的身高有小半截是侏儒的躯体,大半截是头上的礼帽。他说:

"我是一个马戏团团长。你要不要来参加我们的巡回演出?我会付给你工钱。"

男孩同意去,反正他也很饿了。于是他坐上马戏团的篷车,穿过丘陵,来到一片陌生的平原。途中,表演空中飞人的女孩给马戏团设计了新的宣传画,她在原先的上边加了一行字:"怀梦的男孩"。

十九

营地旁边有一个游泳池。转眼就到了盛夏，很多大人小孩在里面玩耍。下午的演出散场后，演员们也都冲了下去。空中飞人女孩穿着宽松的表演服，裹得紧紧的，坐在岸上的树荫里，望着池水发呆。男孩挺着肚子在她身旁坐下，问她："你怎么不下去玩呀？"

女孩挽起表演结束就披散下来的长发，对男孩说："你摸我的背。"

男孩伸出手指，僵直地触了触她的背，问道："这是怎么了？"

女孩说："我的爸爸是一条旗鱼，我的背上遗传了一根刺化的骨鳍。但是别人说，这样一根硬硬的东西该长在男人身上，不该长在女人身上。所以我不敢穿泳衣。"

然后她转过头，两眼看着男孩说："你不要把这些告诉别人。要是让团长知道了，他会拿我去展览的。"

男孩说："我懂得。"

女孩把头转回前方，接着说下去："我希望有一天，马戏团的巡回演出会去到一座海边的小镇。到那时，我就跳进海里，做回一条旗鱼，和我爸爸的物种一起，去环游世界。"

男孩把双手撑在背后的草甸上，看着女孩投在身前的影子随着夕阳西坠而拉长成一个流线形。接着，影子的一侧忽然耸起一根桅杆似的骨鳍，它将尾巴一曳，就离开女孩的身体，滑进泳池中。这影子三下两下，游到对岸，再用一个空中飞人的腾跳，跃出水面高高的，化为一钩刚刚从远山间升起的黄昏时的镰月。

二十

几个月很快就过去了，作为怪物，男孩还是很受欢迎的。

"快要足月了吧？你是个男孩，男孩怀的胎儿谁也没有见过。人家说是个梦想，谁知道生出来会是什么呢？也许就是个畸儿。你还这么小，娃娃对你来说是个累赘，何况又是个畸儿。你生完之后，变回常人，没了看点，我们也就不能再带着你了。到时候你断了收入，又拖着个娃娃，想想都叫人替你发愁啊。我看不如这样，你生下来之后，娃娃交给我们，你拿一大笔钱，别的就不用操心了。这样，你既甩掉了包袱，又赚到了将来的本钱，娃娃在我们团里，也不差他一口饭吃，对你俩都好，一本万利。你看要是没问题的话，就在这个合同上签个字，我马上就支一半的钱作为定金。"

"我不。"

拒绝人的感觉真好。

二十一

马戏团来到一座矿区的小镇，小镇上先已驻扎着一个巡回木偶剧团。木偶剧团的生意全都被马戏团抢过去了。

木偶剧团派出一只木偶，去马戏团偷看他们是用什么把戏将观众骗走的。

木偶走到像巫师帽一样的马戏团帐篷外一瞧，原来矿工们都跑到这里，看他那不成器的儿子耍宝来了。木偶低头一算，已经十个月整了。马戏团真是伤天理，都这时候了还让他儿子登台。他虽然生那小畜牲的气，但事已至此，他也得帮自己的亲骨肉把那野种生下来呀。

看着马戏团的霓虹灯一闪一闪地映在木偶剧场的招牌上，他终于想到，这次可以让剧团里所有的木偶都来帮他了。

二十二

等了好几个星期，男孩的肚子还是一点动静都没有。男孩去矿区的医院做检查。

矿区的医院设施比较简陋。上了年纪的大夫把听诊器放在男孩的肚脐下，听诊器说："没声音。"大夫又把听诊器往左边挪了挪，听诊器说："还是没声音。"大夫又把听诊器往右边挪了挪，听诊器说："有一点声音，完全是胎儿还没成形的那种声音。"大夫摘下听诊器，耸了耸肩膀，表示："你听到了。"

男孩说："可是已经三百多天了呀。"

大夫刚要开口，听诊器抢着说："要不你再做个化验？"大夫又改成耸了耸肩。

于是男孩回到墙角的长椅上等候。

一个中年男人走过来，他已出嫁的女儿准备生了，他和太太、女婿陪女儿来住院待产，怎么看都是这世上又普通又幸福的男人之一。他刚好和男孩隔了一个位子坐下。过了一会儿，男孩听见他在说话：

"怀梦没有这么快的。"

男孩不知道他是不是在对自己说话，转过头，男人好像也是在东张西望的不经意间和他对视了一眼，就又把目光移开了。接下来，两个人都看向前方。

男孩问："那要多久？"

男人说："不同人不一样，但都要好多个十月。孕育梦想是一件很耗时的事情。"

好多天了，男孩第一次露出惊喜的神色："你也怀过梦？！你把它生下来了吗？"

"嗯。"

"这么说可以生下来！有人跟我说生不下来，他们骗我！你的梦想长大之后是什么样子的？"

沉默了半晌，男人的声音重新飘了过来：

"我怀它的时候，自己也在长身体。营养跟不上双份的需要，梦想生下来有些先天不足。后来，很小就死了。"

男人说这话的时候，男孩就觉得身边的一切都逝向远方，每座房子都收缩进一盏星星点点的灯光里，话音也逐渐变得渺茫。等到最后一个字说完的时候，他已经站在回营地的夜路半道儿上了。

二十三

马戏团营地被举着火把的木偶们包围了。

侏儒团长骑在大象背上指挥防御。喷火人吐出他拿手的"龙息"，在营地的左面筑起一道火墙，挡住一波进攻。连体姐妹双头四臂，三个木偶被打得团团转。空中飞人女孩站在高处瞭望，把一队绕道偷袭的木偶指给幻术师，幻术师过去，将他们迷翻了。但是木偶实在太多了，他们高喊着："把怀梦的男孩交出来！"

他们花了两周时间，请剧团里的编剧，写了一部滴水不漏的剧本，给男孩安排了一个最最美好的结局。然后就按着这个剧本的第一幕，围攻了马戏团。男孩刚从医院回来，就撞上了这一幕。

"我在这里！"男孩在包围圈的外面大叫。

木偶们随即解开马戏团的围困，纷纷去追男孩。男孩转身向矿山上跑去。当他跑到运矿的窄轨铁路上时，木偶们把路堵住了。

"跟我回去吧，都超出好多天了，你肚子里一定是个死胎，再不剖宫产，它烂在你肚子里，连你的性命都保不住。"编剧给木偶爸爸安排了他生平最长的一句台词，他背了好久。

自从怀了梦想，男孩常常觉得，他在和肚子里的梦想一起，对抗整个世界，就像现在。但是男孩也觉得，虽然说像战友，但主要是他在捍卫梦想，梦想从来没有帮助过他。他想放弃了。

就在这时，铁路往近旁伸进的隧道里吹来一阵疾风。男孩的梦想空无一物，这让他变得很轻很轻，风一吹，他就像一座被连根拔起的磨坊，拄着风车的翼桨滚动起来。自己都还没想清楚，他就把木偶墙撞出一个缺口，沿着铁轨，向山下滚去。

"怎么办？怎么办？"木偶们都慌了神。

"快找编剧改剧本！"一个不太木的木偶说。

"回来！你没戏了，你没戏了，下面没有你的戏了！快——回——来——"都滚出去好远了，男孩还听见木偶们在这样唤他。

二十四

男孩从此和马戏团失散了，他到处去流浪。

他去参加男人的沙龙，男人说他大着肚子；他去参加孕妇的集会，孕妇说他是个男的。

男孩走到哪里都是一个人。

工作难找，大着个肚子就更难找了。

自从那次被隧道里的风吹起来，男孩的肚子就变得越来越鼓，体重变得越来越轻。渐渐地，他的头和四肢都快要变成一个球表面的褶子了。他越来越多次地被风吹得滚动起来，以前要把烟囱当排箫吹的风才能把他刮起来，现在只要把柳条当竖琴弹的风就能把他呵起来了。他每次被风吹离地面，达到的高度也越来越高，以前只会和金龟子撞到一起，现在，大雁的领航员都要注意他了。

二十五

睡着之后起风了，早上，他在一座戈壁边缘的小城外醒来。

一辆车从旁边的公路上呼啸而过，传来的气流又把他扇了起来。他落在路基下面干涸的泥沟里，这里有一棵风滚草。

风滚草和男孩一样，遇到风就滚动，没有风就停止。漫无目的，居无定所。他们因为都是风吹往哪里就去哪里，而现在又撞到一起了，所以接下来很长一段时间就都在一起了。

风滚草不讨厌男孩，毕竟他自己也是圆滚滚的。

男孩交到了一个朋友。

二十六

他们被风吹着擦过一个戈壁上的水洼，男孩喝了水解渴，风滚草则停下了。

男孩说："你不走了吗？"

风滚草说："我不走了。我让风吹来吹去，就是为了寻找水源。只要遇到水源，我就留下来生根。"

男孩说："可是这个水洼太小了，很快就会被晒干的。"

风滚草说："到那时候我就把根蜷起来，再走。"

男孩很难过，他没有根。水洼被晒干之前，下一阵风就来了，他只好上路。

男孩想起那个空中飞人女孩。她当初不肯走进一个泳池，因为她在等待一片海洋。

二十七

男孩被戈壁的太阳晒掉了很多水分，他又轻了一些。终于在一个傍晚，他被一缕微风吹上了天，就不会下来了。他便不再徒步，全都用飞翔去远游。只有风停的时候，他才偶尔降落。

二十八

下面是一大片都会区。这座都会建立在一个被沙漠环抱的绿洲上。

男孩和一个红色氢气球在天空中的垂直十字路口相遇了。

"嗨，红气球。"

"嗨，大男孩。"他们和注定要相交的那个点组成一个越来越小的直角三角形。

"你是怎么逃出来的？"

"刚才在小小的地球上，有个小小的妹妹为了接过一筒小小的冰激凌，没留神松开了她小小的手。"这时，他们擦肩而过。

"你改成和我一样平着飞吧，不要再竖着飞了，否则你很快会爆炸的。"

"不行的，变成大大的太阳，是我们氢气球一族大大的梦想。我们相信，只要不停地高飞，最后总有一个会通过最大的考验，得到选召，升上天堂。就算有可能粉身碎骨落回地面，我也一定要去大大地闯一闯。"他们又和刚刚相交过的那个点组成了一个越来越大的直角三角形。

男孩被一阵小小的旋风吹得翻了个筋斗。再回头去看时，那颗逆行的流星已经走完了它稍纵即逝的人生全程。

二十九

男孩看见一伙毛孩子在追逐一个大胖雪人儿。他今天莫名其妙地生气了。他伸手揪过一只鹞，不让它飞，于是借着鹞的重量从天而降，正好落在毛孩子和雪人儿之间。鹞扑棱扑棱翅膀，困惑地飞走了。毛孩子们吓了一跳，哄的一下全跑光了。男孩转过身，对雪人儿说："不怕，他们不敢打孕妇。"

结果雪人儿却哆嗦得更厉害了："你不是孕妇，你是孕夫。我是正经人家的孩子，我不要奇奇怪怪的人保护我。"雪人儿一边说，一边吓得都融化啦，身子下面烊出一摊水。

三十

街上的人以为怪男孩在欺负可怜的雪人儿，都围过来。"这不是天文学家观测到的这两天在我们城市上空飘浮的怪兽吗？"人们七嘴八舌地议论。

男孩被凶狠的人群逼退到一栋楼后的小巷里。城市里的水泥地是地球上最粗糙的表面，空气在上边无法滑动，形不成风，男孩跑不了。只是人们不了解这个怪兽的本领，所以也没有立即冲上来。正在这时，男孩站着的井盖从孔眼里喷出一大股来自附近浴池的白花花的蒸汽，他一下就像个喷泉上的皮球，被托上天啦。

三十一

男孩升过一片耸入空中的楼阁，它们属于这座都会的王室城堡。国王把年幼的公主从她住的最高一层里牵到阳台上，指着刚好蚀过太阳的男孩对她说："你可得把脚踏在实地上过日子，可不能像那个男孩一样天天做梦，梦到九霄云外。"

女孩顾自吃着她另一只手里的小小的冰激凌。

三十二

男孩被吹过都会，又掉在沙漠里。

男孩想到了红色氢气球。男孩想到了死。

男孩以前也想到过死，但是和这次想的不是同一种。

他听说过另一个怀梦的男孩，把锥子扎进了自己的肚脐。破洞里吹出一股强劲的气流，推着他画出一条狂乱而渐细的曲线。他最后被发现搭在一条晾衣绳上，后脑勺和脚后跟贴在一起。原来他怀的是一场空梦。

还有一个怀梦的男孩，用火柴点着了屁，将自己炸成了碎片。

无数的羊水和脓血流出来，把村庄化为一片沼泽。幸存的人们至今仍在诅咒他心怀鬼胎。

男孩接下来思考什么是自己的死法。

男孩卖力地砍一棵巨人柱属的仙人掌，想等它倒下来时砸死自己。一只鬣狗走过来，蹲在一边安静地等待。

男孩一生气，决定不死了。走了。

三十三

男孩乘着地球，在太阳系流浪了好多圈。男孩已经是男人了。

但是，因为孕肚胖乎乎的，几乎占据了整个身躯，所以他看上去依旧像个男孩。

有些见过他不止一次的人，会等他飞到可以听见的距离以内时，对同伴说："到底能不能生下来呀？""有可能肚子里什么都没有……"男孩发现，人们说话的声音总是比他们自己以为的要大。

三十四

终于有一天，男孩碰巧漂流到故乡。确切地说，是他从脚下那一地碎掉的蛋壳里，认出了小时候木偶爸爸每天加固的家。爸爸妈妈都搬走很久了。

站在海里的森林也大变了样，一排巨大的机器正在收割着它。黑色的树木先被放倒，然后被割裂成方块的木料。一位男士指挥着八爪的工人们，把木料搬运到泊在森林外边、开往另一片大陆的货轮上。他乘一艘珠算盘浮于海面，衣服像纸做的一样挺括，看着就是行业里蒸蒸日上的才俊。

他看见了他，他也看见了他。

男孩看了一圈，准备走了。珠算盘在他背后靠了岸。他回头。

"对不起。"男士说。

"不会，带着梦想一起生活，我很快乐。"男孩说。

两句话的工夫，算盘上的珠子减了好几位。他看见了，他也看见了。

偏偏这会儿没有风，男孩只好用脚离开。他走得又快又自然。

三十五

一只坏海鸥把男孩叼起来，挂在汪洋中间的云朵上面。

从这里看去，云朵才是岛屿，海面才是水底，一对信天翁游过云隙透下的斜阳光柱，像蝠鲼。

不早不晚，男孩的肚子忽然就不知从哪有了沉甸甸的重量。他射穿云层，笔直地往下掉。

完了。一切都自然而然，这次没有谁和他的梦想作对，只是就这样完了。

他掉进海里。不像在坠落，倒像在上升，从有大气的天空，升入没有大气的天空。

难道是击穿了这个液态星球，从对跖点破开水做的壳，重生？

男孩的确在上升，和面前一根傲岸的骨鳍一并，升出海面。波浪分成雁阵，向着浣在海天交界处的火烧云锦前进。

旗鱼女孩！

一大群飞鱼受了驱策，在旗鱼的两旁跃出海面，化为最小的鹏，向着落霞飞去，堆叠成海平线上一座火红色的岛。

男孩的脚触到了浅水底的沙。他下意识地直起膝盖一站，旗鱼就退出去，化为被石兰、带杜衡的女孩。女孩挽着男孩走到海滩，海水一下漫过来，一下又走掉，男孩觉得一下轻，一下重，自己就像个浮子。

女孩说："你没事吧？"

男孩说："我很好。你最后还是找到海了，我真高兴！"

女孩说："那我送给你一只螺号，你需要帮助的时候，就吹响它，我会过来找你。"

说完，女孩就侧身睡入海中，变回旗鱼，游走了。一根骨鳍渐行渐远，像不挂帆的天气浮向落日的远桅。

一只带有很多个棘的海螺被浪花推到男孩的脚边。

三十六

女孩一游远，男孩就飞快地转身上岛。他觉得肚子一下下发紧，快要分娩了。

小岛像一只半埋在沙里的榧螺，三面的山坡都从海中平缓地上升，唯有西面是一座白色的悬崖。整座岛上，昼颜花漫山遍野地盛开，唯独最高点长着一棵巨大的扶桑花树，还有从扶桑花树到白崖，中间笔直的山脊寸草不生。这段山脊先抑后扬，划出一条跃鲤的曲线。它像车辙一样微微下凹，裸土平坦夯实，仿佛一条被人踩出来的路。

男孩来到扶桑花树下分娩。暮色的潮从山脚淹没到山顶。

他抓着树枝用力。经过整整一夜，直到拂晓时分，一颗硕大的石球伴着硫黄的气息脱胎坠地，男孩变成了一具附着在扶桑花枝上的轻盈的蜕。

恰在这时，一颗光芒黯淡的流星从绛紫色的东方天空陨落，对准小岛飞来。到它接近时一看，它和树下的石球刚好一般大小，表面的火焰已经快要熄灭了。眨眼之间，这颗陨星就不偏不倚地击中了石球，自己停下来。石球沿着山脊滚去，愈来愈快，就在它从白崖抛射出去的一刹那，擦着的烈焰从下至上噌的一下包裹了整个球身。一轮崭新的火球挂上了黎明的晴空。

一瓣扶桑花阒尔飘落，昨天烧剩的石球感触到它的重量，轰然坍塌成灰烬，灰烬下升起一片欣欣的昼颜花丛。

男孩从树上掉下来，躺在这丛昼颜花中，闭上了眼睛。

三十七

太阳经过中天，大小刚刚好镶进井口的圆。

"爸爸爸爸，整个天空都变颜色啦，好亮啊！"小蝌蚪们说。

"是啊。我们每一年都是被它叫醒的，我们每一天也是被它叫醒的，所以天空这样变色，就是为了告诫我们：'快醒醒，别再做梦啦！'白天是多么短暂，时间是多么宝贵，再过几分钟，又要天黑了。你们还不快快长出腿，学会跳到我这个宝座上来，等到我老了，好把整个天空下的大地都分封给你们。"

做了爸爸的雨蛙如是说。

三十八

直到今天，如果把一只海螺贴近耳朵，仍然能听到遥远的絮语，那是怀梦男孩在悄悄地呼唤旗鱼女孩。

本文获第四十七届青年文学奖小说高级组冠军
由第四十七届青年文学会授权出版
出版时有删改

黑匣搜索员

每架坠落的飞机都有一只黑匣子记录最后出事的原因，每个坠落的生命也一样。

21世纪末，实验室里已能将自杀者临死那一瞬的心像投射成一座虚拟箱庭，黑匣子就藏在箱庭当中。技术成熟后，公共部门购买了相关专利，每起自杀，会有专人以实境体验的方式进入死者的箱庭，搜索黑匣子。匣中的内容将作为呈交死因聆讯庭的重要证据，用于还原事件，侦查动机，回溯责任，且推动社会反思和完善。自该流程纳入规范以来，这个能够去到别人心里的新兴岗位俨然成为连年炙手可热的公务员报考志愿，通称黑匣搜索员。

"感觉怎样？"

崔泰岷不知道同行者会出现在哪个方位，被脑后近处传来的声音吓得猛转身，才松了口气说："还不错。"

"振勋有把注意事项都跟你讲清楚了吧？"朴焕哲往前跨出两步，离开踢踢踏踏的沙滩，和泰岷并排站到沿海岸伸展的桉树林的边缘。

"有的，刚进来之前权老师还又说了一遍。"泰岷一面正正脖子，把颈环调整到舒适的位置，一面借这个动作朝各个方向贪婪地观察。海面如熨的蓝与桉树林茂密的绿在两人跟前调配成一带细直的、健康皮肤般的麦黄色。西面，一轮落日踮在水、天、沙、树四条交界线汇合的端涯上。

"振勖就是靠谱，"焕哲说，"人境交互颈环戴好了没？"

"戴好了。"

"那出发吧！"焕哲用善解人意的鼓励性的语气说。

泰岷拔腿就朝海边迈了出去，眨眼便把鼻尖在什么透明的东西上哐地撞了一下。刚把身子往树林转过一半去的焕哲，扭过万般哭笑不得的脸看着泰岷说："那是一面三维延拓景观墙，是箱庭的边界，你看到的海是假的。这边走。"

"请再等一下！第一天是个纪念性的日子，让我发条动态。"高涨的热情迅速驱散了泰岷眼冒的金星。他抬起手臂，在智能腕表上一通操作，最后满意一点，就见一小只竹蜻蜓从腕表的屏幕下栩栩然升起。它一面升，一面增长到正常的大小，一面渐渐加快旋转起来，随后就离开表盘，沿着泰岷刚才留在沙滩上的脚印飞走，转眼没入那堵虚空之墙，消失不见。泰岷看得目瞪口呆。

"你现在在人家心里，事物会按照这颗心对它们的理解去呈现。看来这座箱庭的主人给网络言论的心理表象之一，就是竹蜻蜓啊。"焕哲解释说，"刚刚我见那竹蜻蜓的一支翼桨末端有个四叶草标志，那是什么？"

"哦，我的原创戳记。我在网上发的动态、日志和评论，都会带它。"泰岷感到自己开始理解箱庭对世界的重构了。焕哲把头向着桉树林一歪，就率先扎了进去。

桉树分布得极密，不是枝干在空气中生长，而是缝隙在一个整块的弥天漫地的木料中蚀刻。尽管叶子已经落光，在齐踝的高度积出一层欺骗性的地表，但还是只能看到很近的范围。斜阳总能找到它的路径通往各个角落，把树皮渍出一片锈红色。等泰岷赶上来，焕哲就继续他的解说：

"在人生时，心之箱庭的天象会随生物钟而变化；死后，箱庭就陷入极夜。因为我们进到的箱庭都由濒死的心像投射而成，所以它将永远表现为临界点上的、停格的黄昏。投射箱庭只能令其冻结，不能恢复它的生机，所以其中的自然界都将凋零，而一切建筑都只剩废墟。

"一般来说，你刚进入箱庭时处在心的外围。深入腹地之前需要穿过的，就是这个人的社交缓冲区。我们现在就在这个区域。它对应着礼仪啊、忍让啊、合群性啊、距离感啊，或者反正诸如此类吧。这部分就像柔软的桃肉包裹着桃核，起到一个防撞条的作用。看这小子在心门外面种了一圈这么密的树林，生前一定是个很油的人，永远用那不着痛痒的一套和世界打哈哈，教人怎么着都探不出他的虚实。"

"社交缓冲区一般多大？"

"难说，总之太厚了也不好。我进过一个案例，他把所有的心田都割让出去用作缓冲，自己只留一小角地。结果那块地皮的出产微薄到供养不起他的心，最后就那么死了。"

焕哲突然收住了话头，与泰岷齐齐立定。两人眼前豁然开朗，原来桉树林并不大，他们最后的一步，已经逾越了对侧的边缘，只是因为林密，导致这才看见数武之外，绵亘着一道向两边都望不见头的石砌城墙。雉堞的轮廓如一条缜密而回纹的缝线，衲出暮天与石墙的分野。敌台、马面、箭楼、棱堡与墩堠，像循环出现的连音符号，按着各自的周期，间错落在与墙面平行的砌缝画成的谱线上，构成一种无声的律动。在城墙与森林之间，隍沟似的地带，长满了离离的、过膝深的丰草。静止的草面上拓印着最后的那场风暴掠过这心间时留下的波纹。

"你见过这样的心理防线吗？"焕哲两眼看得发直，屏着气问道。

泰岷没有出声，反射性地、缓慢而小幅地摇了摇头。他忘了自己本没有见过第二个心防，只是拿它和现实的阅历比较，也得出了相同的结论。"这要怎么过去啊？"良久，他说。

"不知道墙后是什么情况。"一旦把它看作必须克服的事情，赞叹的心情也就成为不合时宜而被焕哲收起来了。

"这上面可能能看见。"泰岷张望一番，发现旁边就有一座衰草凋零的小岗，不等焕哲拦住，说着便朝它飞奔上去。焕哲追在后面跑来，眼见泰岷登上岗顶的那只脚，啪嗒一声踩中了什么东西。紧接着，就有一股极快的骚动像蛇一般潜经草中传导到城墙根下。从它抵达的地方遽然飞出一道尖细的影子，笔直正对着泰岷射来。焕哲大喊一声"踏弩！躲开！"上蹿一步，把泰岷扑进旁边的草丛。等两人撑起身子再看时，一枝由整根箭毒木削成的拇指粗的药箭，就钉在泰岷刚才脚踩进草窠留下的凹处，犹似响尾蛇般簌簌地震颤着翘起的翎羽。

焕哲一面和泰岷相搀着站起来，一面说："这个博士生的防御心理非常重。记住，虽说死人的箱庭整个都处在废弃状态，但就和真实世界的废墟一样，很多部件还是可以正常运转的，要小心。看来这次的主儿相当戒备别人窥探他的心思。我们还是别去那顶上乱看了。你跟着我走吧，跟紧点。"

泰岷拍掉身上的干草，两眼仍旧惊魂甫定地检查着周围的地面，听着听着，忽然就朝焕哲弹过来，魂不守舍地嚷嚷："那，那是什么？"顺着他伸手指着的方向看去，岗下靠近桉树林的草甸中，隐伏着一只苍白、无毛、半人多长的庞然大物，然而又不似通常长到这等体形的哺乳兽那样分化出清晰的四肢和五官，只在一片和别处没什么两样的皮肤上拱出两个凸起作为无眼的触角，整个身躯盘着洞穿它刺向天空的苦竹签，拳曲成难看的钩形。

焕哲紧皱着眉头，从他那沉着的神情看来，不像是为了眯起眼睛分辨那东西，更像是对这趟任务预感到莫名的隐忧："鬼蛞蝓，蛞蝓的一种，样子、习性，各方面都像鬼，所以得名。白天蛰伏在看不见的地底，等夜深人静了就出来骚动。你打它，它是软的；它打你，打完拳头抽走还要留下一摊甩不掉的黏液。它们最普遍的武器是恶语之矢。一切都正像我们每天都要面对的、该死的生活之痛。你信不信，它们就是一直到最后颠覆这座心城的主力。走吧，这里不是主战场，那只是个中了陷阱的散兵。既然人已经自杀，这道城墙肯定在某个地方被撕开了缺口。我们找到那里，就能进去了。"

焕哲说着，迈步就朝一侧下岗去了。泰岷从后面跟上来问道："那我们怎么知道缺口在哪边？"

焕哲说："这颗心守备这么周到，城墙肯定是建成闭合的圆，大不了绕一圈啰。"

"那我们沿途还得提防，不要踩着他的雷？"

"那当然，现在是你要进到人家心里，你当然得试着去爱恶别人的爱恶。"

两人蹚着荒草行去，路线时不时为了避开一根丛莽中的铁蒺藜或苦竹签而肿起一个半弧。城墙脚下横着桀骜的鹿砦。好些镶满尖钉的檑木依然用绳子拴着两头，垂挂于城墙的外侧。搭在弦上未发的弩箭，把箭镞伸出垛口和射孔，映着夕阳反照出磷磷的闪光。整道城墙就像一条生吞了豪猪的蟒蛇，无数支芒颖从它的皮肤下脱漏出来。不时地就有一只或一群晒干了的鬼蛞蝓蚁附在它那布满蛇鳞般的叠石立面上，或者被从城头打下的磨扇压瘪在途中。

"泰岷君怎么想到要来干这行呀？"焕哲带着友好的兴趣问道。

"好玩。"或许是被夕晖习惯性地唤起了白日将尽的匆促，泰岷走着走着，又超到前面去了。

"你肯定不是为了好玩。"过了一会儿，焕哲说。

"为什么？"泰岷有些惊讶地问道，仿佛是为了更好地观察对方，他把步调放慢到两人并排。

"见习生我带过十几届了。黑匣搜索员是个热门的岗位，就因为能玩。但真想游戏人生、混混日子、冲着好饭碗来的那大部分年轻人，恰恰都把调子唱得特别高，隐藏私心，怕竞聘不上。你却直说为了玩，那就偏偏不是为了玩。这就好比写小说，地名、街名都用真的，往往是个假故事，它想显得真；反倒那些又是拆字又是用谐音把村名、市名变化掉的，很可能真有原型，只有真实的故事才会希望显得假。"

"快看！"泰岷突然打断焕哲，指着远处喊了起来。

不知不觉，鬼蛞蝓的尸体在周围已经越来越密集。由它们前仆后继连成的虚线画出一面扇形，扇形的圆心位于一座城门右边的倒三角状缺口处，缺口里的石料像被熔化一般流泻到城墙内外两侧的地上。随着两人在蛞蝓阵中觅着措足之地曲折走近，一种越来越浓烈的、混合有酸气的焦味裹挟上来。最后，他们终于站在了锥形石堆的前沿，峙立的残墙表面叠印着深色的液渍与烧痕。泰岷不由得捂住了口鼻，焕哲则尽量放缓了呼吸。

"这样啊——鬼蛞蝓先把醋沃在墙面上，然后从墙根下点火，城墙就这样崩了。这招够狠的。"焕哲指点着各处线索说，"走，我们上城墙看看去。"

两人沿着断口自然形成的台阶爬上城墙。向四周辐射的伏尸在台阶上达到了密集的顶点，并且也在这里由鬼蛞蝓渐渐过渡到守城的辣椒卫士。关城的每一根梁楎都被猬集的恶语之矢装点成松毛虫的样貌。从城墙上的狼藉中可以拼凑出一支建制齐备的守军。菜椒力士倒在他最后没能搬起的藤椒炮石旁边。尖椒射手分出一拨，跑到反面对着涌入瓮城的敌人放箭。成排的小米椒枪兵在射手身后组成了一道又一道屏障。埤堄下堆放着拿胡椒粉装填的灰瓶和用辣椒油熬煮的金汁。泰岷查看了最近的炮台，一颗已经上膛的花椒炮弹把未及点燃的果蒂引信露在炮筒外面。焕哲下到碉室内打了个转，然后上来与逐渐变得沉默的泰岷会合。

"泰岷君没事吧？每座自杀者的箱庭都是一片波澜壮阔的古战场，多看两个你就习惯了。这孩子这么爱吃辣。但是我看了，这并不是他一贯的口味。他虽然戒心重，但原本任用的是胡桃、榛子、香榧这些有着坚硬甲胄但内里甜美的坚果军团，是比较晚才把脾气冲的辣椒军团换防过来的。我在下面看到了从阵亡坚果身上解下来的盔甲。搞不好他那时候已经有点抑郁倾向了。人在抑郁的时候会突然出现嗜辣的倾向，但吃太多会把胃搞坏，到时身心两伤，越弄越糟。欸，不对呀——"焕哲说到这里，突然停下来环顾四周。

"怎么了？"泰岷问。

"你看这，"焕哲指示泰岷从箭窗里探出头去，斜下方的城墙上吸附着一只被滚木犁平的鬼蛞蝓，已经腐烂得不比一片霉斑厚多少，"这尸体是十多年前的。"

"你再看这，"焕哲又叫泰岷把头缩回来，看向瓮城的台阶，一名尖椒射手临死前把箭当作短兵器捅穿了抱住他的鬼蛞蝓，那箭头贯出的地方，蛞蝓的肌肉富有弹性地向外翻卷，"这尸体是新死的。说明了什么？"

"说明什么？"泰岷一脸茫然。

"说明这场攻城战差不多从死者十来岁，也就是刚形成这种防御型人格的时候，就已经在打了！但这也就是蹊跷之处。这道防线设计森严，城门里是有瓮城的。外墙虽被攻破，瓮城还完好无损，等于说，防线还是连续的。可一座扛了十多年才只被突破外墙的城关，怎么会在瓮城几乎还没有受到什么损失的情形下，就直接失陷，像驻防部队忽然弃守了一样？"

"对哦。"泰岷看着瓮城里如山的积尸，也跟着纳闷起来，"去瓮城上看看。"

焕哲领着泰岷向瓮城的城楼走去，远远就看见朝天椒将军挂着一柄锤头是八角茴香的骨朵锤，威武勇毅，站在女儿墙后城楼正中的檐下，保持着生前指挥的姿态。焕哲随着走近，似是感染了将军身上散发出的肃穆氛围般减缓了步调。他端详着这具已经被风化成干椒的尸体，以一种表示尊敬的距离绕往他身后，直到看见他背上中了一支从后方射来的银黑色的利箭。

"就说嘛——丘比特之箭。"焕哲咕哝道。

"丘比特的箭，不是金的吗？"泰岷讶异地问道。

"你不知道丘比特有两支箭吗？一支是金箭，一支是铅箭。这支是铅的。"焕哲带着一种故作讶异的自满答道，然后突然切换出一抹中年人特有的虚无主义和玩世不恭的笑意扫视了一下没能发挥作用的瓮城，接着说下去，"这么说，是因为女人……"

泰岷消化了一会儿，猛地忿忿然说："我看到它们用醋和火攻城的时候就猜到铁定又是——"

"欸！注意程序正义！"焕哲一下收起刚才的表情，变成纯然的严肃制止道，"你知不知道你这一句话就能让我们整趟行动的所有成果在死因聆讯庭上不可用？交互颈环全都会记录下来的，幸好你还是见习生。记住了，黑匣搜索员绝不可以有什么预设，更不能为了证明预设去搜罗证据，找到什么就是什么。黑匣搜索员从不作假。"

泰岷不再作声，焕哲从将军身畔离开，在城楼的柱间四处看看，一面评论道："那现在就清楚了。外墙先被攻克，这时有人在背地里伤了他的心，守军见主将被杀，就不战而溃，所以瓮城几乎没有组织有效的抵抗。"

泰岷问："那黑匣子会在附近吗？"

"附近？这个人把防线筑得这么靠外，现在离他的心之城府还远着呢。要把那攻下来，人才会心死。"说这话的时候，焕哲已经走出城楼的侧门，绕着柱廊，来到背面，两人又一次望着眼前的景象呆住了。

在城墙后方几乎与之平行的，是一条曾经宽阔的大河断流之后化成的沼泽。它看上去就像一片终生发炎的烧伤的皮肤，永不凝固的脓血中间随处硬结着略为凸起的痂壳。沿河层层叠叠地搁浅着鬼蛞蝓的尸身。在河对岸——无水的河岸并不分明——岭峦的巨浪固定在一个逶迤皱襞的瞬间。向上游所在的右侧望去，一座坍塌的大坝扼守着河水往日从其间流出的山口。

"这样啊。防线崩溃之后，他为了阻击鬼蛞蝓，炸垮了位于'承泣穴'的大坝。大坝的蓄洪泻下来，造成一条泪川，挡住敌人的进路。在他生前，这条河应当是有水的。"

"谁！别跑！"焕哲那头话音未落，泰岷眼见对岸有个戴头套的人影一闪而过，钻进后面的灌木林中不见了，当下大喝一声，便沿着背面的台阶飞奔下城，一径跑到沼泽边，就要拣那水中小块的干地跳过河去。焕哲也火速追来，一把将正待起跳的他拽回地面，说道："泰岷君请等一下。"

泰岷已经顾不得许多，急躁地说："你看见了没有？箱庭里有第三个人！有鬼！我就知道有鬼！这起自杀背后有内情，有人想偷黑匣子！"

焕哲镇定但果决地说："我看见了，但我们的任务是找到黑匣子。只要找到黑匣子，他们就没有得逞；如果换成找到他们，他们若还没拿到黑匣子，那也死无对证。但是我刚才说了，这条河本来有水，人最后却自杀了，说明鬼蛞蝓一定在某个地方过了河，但绝不是这儿。'要找到黑匣子，就得了解与一颗心逐步沉沦直接有关的那一长串链式反应，并从中剥离线索'，对不对？想想你课上学的。所以我们要从鬼蛞蝓过河的地方过河，那会是重要的线索。那人走的不一定是对的路，就算是，我们也不能被他牵着鼻子走，也要对前路掌握和他对等的信息，才有可能抄到前面。"

泰岷听着这段话，逐渐冷静下来，但仍是急不可耐地撂下句"那赶紧"，就大步流星沿着河道向下游找去。焕哲也心知耽搁不起，气都顾不上喘就一路赶来。

行出数里，前方的沼地果然出现了异样。一个倒棱台形的庞然大物如矶石一般杵在河床中央。两人走至近前，才看清是个数层楼高的巨型垃圾篓，倾斜地把一角陷入淤泥当中，对着夕阳的那面用墨水写有"初二（3）班"几个大字。数不胜数的鬼蛞蝓尸体在它周围堵得小山似的，山的两坡刚好搭到河沼的这岸与那岸。

"原来如此！这里刚好有个块垒，泪川浇释不掉，如同砥柱。从上游漂下来的浮尸和战具反而被它截住，越积越多，越拦越广，最后就塞成一座连通两岸的浮桥。鬼蛞蝓就是从这座桥渡到对岸的。我们也赶紧过去。"

焕哲言罢，就当先上桥。泰岷紧随其后，踩着会把鞋陷进去的死蛞蝓肉，克制着每次抬脚把粘着鞋底的黏液拔断时那嗒的一声引起的恶心，艰难前行。尸山的制高点与垃圾篓倾向水面的那一角的边缘平齐。泰岷经过时，瞥见在夕阳照射不到的篓底，阴影中窝着一件被墨水泼污的校服。焕哲回头关照他的情况，他无暇多顾，只好跟上步伐，匆匆过沼。

鬼蛞蝓抢滩登陆时遭遇了猛烈的阻击。在对岸布防的守军装配了棒球和球棒，分别用于远程打击和近身格斗，最厉害的武器是自动发球机榴弹炮。把棒球手套当作头盔戴在脑袋上的小个子士兵，来自会在棒球场上打洞的鼹鼠一族。那些炸坝之前撤退下来的辣椒卫士也被编入其中，戮力协防。建在投手丘下的滩头地堡被攻陷后，鬼蛞蝓绕到了泪川阵地的背侧，鼹鼠部队不得已开始向山中撤退。

两人追随着双方的行踪，努力复原战局的每一次变幻。泰岷顺手捡起一根球棒，看见棒身有两对用手蘸满彩漆握上去的掌印，棒端用记号笔写着一行字："祝儿子十八岁生日快乐！"这时焕哲指着一只卧在地上的鼹鼠问："它棒球服背上的徽标是什么？"泰岷走上前，把球棒传给焕哲，两人就交换了彼此的关注点各看了看。"东莱棒球社啊，我听过，是这人大学里的社团，在高校棒垒界很有名。您小孩要是在大学里玩棒球，一准知道。"泰岷说时，焕哲已经放下了球棒，像是在瞻望前途，又像是在出神一般。顺着他失焦的目光看去，但见屏风般的连嶂在远处摺出十余个峡谷，由零落横陈的尸体标记出的撤退路线没入其中一座谷口的林翳。

"它们居然真走这条路进兵！"焕哲说。

"那是哪？"

"接下来这一程你跟在我后面，别乱跑，别乱碰，别乱闻。"大概是惦记着蒙面人的进度，焕哲像没听到一样，头也不回一下，就径直朝着谷口埋首上路。

这条峡谷自南向北延伸，两旁都是崇山绝巘。南端的谷口，从左右横逸出一对悬崖，像门扉微掩般交错地对峙。因此，即使在太阳还每天升起的岁月，谷内也是终年日光不到。现在借着匀过来的晚晴照亮，就更加显得暝嚎暗昧。反倒亏了谷中的树木大半凋零，找补回一些萧疏旷达。然而暮色与秋气相兼，却压制不住整条峡谷透露出一种箭毒蛙式的、饱和度高到令人心碎的妖冶诡艳。满坡的乌桕树定型在最后那场飓风横扫整个心房的瞬间，像橙的、红的、紫的、褐的着色剂，把每一寸气流点卤为絮凝的沉淀。一丛一丛的夹竹桃和海檬果，凭着常青的叶片，从其间显露出来。树下的草地上，洋金花与曼陀罗擎着因骤然脱水而驻颜不腐的风车形花朵。毒蝇伞菌三三两两点缀着隆出土壤的树根，神为这世界的线稿上色时，用几种原色加水调和出一切油彩，其余万物都以油彩涂抹，唯独这些毒蕈直接在原色的缸里浸过。漫山的森林有时会突然出现整片整片的马醉木，中无杂树，唯见枯而不萎的吊钟形白花绕着树干洒落成一块块的圆斑。木本不能逾越的海拔，毒参、钩吻和大麻继续向山巅蔓延，砒石、辰砂和雄黄的矿苗偶尔戳破这绿毯裸露出来。花瓣阴干得发脆的石蒜聚集在谷底，汇成一道血色的小溪。溪畔的毒芹俯向铺满卵石的浅洼，思悼着旧日从林间流注下来的、漂着附子花蕊的山泉。一股已经减淡到不能为害的瘴疠气息，像陷阵的亡灵在遍野伏尸上徘徊不去。

"这个地方叫作尾矿谷，每颗心都有。"时隔良久，焕哲终于想起来，或者毋宁说，忽然有心情，回答泰岷的提问了。"一切创伤记忆，只要不是像刚才的块垒那样大到拖都拖不动，都会运到这里来填埋。这两边的大山，本来不是大山，是被这些记忆码放在里面垫高的。负面情绪会在其上生长，它们可以把埋葬的记忆降解、消化、重构、代谢。但是，创伤记忆也滋养着负面情绪。如果这类记忆过多，负面情绪就会疯狂繁殖，最后侵噬整个心灵。因为吸收有害物质作为养料，所以整个谷里的情绪都有剧毒。它们虽说随着主人的自杀已经灭活，但毒性并不会完全消失，千万不能掉以轻心。瞧，差点射死你的那支药箭，就是在这取的材。"

顺着焕哲的指示望去，几棵高大、分散的箭毒木从乌桕林的冠层下锥刺出来。两人小心翼翼地绕过一道用海檬果枝干编成的寨栅，已经不记得这是鼹鼠们安扎的第几个营垒了。泰岷问道："您刚才好像觉得鬼蛞蝓兵出尾矿谷有什么不寻常？"

"倒不是不寻常，只是双方共同选择了对彼此损失都最大的战场。尾矿谷里遍地是毒，你也看到了，由鼹鼠部队和辣椒军团组成的混编旅撤入谷内，可以利用它们加强自己的防御。我刚才还踢到一个沾满淡黄色毒芹根液的棒球。但是反过来，只要守军一时被逼退，毒物就转而为鬼蛞蝓所用，可以大大提高它们的杀伤力，损不足而补有余。另一方面，任何占据尾矿谷的一方利用剧毒的同时也被剧毒包围侵袭，如果未能迅速推进，自身也会陷入苦耗，逐渐便被对手超越，中则正而满则覆。这般此消彼长，只会发展成一场纯粹的拉锯战，从来都非常惨烈。不过话说回来，尾矿谷位于心之城府的背面。一般来自其他心的使节，就算持通关文牒走正规手续叩开心门驻进城府，也绝少被请到这里来参观。不克则已，一旦拿下，敌人就可以直接包抄城府的后路。麻烦呀麻烦！"

说到这里，两人已经走过了伤亡最密集的路段。泰岷回忆起双方相与枕藉、累累交叠的残尸，明白了这残酷景象的意义。他说服赶路的意志给自己一个稍停的间隙，回望四野，感慨道："我原以为自杀者的内心料必狰狞丑陋，没曾想，刨开那些死尸不论，竟还挺美。"

"狰狞丑陋？！"焕哲用一种惊讶于对方怎么会有这种天开奇想的口吻答道，"你知道我见过最美的箱庭是什么人的吗？一个注射过量毒品自杀的人。吸毒者的生活，总是凌乱龌龊的吧？你猜他的箱庭是什么样子？一片均匀，平远，一望无际，没有一朵杂花的、夕阳下的罂粟花海。"

"那您最后是在哪里找到黑匣子的呢？"泰岷发现了一个刁钻的角度，焕哲没有回答。

谷底的地势渐次抬升。泰岷开着小差，被一个石蒜花丛中的足迹把注意力攫回了现实。足迹上原本生长的石蒜早已是一抔互不相连、仅仅凑在一起拼回原形的干粉，在预感到步履生风的瞬间轰溃为一层薄薄的朱砂印泥，随后模下了篆章似的捺上的鞋底。

"这脚印是新的！蒙面人在前面！"

泰岷低呼一声就飞跑起来。焕哲在后边紧追慢赶，眼看难以为继，只好高喊："泰岷君，请等等我！虽说这是在心境里，但我一把岁数了，心力也跟不上啦！"泰岷听见唤叫，便在高处转身且站，待焕哲接近跟前，两人就像一对台球交换了动量，追来的那颗停下歇脚，等着的那颗却又蹿了出去。如此反复数次，焕哲实在勉强不来，索性两手撑着膝盖把气喘匀，再抬头，却看见泰岷已在上边的垭口自己停住了，正朝着另一面伫立痴望。待焕哲爬到跟前，登时忘了那口计划要喘的大气，与手下冲动气盛的见习生，并排怔在了往下通往一大片戈壁平原的北口坡顶。

从尾矿谷向左右连绵出去的层峦，在这一带纷纷把山脊躬入地底，唯有浅成淡紫色的两翼，仍沿着天际张挂，末了，在远方合抱成辽阔的盆地。盆地干旱，贫瘠，寸草不生，或者只蹲着一些沙棘和芦荟，它们为戈壁增加的丰富性，还不如沙砾的各种质地所增加给它的多。然而此时此刻，却有百八十顶用五彩绸布织成伞瓣的降落伞代替植物，从这片荒原上生长出来，亭亭如盖。伞绳向下汇集，交点刚好种到地面，伞盖却并不塌瘪委尘，而是悬停在低天并饱满地撑开，像被丛生的嫩茎托到一层空相的水面，与落霞同浮的葵莼。

"什么情况？"泰岷问道。

奇观造成的第一阵惊异过去之后，两人就不约而同地注意到，整片戈壁上依然遍布着战争的创痕。左右的远山，每道褶子里都露凝着一座红色屋顶的村落，一条条撤退的辙迹从这些村落中牵延出来，像废弃的河道，偕归平芜尽头秋山柔软的浪。降落伞中间，掩映着若干依稀能连成一条路线的据点，它们用戈壁上找来的片砾垒成圆形的围墙。现在，那些静谧盛开的降落伞更像是冷冻在沙场上空的一柄柄蘑菇云。

"走，看看去。"焕哲说完，就和泰岷划着两道沙尘滚滚的轨迹，滑下植被迅速衰退的陡坡。

除了弹孔和不知道从什么东西上拆下来的金属零件，最近的据点里什么也没有。据点外的墙根下，分布着好些巴掌大的地洞，洞口残留着与鬼蛞蝓身上不同的某种透明黏液。泰岷蹲下来，伸手蘸了一点，往鼻子边一凑，就闻到一股酸腥的恶臭。"这是什么？"他问。

"咕咕蛙。"

"咕咕蛙？"

"对，一种蹲在人的肚子里，发出'咕咕''咕咕'叫声的青蛙。其背上的黏液是胃酸，种群数量壮大之后，它们会发展出穿孔的技能。我怎么说的来着？这男生胃不好了。你有没有发现，有阵子没见着辣椒卫士了，因为落下胃病之后，主人撤销了它们的番号。"

"可是还有鼹鼠啊，鼹鼠也会打洞，正好在地下截住咕咕蛙。"

"没用了。"焕哲拔出插在一只鼹鼠身上的恶语之矢，凝视着箭镞上混合了其他颜色的血污说道，"鬼蛞蝓从尾矿谷搞到曼陀罗汁，把它涂在箭头上，中箭的鼹鼠精神萎靡，疲乏倦怠，已经提不起挥棒的兴趣了。我又说中了吧？所以这支部队也废了。不过，这些据点又是谁建的呢？看上去意外的专业啊！"

次近的据点情况也一样。放眼望去，第三个据点里有一些钢铁建筑，像一座油井的废墟。

"下个据点不一样，像是大本营，也许有我们想找的答案。"

泰岷说完，两人便朝它进发。快到时才看清，那些钢铁建筑，居然是一营的机器人战士！焕哲翻过石墙，站到机器人战士的胁下，仰望着它们那因失去动力而垂丧着的头颅，再看了看四外摩云参天的降落伞。

"天降神兵哪！为什么呢？——哦，我懂了，它们是这个男生去看的研究生心理咨询。"

"真的？"

"没错，是它们，一支受过严格训练的正规军！它们手上端的是射网枪，可以发射捕梦网，专门收伏噩梦，非常先进的装备。它们连吃的补给都是特供的，需要每周一次定期运到，一般的补给不行。但它们对咕咕蛙的确没用，出现咕咕蛙，就是已经引起了生理层面的病变，心理咨询的效果到不了那，所以，你也看到咕咕蛙可以从地下绕过它们的工事。但咕咕蛙是高度分化的兵种，就像工兵，光凭自身是不可能攻灭整个心城的，所以地面上的战斗一定也失败了。怎么会呢？这么精良整肃的队伍怎么说败就败呢？"

焕哲说到后半段，泰岷已经走开去，在周围乱逛起来。他从一口弹药箱上捧起一本铁壳装帧、落满灰尘的战地日志说："快来看！"于是焕哲也凑过来，两人大略浏览了前几页，又飞快地翻过了中间部分，接着在最后几段这儿认真地读了起来。

四月二十二日

补给照常运到，白天的进攻又一次取得胜利。

四月二十九日

领到了新的补给。形势一片大好，我军的阵线已经连续好几周向前推进了。照此推算，只要补给跟上，指挥层计划在一个月内收复尾矿谷。

五月六日

经过一轮激战，我们抵达了计划占领的坐标，并且构筑了据点。但补给没有像将士们期待的那样空投到这里等着我们，我军陷入了苦战。现在的战略纵深太大，没有补给的话无法固守，我们撤回了两周前的据点，把刚刚到手的领土还给了敌人。

五月十三日

补给还是没有来，我们基本弹尽粮绝了。民兵试着把他们的补给分给我们，但是效果并不好。我们决定不再后撤，就在这里牵制住敌人，让村民和民兵尽可能地撤进斜月三星堡。那座城堡受到强大魔法的护佑，希望能给他们带去好运。

我们被包围了。

日志到这里就中止了，泰岷还不甘心地往后翻了翻，剩下的都是白页。"为什么进入五月补给就断了？"

"不清楚。那个斜月三星堡看来就是心之城府了。"焕哲摇了摇头。

"谁在那里！"泰岷从眼角瞥见一个移动的点，把日志啪地一合，就冲到墙边。这回是真切得再不容分说了，那个蒙面人虾着背，正跑到一段很空旷的路的中点，想要从一只鬼蛞蝓的身后，换躲到另一只鬼蛞蝓的身后。泰岷急切之际，回身蹬住一只机器人的小腹就把射网枪从它手里扳了下来，往肘下一夹，对着那人便扣动了扳机。一张蓝白相间的绳网眨眼便跟口痰似的拍在了蒙面人脚后的碎石上，没有射中。泰岷怒不可遏，一面骂着"我叫你跑"，一面又瞄了一枪。此时那人已经跳到了鬼蛞蝓的身后，捕梦网刚好贴上鬼蛞蝓，一阵白汽从网绳勒着的地方腾起，眨眼就把这软体动物融成了一摊脓水，让那人暴露无遗。他正伛着腰，像从地上捡起了什么东西。泰岷待要再放一枪，只见那人已经把一个隐约装有一半水的玻璃球套上投石索，在头顶甩足数圈，就凌空掷了过来。

"快找掩体！"焕哲只声嘶力竭地喊了一嗓，连同伴都顾不得，就钻到一具机器人的胯下。那只玻璃球恰在据点上空到达制高点时，伴随着一声脆响忽然爆开，里面的清水如烟花炸裂，散成漫天微雨，淋漓堕地。泰岷不知底细，只往墙角一蜷，两颗雨珠便已滴在他的脚踝上。他刚想反击，却不觉心境已起了些微妙的变化，四肢随这变化像鬼压床般不得动弹，连情知不妙，再想缩回腿，缩小一点暴露面积也不能够。焕哲当机立断，从旁边扯过一块帆布，顶着冲过去，把泰岷拖到安全的死角。待雨丝飘尽，焕哲从手边找到一支浸过大麻树脂的恶语之矢，将泰岷的袖子撸起，在他肘窝里轻轻划了一个口子。泰岷当下顿觉一种纯美得易碎的欣快感从喉部散开，中和了浑身的哀丧。窒在肺里的一口郁气总算等来放行，冲出会厌，却迸成了无泪的哑哭。他抖索着下颌问道："那……是什么……"

"愁霖烟花，会让人情绪低落，也是鬼蛞蝓的武器。我给你用了一点大麻。"焕哲轻描淡写地答了一句。

此时泰岷已经清醒过来，把切肤的私仇叠上了先前的义愤，爆发出惊人的毅力挣扎着站起，没法托着枪，倒是自己被拄在地上的枪托着，趔趔趄趄地朝据点外走去。焕哲一路从旁劝阻，和他拉拉扯扯地来到墙边。泰岷躁起性子，一把将胳膊从焕哲的手中抽开，就从墙上的豁口摔了出去。放眼一望，那蒙面人早已没了踪影，他便对着重新缠上来的焕哲失控大叫：

"你看，又让他跑了！"

"崔泰岷！你够了！"焕哲也动了气，一掌把见习生手中的射网枪往后劈到地上，让他为了平衡这冲力而住脚，同时一个箭步抢上前去，两腿叉开，拦在当路。

"你为什么不让我去追他？"

"我劝你不要再管这件事情了。你惹不起的。"

"你知道他们是谁！"

"我不知道，但我不需要知道他们是谁，也知道他们惹不起。我们做好自己的本分就行。能找到黑匣子就交差，找不到黑匣子也没办法。世上那么多事，你管不过来的，听我一句劝吧。"

"你不知道他是谁对吧？我告诉你，我知道！他是这人的老板派进来消灭证据的！我来告诉你为什么补给后来会断。因为老板发现他工作时间不在实验室，不让他偷跑了。下班再去做咨询是不可能的，就算是加班的心理医生，有哪个会加班到这帮娃儿们都下班的点呢？要么就是老板克扣了他的工资，他付不起咨询费了。一定是这样。每起这样的自杀背后一定都有剥削。我太知道这当老板的了，当初要不是这样，成硕前辈也就不会死了。你被愁霖烟花溅到过吗？你知道那是怎样的痛苦吗？我是刚刚才知道的，这些自杀的人活着的时候，心里在和拿着怎样武器的敌人战斗啊！如果你也知道的话，你就一定不会觉得找到找不到无可无不可。我要去追，我一定要揭露真相。上一次我什么都做不了，但我不会让事情再发生了。不然，你以为我干吗入这行？"

泰岷的下颌依旧在发抖，但现在是因为悲愤。两代人目光对峙，犹如在这后来的沉默里，才完成了真正的却是以某种友谊告终的交锋。焕哲的肩膀耷了下来。"你去追吧，我不拦你了。"

泰岷绕过焕哲，采取一种他认为能坚持最远的速度，向着盆地对侧的丘陵跑去。两人一前一后，奔赴斜月三星堡。焕哲仍然落后一段永恒的距离，但他再也没停下。

平野将尽，岑岭从平面变成立体，山阙似舞台上的多层景墙向左右分开，露出后方的城堡，像王冠一样戴在山顶，环绕城堡的塔楼仿佛王冠上的尖芒。

"这是……卡莱梅格丹城堡啊……"泰岷跑着跑着停了下来，对赶到和他并肩处歇脚的焕哲说。

"卡梅什么堡？"

"那是一座真实存在的城堡，在塞尔维亚，和这个一模一样。"

"上去看看再说。"

在山坡上鬼蛞蝓开挖的堑壕中，成排成排地出现了一种新的武器。铸铁的外形是一个个电子显示器，但正面没有屏幕，中间掏出龛形的方洞，个个如头颅般仰起，把洞口冲着千疮百孔的堡墙。几颗乌黑的实心弹把一半嵌入被撞击得稍稍内凹的残墙，辐散出的裂缝像蛛网般朝四周蔓延交织。

"流言炮。"从旁边经过时不等泰岷发问，焕哲就说了这么一句。

通过被流言炮炸断了悬索而搭下来的吊桥进入堡门，一派近于绚烂的恐怖映入眼帘。胸墙内的道路和草坪上以可能想到的一切姿态卧着奇形怪状的尸体。这些尸体样貌百出，两两不同，而且都带有一种绮想的妄诞瑰怪，以至于两人端详半晌，才认出它们正是这座城堡的禁军。这支禁军里有尾巴分叉的猫，有以伞作笠的川鼬，有长着铁牙的老鼠，有肩扛袋囊的貉；也有寄生在古木、轮子或牛车上的人脸，有头会飞、腿超长或者吐舌如信的女子；还有人身鱼尾、鸟喙蛙肢、半猿半狸、五角十五目；更有成精的钲鼓、铜镜、琵琶和木鱼。填塞它们之间隙地的除却鬼蛞蝓，是多如牛毛的蝙蝠。焕哲说：

"禁军的兵源我不清楚，但这些蝙蝠我知道，它们不属于禁军，是敌人招募的，专司夜间劫营，擅用极尖利的叫声让所有守军无法入睡。刚才的流言炮，是敌人第一次研制出热兵器，现在又是第一次出动空中战斗力。双方的差距继续拉大，心城离沦陷不远了。

黑匣子应该就在附近，我们分头找找。"

几分钟后，他们在堡内仅有的一口智井旁碰头。

"我检查了地窖。果然，咕咕蛙直接把洞挖到窖里，粮草全毁了，黑匣子不在那，也没见蒙面人。这支禁军既吃不好也睡不好，仗打得真憋屈。你那边有什么发现？"焕哲说。

"确实完全是按照卡莱梅格丹城堡仿建的。城堡内院有个墓园，可能有线索。"泰岷说。

两人沿着夯土路去往内院，焕哲边走边指了指一片略微凸起的高地，语气中透着隐隐的同情说："回天旗都没来得及升。"泰岷顺着他的指示望去，高地上立着一根把旗升到一半的旗杆，旗面上绣有一只斑斓、对称的蝴蝶。

"回天旗？"

"也是每座箱庭都有的，通常画着令这个人第一次感到世界美好的事物。只在心城即将倾覆前升起，具有伟岸的魔力，会祝福己方剩余的一切力量，并且组织最后一次但也是最有力的反击。真有些心灵就靠着那一次撑过了最危险的时候。"

焕哲说这话时，泰岷一直回头盯着那些横七竖八的禁军，忽然岔开话头道："我知道那些禁军什么来头了！是百鬼夜行画片！你看，木魅、猫又、河童、飞头蛮、酒颠童子、鵺、天狗、钲五郎、木鱼达摩，对！我们小时候吃的方便面，每包都会附赠一张，画的是鸟山石燕四部妖怪画集里的妖怪，可以当成游戏牌来打，全套一共二百零六张，集齐了还能兑奖。这是我们这代人的童年记忆，上一辈人也许不晓得。您回去问您孩子，他一定也玩过。这么幼稚的兵种都派出来了，看来真是到最后关头了。"

焕哲沉默半晌，仿佛在搜索自己和孩子之间的回忆，来验证泰岷提供的情报，然后才开始说："你说反了，在人心里，越是幼小的回忆，力量越是强大。所以你该说，这么强悍的兵种都派出来了，看来真是到最后关头了。"

"那这支禁军可就厉害了，我看他都快集齐了啊！等等，好像就差青鹭火。嗐，青鹭火那张牌的属性刚好是夜间出没捕食蝙蝠，他就偏偏缺了这一张，啧啧啧！"

墓园一角，有一圈圆形带外墙的柱廊。柱廊等距地断开六处，作为出入口，围成一个开放式的庭院。每段柱廊内侧都有一座圮坏的墓冢，倚墙圆雕的守墓天使用忧郁的眼眸凝视着中间的草坪。草坪上交叠着一个一个由伞菌排成的、或大或小的圆环，佗寂幽玄。从地理上看，这座庭院位于此心的至深处。泰岷本以为，堡内最后的居民会抱着黑匣子藏到这里，然后被歼。

"什么也没有，倒是有些仙女环，传说小仙子会在那些圈中跳舞的。"

焕哲看了一眼泰岷，意味深长地说："那些就是堡内最后的居民留下的。它们叫梦幻影泡，就像很大的肥皂泡泡，从最柔软的记忆里出生，最轻最弱，一触即破，毫无战斗力。每个影泡触地消亡的刹那，碎裂成一圈清露，被清露浸润的土壤就长出了那些蘑菇。所以这里就是它们的乱葬冢。没有敌人的尸体，是因为这里没有战斗，这里发生的是一场纯粹的屠杀。"

泰岷望着草地陷入沉思。焕哲的声音再次传来，已是从一座柱廊下的墓旁。

"泰岷君，这是不是你说的青鹭火？"

裂成几块、向墓穴中沉陷的棺盖中间，露出一只浑身放射出青蓝色磷火的夜鹭。虽然努力拼回原形，但分明能看见它被一道从头至尾，一道当胸横贯的垂直断面肢解成四块，优雅的形体和血腥的下场构成一对艳异的矛盾。

"怎么会……"泰岷喃喃说道。

焕哲蹲下来，略微翻动了一下尸块，从他直起身时让出的视野看去，被拨到朝上的翅羽中央，盖着一枚殷红的血指印。

"这个指纹和用彩漆印在球棒上的那些里有一个是相同的，

螺旋的错位很好认。就是说，谋杀青鹭火，和送他生日礼物的，是同一个人。大概是为了集齐画片，偷家里零花钱去买方便面被发现了吧。要么就是哪次没考好，被大人把碰巧放在文具盒里的这张当作祸首了。想象一下当时的情景，对半撕开，叠在一起，再对半撕开，是不是这样？"

然而没等焕哲说完最后一个字，泰岷就从他身边射了出去，径直飙进墓园附设的塔楼门内。焕哲紧接跟上，撞开往外弹回的门扇进到塔里，但听楼上传来两串急速的、旋转着远去的脚步声。他因急生快，援梯上塔，刚到三楼的顶层，恰赶上在一尊大理石美人立像脚下，泰岷叫着"这回你跑不了了"，抢起粗壮的胳膊就要砸向那被他用膝盖跪压在地上的蒙面人。焕哲扑上来把泰岷抱住，用提高了好几度但听来却反倒是祈求的声音说："自己人，自己人啊！"与此同时，泰岷也乍见自己另一只手紧紧揪住的领子下露出了同事们才有的交互颈环。蒙面人趁泰岷一愣神，挣出右臂，薅下了头套。

"权……权老师？"

泰岷刚要松懈就又警觉起来，试图抢下那只始终被权振勋的左腕护在怀里的煤精色方盒："你为什么要偷黑匣子？"

"他不是来偷黑匣子的，他是来放黑匣子的！"焕哲见势难收，干脆松开了泰岷，半站起来，打着很夸张的手势喊道。

这次泰岷定住了。振勋瘫开四肢，大口地喘息着，黑匣子从他腰际滚落到镌有铭文的地板。

"什么？"

"他是来放黑匣子的。箱庭里其实根本没什么黑匣子。他放进来，我们再找出去，就是这么回事。"

"为什么？为什么要这样？为什么明明没有黑匣子却要捏造一个出来？"

"为了给公众一个交代啊。公众没有耐心去真正了解另一个人，了解他一生中的每个瞬间，他那由无数琐碎构成的生活全貌，他的每一缕细微的感受，导致他做出最后那个决定的每一次不形于色的思想转变。公众要的是一个具体的、形象的、可以理解的，能够揪出来当作敌人，发泄他们对于不确定性的焦虑、恐惧和愤怒的，那样一个东西。一种疾病，一次挫折，一起灾难，一桩罪恶，都可以。但就不可以是整个的人生和整个的世界。黑匣搜索员的职责，就是带着空黑匣子进入箱庭，找到这么一个东西，既要重大到能够解释自杀，又要狭隘得不超过一拃乘一拃再乘一拃的空间，放进来，然后带出去，在死因聆讯庭上公诸于世。"

"所有黑匣子都是这样来的？"

"全部的。"

"那何必一拨人藏一拨人找？我们直接带进来再带出去不就好了？"

"平时的确是这样操作的。但你是见习生嘛，又不知道能不能转正，万一你出去乱说怎么办？大家都还不了解你。"

泰岷突然想到什么似的捡过那个黑匣子。"我看你把什么东西栽成了他的死因。"他一面说，一面用娴熟的手法把它打开。既然一切黑匣子都是生造的，他在实操课上对着模型苦练出的娴熟就变得荒谬。

匣子底部，躺着几颗带玛瑙纹的植物种子。"这是什么？"

振勖已经从泰岷身下爬了出去，这次换成他回答："致郁蓖麻的籽。这棵蓖麻长在城堡唯一的水井边，种籽落在井水里，禁军喝了以后都中毒了。"

"我告诉过你，黑匣搜索员从不作假。"焕哲说道。

泰岷讪讪站起，像在一个陌生的房间里醒来一样茫然四顾，失焦的眼神扫过那座一手捧住心口一手伸向窗户的等身倩女雕像。

"这里又是怎么回事？"

振勖说："我查过了，这是死者的初恋情人。他们是在卡莱梅格丹城堡相遇的。恋爱中，他把整座城堡复制进来，请女孩住到心里，因此整座城堡都受到爱情魔法的护佑，易守难攻。但后来女孩逃走了，出关时还用暗箭射杀了关尹。他把她抓回来，锁进这座塔楼。可女孩去意已决，叫闹不休。他失望了，打开塔顶的窗户，让诅咒的月光照射进来，把女孩化成了坚贞的石像。整座塔楼就是一座墓葬，这尊石像既是尸骸，也是墓雕。地上的墓志铭写得很清楚，但和致郁蓖麻一样，都不是充分必要的死因。"

"所以你还在城墙上就开始为这个人有抑郁症做铺垫，因为你料定总能沾上点边；过泪川时，你存心带我绕路；尾矿谷里，你也有意拖慢步伐；你从一开始就知道蒙面人是谁！"泰岷转向焕哲。

焕哲点了点头。泰岷再次恍惚地顾盼四周。

"没有黑匣子，没有死因？"

焕哲不耐烦地扳着泰岷的两肩，把他推到朝外敞开的窗前。这里是整座箱庭的制高点，透过窗户望去，斜月三星堡的断壁颓垣俯瞰着两山排闼放入视野的戈壁荒漠；几乎与地面平行的斜照里，降落伞像一群无影的水母，浮游在荒漠上空；远处，尾矿谷的异色使它从连绵的群壑中突显出来；刚好沿它走向穿过的视线依稀还能辨认出水陆交织、明暗驳杂的河沼，与河沼对面破开一个倒三角形缺口的城墙。

"你还不明白吗？箱庭就是黑匣子，你沿途已经目睹的一切，合起来就是死因。我告诉过你了，每座箱庭都是一片古战场，一寸山河一寸血，寸寸都是一个人在世时为了生命的眷恋向这个世界苦苦争取过的证据。"

泰岷听到这里，表情忽然变得痛苦而深刻，踏着坚毅的步伐，走下塔楼。焕哲和振勖几乎是战战兢兢地紧跟下来，重复说着一些三个人打心底里一致认为毫无意义的规劝。一行人经过那座竖着回天旗的高地时，泰岷终于爆发了：

"我要揭发这件事！后果我来承担，与你们无关。我知道你们这帮吃大锅饭的人做什么事情都担心会影响家人，凡事都让小孩掣着手，又是小孩还在大学，又是小孩还没成家，反正一切都是小孩。我不怕，我反正就一个人，既没有小孩也没有妻子也没有什么朋友。我什么代价都付得起。"

"我没有小孩了。"

焕哲那突然变换了的声调令泰岷安静下来。

"我没有小孩了。"他又说了一遍，"朴成硕，你的成硕前辈，是我的儿子。"

泰岷形同一截槁木，向着倒在高地旁边的半根石柱颓坐下去，失神地仰望着天空。升到一半的回天旗僵固在心死瞬间的拓展状态，卷起的一角让蝴蝶仿佛折翼一般。猛然间，泰岷涣散的目光重新聚了焦。

一只陈旧的竹蜻蜓栖落在升降旗帜的心弦上，随着最后的那次拉动打成了一个心结，鲠在滑轮一侧无法通过。

泰岷霍地站起，走到旗杆下，望着那只竹蜻蜓凝视有顷，突然跪倒在地，双手掩面，大哭起来。

焕哲站到他身边，昂首看了看，然后也低下了头。两人犹如悼念一座用旗杆为标记的坟茔。

竹蜻蜓的一支翼桨末端，夕阳的光线淡淡地映照出一枚就快褪色的四叶草。

"你我都是罪人。"焕哲说。

泰岷的哭泣久久未能平复。

"你不必太过自责。成硕的箱庭，是我亲自搜查的。你那次和他谈心，在他最后的一道牙城周围结了一圈金刚火院印。他靠着这道结界，多抵抗了三个月。我该谢谢你。"

好半天过去，泰岷抑住抽咽，抬起头来。"可是，成硕前辈性格孤单，就算和我，也只是说得上话而已。他自杀前三个月，我们在食堂遇见，就一起吃了个饭，我说的什么，连我自己都不记得了。"

"重点不是你说的，重要的是你听了。"

焕哲说完，从鼻子里长长地吁了一口气，转向振勋。"你回去出份报告，泰岷的见习提前结束了，考核不通过。"接着又转回到泰岷，"信我一次吧，你不是干这块的料。"

橘红色的余晖洒满箱庭，整座城堡笼罩在永远即将落下的夜幕当中。

三重赋格

（或：胜屠家玄猫诅咒）

　　我是过了检票口，到站台上才跟师兄会合的。看来我要是没赶上，他真就自己去了。打过招呼，他从我手里接过自己要的书，正好车停稳了，他竟然只有一句"嗯，是这本"，就走在前头上车了。

　　如果不是亲自坐，我简直不知道现在还有绿皮车在跑，但也不知道自己已经离它这样远了。座位是专为促成20世纪式旅途搭讪的那种邻排相对型。我和师兄隔着有瓜子壳没捡干净的小桌坐下，火车便在一阵拼了这把老骨头似的声音中缓缓开出贺城站，没想到这几乎就是它最后加到的速度。

　　"喂？"

　　"嗯？"

　　我还在想要不要找点话题，却听见师兄先吭声，结果是他电话都打上了。

　　"爸，问你个事……B超在国内是什么时候普及的？"

　　他又来了，总是这种没头没脑的问题。我倒的确听他说过他父亲是医生。

　　"好，我知道了……没什么，就是问一下。在外面，先这样，我挂了。"

　　他放下手机，也没有要解释一下的意思，就又转到让我从贺城市图书馆借来的那本《浙东方言词汇考释》上去了。大概是嫌桌板脏，他斯斯文文地架起腿，让膝盖升高一些，把书垫在腿上看。

48

师兄这个人就是这样，时不时有一些奇奇怪怪的举动，让人捉摸不透。我们是同一课题组的，一起来金华参加一个"浙东唐诗之路"的研讨会。会议最后半天是自由活动，我们说好去看胜屠村。临到头，他突然拉着我，逃掉上午的闭幕式，提前坐火车，先在中途的贺城站下，像是要去什么地方。走到半路，又改了主意，他自己去，支使我独自在这人生地不熟的小城上市图书馆去给他借一本书，害得我还差点错过火车，他却连一句解释也没有。其实依我之前和他相处的经验，我相信他一定又在琢磨着什么事情，我甚至愿意提前相信他琢磨得没错，但他就是没法在事情的最后一块拼图都拼上，板上钉钉地证明他的估计分毫不差之前，把猜想和计划亮出来分享或者讨论。一句话，他受不了一丁点儿到头来发现自己错了时那种丢面子的风险，无论那种错误多么情有可原，换了别人用相同的信息和思路去推导时多么无法避免，而有时甚至多么别具巧思。他别的倒都挺好，譬如刚才架腿的时候，虽然不动声色，但明明像跳芭蕾那样绷直了足弓，生怕鞋尖蹭到我的裙边。但就是这一个缺点，怎么说呢，在当前的语境里，下这个评语可能太严重了些，但那就是大男子主义嘛。这点得先给他改掉。

胜屠村虽然说不上远，但在支线的终点，隔天才有两班区间车停靠，一班午后，一班傍晚，显然是供村民进城办事用的。一本厚得跟旅行时长全不般配的书，才翻了没几页，就像王子猷停在戴逵的门口一样，突然合上不看了，腿也重新放了下来，脸上却又没有释然的表情。他侧过脸去瞧窗外，贺城的市景早已被山郭风光挤出了视野，沿着铁路的电线杆从我们和远处的丘陵之间迅速地抽退。师兄重重地呼了一口气，不知道是空气熏闷，还是因为在烦的事情。他抽出一张手帕纸，捏住握柄把车窗推上去（我知道他忌惮前一个人可能用拿烧鸡的手开过窗），于是从过道上飘来的烟味，就像宿命总归要实现一般，换成了贴着车厢外面飘来的烟味。

（火车让开窗，不怕有人跳车吗？）

（这种蜗速跳车也没差啦。）

（也对。）

（你不开口，他是绝对不会先开口的。）

"我没想到一提胜屠村你就愿意去。"

"为什么？"师兄无辜地说。

"因为那次剧本杀你玩得很不开心啊。"

"没有不开心。"

"明明就有，出来之后你都不愿意和大家复盘。"

"拜托，这只是玩而已，不要搞得像炒股一样好不好，还复盘。"

"复盘也是玩的一部分啊，很多好玩的地方是复盘的时候才能回味过来的。"

"那你们复盘的时候回味出什么来了？"

"谁叫你不参加，现在不告诉你了。"

我会提议去胜屠村，起因是几个月前的事情。那次组内团建，大伙去学校南门的轰趴馆玩剧本杀，选的是个惊悚类型带奇幻元素的本子，叫《胜屠家玄猫诅咒》。原著作者是业内这两年炙手可热的金牌写手"小塔里"，他的本子在每个推理密室都大卖。因为这个剧本，人们才了解到胜屠村是一座现实深藏于浙中山区的小村，作者就是那里人。据闻这篇《胜屠家玄猫诅咒》的背景故事，几乎照搬了他从小听说、发生在当地、跨度逾百年的真实连环灵异事件，这也成为其最大的卖点。可是玩的过程中，师兄的脸色就越来越难看。出来之后，大家意犹未尽，还去旁边的水吧坐着聊天，他却推脱说熬不动夜，就径自回学校了。可能组里其余人也觉得他比较奇怪吧，所以都习惯了。那天黑猫索魂的剧情给我留下了深刻的印象，大概人的好奇心和冒险欲总是最容易被这种阴森诡秘的传闻挑动吧。没曾想才过几个月就刚巧来到胜屠村附近的城市开会，我就有心实地走访一遭。商量的时候跟师兄一说，他竟然爽快地附议了，虽然面上也看不出有多为这事兴奋的样子。

"可它确实是我玩过最有韵味的剧本杀了，师兄你真的一点都不觉得吗？"

"那看怎么说喽。"

"你会怎么说呢？"

"你果真是非得要我补上复盘的作业呀？"

"说说嘛。"我的腮帮子不自觉地鼓起来了。

"行啊，我就奉陪一次。"

"从哪里开始？"

火车像拉链在齿轨上滑行，把两襟的远山牵襻到一起。随着山岙夹近，车厢里的光线暗淡下来，师兄更明亮的半张脸上泛出一贯的、略带嘲讽意味的恼人微笑。

"就从，整个剧本唯一包含真实的部分——房主老婆婆给投宿者讲的那三个传说，开始吧。"

胜屠村隐伏在一个迢远的山坳里，其实有几姓杂处，只不过以世居于此的胜屠大户为名。晚清时候，风雨飘摇，这个胜屠家族似乎也突然间受到了诅咒。村子的坟山上，时不时会响起野猫叫春的声音，响上几个时辰的也有，持续两三天的也有。说是叫春，却又不按季节来，可见有鬼。那叫声如刀子一般尖冷，凄厉刺耳，白天就够瘆人了，要是晚上听，更教人股栗胆寒。如果光是闹猫那也罢了，关键这鬼哭专会勾胜屠家女人的魂魄。隔些年头，胜屠家就有一个女人被它勾了魂去，丢了魂的人都变得疯疯傻傻。同时坟地里还会再出现一个异象，就是用来焚香化纸的燎炉冒出一阵迥异平时、臭不可闻的妖氛。见到这异象之后，过不了几天人就要死了。说到这里，老婆婆给我们讲了三个女人的事，都是村里广为流传、各处细节最为固定的真事。

第一件事发生在清朝光绪年间，女人名叫胜屠苗凤，出事的时候还是个小媳妇，年纪轻轻。那时是夏天，突然有个晚上，闹猫的声音从她家房顶一路吵到坟山，最后在祖坟上盘桓了三天三夜才散。打那声音一起来，女人就疯了。人们说她魂儿被那声音叫走了，跟到坟地里去，是将死的先兆。几天里她神志不清，只一个劲哭，嘴上还说"让我留下，让我留下"。后来坟山的燎炉就飘出恶臭的氤氲，没过多少时日，女人果然死了。据说死的时候，全身都是被猫爪抓出来的血痕。

第二个女人叫胜屠荆红，比胜屠苗凤小一辈，是她的侄女，那时候都民国了。这次也是，大家先听到猫在房顶叫唤，后来又听到声音出没在坟地。大冬天的，从晌午嚎到落夜，停了，女人也癫了，丧魂落魄，说胡话，净讲什么"又是你""你还别来了"。过了两天，坟山的燎炉又升起臭烘烘的怪烟。再过没几天，女人就死了，死之前身体还散发出神秘的臭味。

最后这个叫胜屠连茹，生活在 20 世纪 40 年代，死的时候才十四岁。她比胜屠荆红又小了差不多一辈，两人是远房的什么亲戚。有段时间，她忽然就失踪了。后来有一天，邻居隐约听到野猫在她家的方向惨叫了两声，跟着坟地上的燎炉照例腾出邪门的臭烟。等到女孩再出现，已经是神情恍惚的了，动不动就小声念："放过我……放过我……"老人都说这孩子被猫妖摄了魂，怕是救不过来。结果突然有一天，到底听说她上吊自杀了。

这只是被讲述得最多的几个案例，其他零星的诅咒事件时有发生，只不过和这几桩比起来就像没长好的瓜枣，这凸那凹的。从来没有活人当面见过这只叫春的猫，有胆大的散布说，曾经半夜经过，周围一片漆黑，看到猫眼睛在坟头上飘浮游移，放着绿惨惨直射人的凶光，并且不是一双，而是好几双。口口相传，这事儿就成了，坟山上住着一只通体纯黑的猫妖，是最不祥的恶煞，修炼千年，成精作祟，开了天眼，有说几只，有说十几只。这一连串诅咒直到 21 世纪之前才逐渐销声匿迹，这出剧本杀就是给诅咒编织了一个结局，讲了它如何在一个聪慧的女子手里被破除的故事，顺带还在志怪的框架下解释了整件事里的种种灵异现象。

"接下去的都是瞎扯。"我正要一口气讲完，师兄就像守在这里一样打断了我。不知不觉，两边的山已经升得很高了，像一张正往上伸出海面、把两颌缓缓闭紧的、鲨鱼的嘴。

"哎呀师兄，上面都是'故事'，下面的才是'情节'，你小说理论课没学吗？"

"但那些情节是虚假的。"

"这本来就是个奇幻本呀。"

"你搞错了。奇幻文学只是疏离现实，不像当下的很多写实文学，是在叛离现实。"

"正因为这样，奇幻本才更好不是吗？"

"我不是这个意思。我是想表达，好的奇幻文学也要符合一种独特的真实逻辑，它是现实的错置。这个剧本接下来恰恰没有做到。"

"可他上面这些也都是假的，你怎么不说？"

"算了，你还是接着复述吧。"

时间倒回1987年，刚刚开放两岸探亲。早先，胜屠村有一个小伙，名叫胜屠归海，1949年的时候去了台湾，就在那边成家立业，养育了一个女儿胜屠有琴。其时胜屠归海夫妇都已去世，没能重新踏上故土，成为老人一生未能完成的遗愿。有琴，也就是剧本杀里由我扮演的角色，决定带着父亲的骨灰，回家乡与亲人团聚，告慰亡灵。她去到位于台湾最北端的乾华十八王公庙，向由十七位出海遇难的船员和一条义犬合祀的"十八王公"求了一枚护身符，就在由师兄扮演的先生陪同下，漂洋过海，回到浙东。

从码头辗转回乡，最后一程坐的就是这条线路上的火车，到的是一个荒郊野岭的小站。天色已晚，刚下车的时候，真把人给吓着了，站牌上分明写着"十尸村"。走近一看，原来字迹因为日晒雨淋，油墨结痂剥落，缺的几根笔画补过一次。然而补的人又犯鸡贼，单描了缺的那几笔。岁月流转，先褪色的变成仅存的，更持久的变成消亡的，苍茫暮色中，看着就是"十尸村"。

出站之后，按提前画好的地图走去。山中的天黑得又早又快，行未半里，支在大地上的雀罗就拍下来，扣拢了留给西极的缝隙。环顾四野，并无人烟，转过一个山弯，却见村庄就在半坡上，屋舍俨然，有一户还亮着灯。我们就上前问询。开门的是个老婆婆，她说这里不是胜屠村，我们走岔了。此时红月东升，鸱鹠夜啼，山路崎岖，她说，不若暂住一宿，明早她送我们过去。我们想了想，也就答应了。老婆婆管待我们吃过晚饭，就是在饭后，她向我们讲述了胜屠家的诅咒，还有上边那三个故事。讲完之后，便各自就寝。

睡到半夜，我忽然梦醒睁眼，听见有人在隔壁声调怪异地唱歌，同时还有火光从那边透射过来。我下了床，绕到正房，发现老婆婆背朝着我，对着一只炉子，左手拿着蒲扇扇火，右手抓着小勺，在搅一锅臭秽呛鼻的草药，嘴里用高亢锐利的嗓音，讴着一首听不懂词的谣曲。我扶着门问她："您这个时候煎药吗？"她收起歌声，缓缓转过在炉火的映照下像苦瓜一样沟壑纵横的脸，和蔼地微笑说："对啊，就得趁今晚煎啊。小姑娘，我的缬草不够了，能不能麻烦你去外面帮我采一枝来？"

有琴竟真的走出门去，不知怎的，也不太怕，就在漆黑的山上寻寻觅觅，恍惚中已经离开老远。来到山下，乍见谷底另卧着一座村庄，来的时候，不知为什么没有看到。此际红月当空，家家户户扃闭烛冷，早已歇息。唯独村口上一椽土屋，有一位妙龄少女孤零零的，披着中夜的月光，在院里徘徊叹息。这时有琴也清醒些了，才记起自己并不识得什么缬草，便上前打听，料想草木之状，村人多应熟习。那少女听完，却诧道："山坡上并无什么村落呀。"有琴遂大觳觫，且看那少女就在院中，拔起一株正在开花的草,递到有琴手里从容说道:"许是猫妖变化惑人,她在熬的药就是给你喝的,你喝下之后,魂魄就会出窍跟她走了。你把这枝猫薄荷拿去,猫分不清这两种本草,你让她代替缬草加到汤里,毁了那一锅药。到时候她会大怒,告诉你如果想走,就要回答她两道谜题,并且每道谜题和你用一只眼珠打赌。第一道谜题是'什么老鼠不怕猫';第二道谜题是'什么燕子猫见愁'。如果你都能答上来,赚到她两只眼珠,她就只好放你走了。"有琴一一记下,又问:"我该怎么谢你呢?"那少女声转幽怨:"举手之劳,何必言谢。只是我家门口芜蔓丛杂,迷离障目,你来日平安脱身,但能替我廓清一下便好。"说完就转身回到未曾上灯的房中去了。

有琴在后面诺诺答应,心里却止不住纳罕。看这小院虽然朴陋,却也整洁清雅,户庭无尘,不论宅门院扉,并无什么秽莽莠草。况且区区易事,何必假手于人。但也没来得及多想,就要回程。又发现"十八王公"的护身符在下山的途中遗失了,这兆头很是不妙。然而先生还在猫妖手里,有琴也管不得那恶兆,便毅然往坡上赶回。

约摸到了先前的所在,果然村舍俱失,也不复听见老婆婆的歌声,唯独附近不知哪里有一只猫在声嘶力竭地叫春。像布满血丝的眼白的月球下,分明是一片墓碑歪斜林立的坟场。当中有一座覆钵式的舍利塔,塔后毕剥作声,隐隐若有火光,更有一束铅白色的烟云,从塔后缭绕出来,像蛇一样在碑林中穿梭游走,臭秽难言。有琴惶骇已极,轻步上前,原先那个老婆婆从塔后斜探出坐在小凳上的身子,闹猫的声音也就当即停止。仍是那个和蔼得近乎谄媚的声音说:"找来啦?快给我吧。"有琴无知无觉,伸出手去。老婆婆接过药草,抬头确认了一下红月的角度,就急忙把它投入在舍利塔的供龛中生着的一堆火上熬煮的药羹里。原来这座舍利塔就是以讹传讹所谓的燎炉。

那茎草刚被浓稠药汤翻滚起的硕大厚壁的气泡吞没，从药釜上腾起的臭烟就像一匹白绫被裁断了，继之以清香平和的淡雾，打着葡萄串似的小卷儿，紧贴四沿翻出锅釜，跌到地面，不一时便匍匐着涨满了坟包之间的渊谷。老婆婆目睹此景，又惊又气又痛，两唇嗫动，左右顾惜，当即现出原形，变回一只与人齐高的猫妖，盛怒而作人言："你既不肯跟我走，想活命，就用眼珠作赌注，解出我两道谜题，每解不出一道，我就要挖你一只眼珠！"

有琴勉力振作，答应赌赛。猫妖便问："第一道谜题，你告诉我，什么老鼠不怕猫？"

有琴说："会飞的老鼠不怕猫。蝙蝠又名飞鼠，所以是蝙蝠。"

猫妖咕噜着磔磔的喉音，竟真抬起左掌，用五爪顶开睑皮，抠进眼眶，抓断背面的血管，向外一扯，抉下一只湿糊糊的眼珠来，颤抖着递到有琴跟前。有琴不接，猫妖又往前送了送，有琴只好伸出手，由它把爪松开，让眼珠落进手心。看时，却是一颗汁浆漫渫的猫眼果。

猫妖发出挺着剧痛的低音说："第二道谜题，我再问你，什么燕子猫见愁？"

有琴说："夜里的燕子猫见愁。蝙蝠又名夜燕，所以还是蝙蝠。"

猫妖依言剜下另一只眼珠，用爪撮着，戳到有琴那只强直木僵的手里，但见仍是一颗猫眼果。

有琴道："说好两道谜题都答出来就放我们走的。"那猫妖只是站着，呼噜呼噜大喘粗气。有琴便试探性地擦着地横挪开一只脚。猫妖没了眼睛，换用嗅觉，朝有动静的方向耸出脖颈搐了两下鼻子。有琴见它无二话，便放胆去揿起昏倒在一座断碑旁的先生。岂料猫妖突然反悔，转过身来乱嗅着吼道："不行，你不能走！"有琴见事不谐，丢开两颗猫眼果，架起先生就逃。猫妖四爪着地，唇须飒然一立，也不去管踩得一双猫眼果射出粗黑的液柱，就在古冢之间翻山越岭一般围追堵截。有琴拐个急弯，眼看就要跑出坟地，惊见过去一片漆黑的树林里，竟闪动起十数双眼睛，放着绿惨惨直射人的凶光，飘浮游移，渐渐逼近。背后，猫妖从两座坟丘之间踱出来，一双粗野的肩胛在颈椎两侧高高地耸动着。有琴正感无助，那些眼睛从树干间徐徐穿出，来到猩红的月色下，竟是一排犬只，打头的首领分明是护身符上所绘义犬。原来它算及主人有难，乃自行从主人身上脱去，化出真形，往谷底村中召集家狗，前来救应。

"当时就是到这里，师兄你的反应最大了，不高兴都写到脸上来了。"一阵改变方向的风从岩穴中吹来，往车厢里送进新鲜的空气，我打岔说道。

"你还是先一发全说完吧。"师兄像是被我摘下了面具，又不高兴起来。

"因为在我们解锁的这条剧情线上，其实不同角色的功能是有点失衡的。你全程不是在做情绪反应就是在等待被救，都是历来的文学艺术让女性来承担的戏份，所以你很不爽对不对？"我有些报复性地继续剖析道。

"不是你想的那样。"师兄远不那么激烈的语气里透露着一种希望这页快点掀过去的协商，于是我继续讲述。

排成散兵线的犬阵超过我们，横在我们和猫妖中间，持续推进。瞎猫嗅出有异，炸开浓毛，弓起脊柱，前腿下压，把头埋到锁骨中间，蹬着右腿缓缓后撤。家犬们发动进攻，用车轮战术，你先我后地上前厮咬。猫妖一面且战且退，一面利用口里没有咬着哪一条狗的间隙断断续续发狠叫道：

"当年铁官徒起义事败，胜屠圣满门抄斩，临刑前以独子托付与我……我其时道术尚微，携他到此避祸，抚养成人，约定但使孳息不绝，便当世代供养……哪知传六十世，出了一个恶女，剃度为邪尼，使诈夺走我修炼二千五百载而成的猫眼，增加自己的道行……我当时发誓，要索历代胜屠女的魂魄为报……胜屠家，我纵使为鬼，还当取偿！"

言甫及此，猫妖已经退到舍利塔前，目不能视，猫尾误扫药炉，被火燎着，霎时便烧到脊背。猫妖亟欲自解倒悬，举釜过顶，自恃法力并不怕烫，将药汁兜头罩面淋将下来，眨眼间竟失算被那含着猫薄荷的汤剂克得肠穿肚烂，待到众犬围拢，业经化为脓血，沸犹未已。

义犬使命既达，回首略一致意，便消失在一束倒立的光锥里。有琴走近，察看光锥没入土壤的地方，果见先前遗落的护身符躺在那里，白描的义犬依旧栩栩如生。

是时红月西残，东方渐白，两人跟着众犬络绎下山。谷底村庄端然仍在，炊烟袅袅，只独少了昨夜村口上的那个小院。进得村来，众犬各散，有琴急寻生人相询，得知此处正是胜屠村。村民听闻她的来历，都当成大事，又得知昨夜种种，遂派一队人陪他们上山指认。途经村口，有琴问起，村人说这里便是胜屠连茹的故居，她家久已败落，片瓦无存，屋基都快没了。旅葵中间，犹有昨夜那株折茎的猫薄荷，白色的汁液在新鲜断口上鼓成一个小球。有琴伫步流连，嗟叹不已。到了坟山，村人开掘比丘尼舍利塔。未数尺，就从土里刨出一只巨猫的骨架，与婴儿一般大小，还保留着生前向下掏挖的姿态。沿着它面朝的方向继续掘进，最后起出一只瘗在舍利塔下的石函。周围有人说，早有传闻，里面装着这名俗姓胜屠的比丘尼的眉骨舍利。撬开一看，竟就是两颗璀璨夺目的猫眼石躺在金青色的光芒底下。有琴取出宝石，一边一个安进猫骸的眼窝，那骨架立即崩解成尘，在一阵阴风中散作乌有。下山路上，旁人指点着一座封土渐平、莽葛缠碑的荒坟说，只此便是胜屠连茹之墓。有琴恍然大悟，于是替她揭去墓碑上的衰草，好生祭扫了一番。从此，胜屠村妖祟断绝，剧本到这里也就结束了。

火车经停一座小站，车上稀稀拉拉的人又少了些。我看待能开窗的火车，总有一种超现实的感觉，像在给叉勺选择一个分类。

"怎么样？我觉得它蛮不错的一点是，和时下的女性主义也做了一些联结，采用了大女主的架构。"我说。

"并不是让女性做主角就叫大女主。"师兄说。

"它往深了也有可挖的东西啊。你可以把守戒的女尼看作超我，把叫春的猫妖看作本我，两者的斗争在有琴这里平息，象征超我和本我在自我当中得到整合。从这两个方向的撕扯中，以有琴为代表的新女性就像分开两块幕布走向台前那样登场了。她智慧，能够猜出猫妖的谜题；她勇敢，无惧与鬼魅对抗；她善良，最后满足了父亲、猫妖和连茹三者的心愿。这样仁智勇俱全的女子，怎么就不是大女主呢？"

"弗洛伊德那套啊。"

"不止呢。师兄听说过'湘西落洞'吗？其实和胜屠村的民间传说是非常相似的模式。湘西落洞是：一个女子，经过一个山洞，魂就掉了，往往致死。胜屠家诅咒是：一个女子，听见一阵闹猫，也是魂就掉了，也往往致死。沈从文说：'湘西女性在三种阶段的年龄中，产生蛊婆、女巫和落洞女子——穷而年老的，易成为蛊婆；三十岁左右的，易成为巫；十六岁到二十二三岁，美丽爱好、性情内向而婚姻不遂的，易落洞致死——三种女性的歇斯底里，就形成了湘西之神秘的一部分。这神秘背后隐藏了动人的悲剧，同时也隐藏了动人的诗。'如果说湘西落洞可以是女性歇斯底里的外化，那么胜屠女的诅咒就也可以这样来看。"

"这个结构主义比较蛮有慧根，但我不能同意沈从文。沈从文在他那一代作家里是很卓越的，但在这个问题上适足以证明其男性视角。他把女性的苦难审美化了。女性的疾病、灾祸和受害，全部都变成审美的对象，像宫体诗。用一些空洞而充满假想的优美辞藻，就能够把具体发生的事情遮掩过去了吗？单说一条，大山里的女人，又没条件保养，又要干重活，日晒雨淋，病痛又多，不会真漂亮到哪里去的。湘西落洞的事我另外再跟你聊。但女性主义不是这样搞的。"

"那你说应该怎样搞呢？"

师兄露出一种，我称之为"父权的黍离之悲的神情"，犹豫了片刻说道："男性是已到黄昏的诸神，接下来的时代是女性的。但是，在男性已经开始沿着台阶走下来、女性沿着台阶走上去的时候，还会有那么一段时间，男人站在比女人更高的位置，事情没有那么容易的。要像奥林匹斯诸神推翻泰坦族那样推翻旧神，光靠意气风发是不够的，还需要更多扎实的工作，更多把脚踏到实地上——对于我们搞文学的人来说就是踏到文本上——的工作。"他好像预料到我按捺不住对这一大套说教要回点什么，有意加快了语速，防止我打断，"师妹，你往价值层面上升得太快了。让我们降落下来，考虑几个技术层面的问题。这个剧本最后把众犬的出场安排成飘浮游移的眼睛，以与传说呼应。恐怖的氛围是营造到位了，但它没能解释传说里出现的眼睛。如果那些眼睛也是狗群的，那么猫妖早就应该被干掉了，对不对？"

"这只是个小线头而已。"

"但你一直说这个剧本很好，好剧本应该把线头留在外面吗？"

"但这些线头本身也是一种风味。这个本子是有志怪笔记和暗黑童话感觉的。笔记和童话都是像毛边书那样，会有意留下一些粗糙，保留'民间感'的文体。就像那两个谜语，也经不起推敲啊。会飞的老鼠不怕猫可以理解，可为什么夜里的燕子就猫见愁呢？猫可是夜视能力顶尖的呀！"

"不，那两个谜语倒没问题。嗯，对，我说错了，我先前说，这个本子剩下的都是瞎扯，这话过头了。剩下的部分也包含一些真实。"

火车左侧的连嶂露出一个隘口，放行的阳光从师兄脸上一闪而过，我才发现太阳已经倾斜到这种角度了，那一刹那我看清了师兄在说这话时突然变得犀利凝重的眼神。

"你说，真实？"

"没错，你知道神话历史论吗？就是认为，一切天马行空的神话，其实都是对真事的改写。比如，海拉斯被水中的宁芙强行留下，其实就是他淹死了。庇提斯被玻瑞阿斯从悬崖上推落，其实就是她被风刮下来了。"

"你是说，胜屠家的连环灵异诅咒事件，是真的？"

"是的。"

"这个我想过了。最简单的假设就是，背后有一个连环杀人魔，由他来串起所有这一切。但是胜屠家玄猫诅咒延续了一个多世纪，这意味着凶手得活上一百多岁，这不可能。另一条思路是邪教，但现在看来也不太像。相比之下，我愿意相信这只是农村社会的猎奇心理、嗜血趣味和闲话逻辑共同作用下的产物，在各地都有，你的家乡肯定也有。它们连民间传说的档次都上不了，网上不还有'中国十大灵异事件'吗？就那路货色。这也就是为什么我把重心放在'小塔里'自己编的后面这段故事上，而不是那段背景故事。看不出来啊，师兄你一个不喜欢这本子的人却更入戏，我一个喜欢这本子的人倒更不当真。"

"神话历史论恐怕不能这么简单地操作。虽然'小塔里'对背景故事的转述据说十分忠实，但这个故事传到他耳朵里的时候已经是一个面目全非的版本了。得先还原出那个原始版本，然后才好用你刚才的现实逻辑去推理。"

"你也许想起了《五日谈》，这本书记载了很多欧洲童话的早期版本。民间传说往往源流复杂，而最早的、最贴近原貌的版本多数都血腥、暴力、露骨、阴暗。比如《睡美人》在那里面就是一个迷奸的故事。《灰姑娘》《白雪公主》《莴苣公主》也能在里面找得到。可惜的是，我们现在拿不到这样一份记录。"

"还有一种办法，就是像爱伦·坡创立'摇椅侦探'模式的《玛丽·萝薏的神秘案》那样去推论。这篇虽然是侦探小说，但在我看来，也是历史上无出其右的话语分析范本。他全程就从报纸入手，剥离撰稿人的信息来源、叙事动机、隐含态度、引导方向和道德品位，然后用这些反过来去校正新闻报道，从而抽绎出真正有价值的信息，这些信息最终指向了一起案件的真凶。一些重要的线索会作为潜意识流露到文本中来。更有甚者，潜意识能够自己对信息进行重组和思考，就像一个与意识并行的智能。实际上，我极度怀疑潜意识已经帮助这部剧本杀的作者抵达了真相，但他自己还不知道。我们所要做的，就是披露他的这种潜意识，"师兄狡黠地笑了一下，"这才是弗洛伊德会干的事。"

"那我们要怎么沿着这条路继续下去呢？"

师兄发现我是不可能放弃的了，于是决定自己放弃，说了下去："我们来看那三个女人的故事。把它们并列，似乎是认为三者共用相近的模式。但如果较真地看，它们两两之间是很不一样的。先从最不一样的胜屠连茹入手。如果我们信赖作者的讲述，她是三人当中唯一一个可以确定不是死于他杀的。不仅如此，她失踪过一段时间，而且在她这里猫只叫了一声或两声，这些都是她独有的。你怎么看？"

"我没头绪。"

"那再来看看她们的死亡。其实她们各有各的死法，一个有猫抓痕，一个身体发臭，一个上吊自杀。把这样三种死状并列起来，对于营造惊悚的氛围固然很有帮助，但用刑侦学的眼光来看，既然作案手法不同，就不适合优先当成连环事件来对待。此外，她们都说胡话，但胡话的内容并不一致。还有，据说只有这三个事件比较典型，其他的都有所偏离或缺失。如果这三个被认为模式雷同的事件都如此不一，那其他的事件会缺失了什么呢？不妨大胆地猜测一下，其他的事件里没有女人死亡，或者就算死亡，时间上也已经隔得不能让人和动辄出现的闹猫毫无疑问地联系起来。毕竟，人总是要死的嘛。”

“那单拿胜屠荆红的死出来，你会怎么说？”

“产褥热。”

“什么？”

“是的。她死前说胡话，是高烧导致的谵妄。身体发臭，是由于阴道分泌物的异味。这些都是产褥热的症状。从发病到死亡只过了几天，也和产褥热的周期吻合。”

“那胜屠苗凤呢？”

“她是被婆家人打死的。猫爪的痕迹是殴打的伤痕。”

火车驶过一个不停的小站。地势稍稍开阔了一些，铁道两旁等距种植的树木把远景分割成一格一格变化细微的胶片。不过很快，火车就带我们钻进了更加险恶的山水。两旁的山麓偶尔闪过一座锈满地衣的孤坟，像是在帮助我温习剧本杀那个阴森骇人的世界。听见师兄解释的第一阵惊异过去之后，我重新冷静下来。他解释了三个故事不同的部分，却没能解释它们相同的部分，比如她们的疯话都在拒绝某种挟持性的力量。抱着一点不屑，还有一点对师兄为自己理论如此一本正经而感到的同情，我努力去接他的话：

“按照这种说法，她们一个是他杀，一个是病死，一个是自杀。这倒让我想起了坂口安吾的推理小说《不连续杀人事件》。就像标题所表明的那样，安吾的灵感来源于对推理小说钟爱的‘连续杀人事件’反其道而行之，制造看上去‘不连续’的杀人事件。当然他最后仍然证实是连续的，你这里倒是真正的‘不连续死亡事件’了。”

“我会做另一个类比。你看过黑泽清的电影《X圣治》吗？”

“没有，讲什么的？”

“它讲发生了一系列看上去毫无关联的凶杀案，真相是所有凶手都被同一个人的催眠操控了。我就在想，如果进行催眠的不是某一个人，而是我们的社会文化，它给所有人植入相同的指令，只要满足条件，就触发杀人的决定，那是不是就会出现很多的血案，但是却找不到一个背后的主谋？"

"有意思的观点，但显然不能解释这里的事情。你刚才说胜屠荆红死于产褥热，至少这肯定是无法让他人为之负责的事情。"

"我没在说那三个女人。"

"什么意思？难道这些事情里还有别的死者吗？"

我话还没说完，火车就冲进了一条隧道，黑暗从前几列车厢一路长驱侵噬过来。我们失落了彼此的表情竟就像失落了词句傀儡背后，真正用于沟通的语言，陷入沉默。车轮有节奏的行进声，被洞壁的回响不断成倍数折叠，明明没有多快的车速，听上去却好似雷厉风行。待到山体像巨鲸从我们头顶游开，列车员便走过来，一节一节车厢口头播报：终点站就要到了。

我忘了刚才的话头，眼睛巴着窗外，一心想搜寻胜屠村的站牌，果然字迹清晰完整。但就在我看见它的那一瞬间，"胜"字正好被一棵怪柏垂下来的树枝挡去，念着就像"屠村"。虽然眨眼间就又露出来了，而且谁也不会为了这中奖似的观瞻去砍掉那根枝条或者挪动站牌位置，然而那半秒钟还是给我投下了一种不安的预感。

下了火车，师兄闷声不响，就像被急事催着一样带头在前面快步走去。行未半里，转过一个山弯，就到胜屠村了。村子约略分成谷底和山坡两个聚落。师兄想也没想，也不跟我商量，就奔那个山坡上的聚落赶去。

进了村子，师兄领着我，把几条仅有的、顺着山势蜿蜒的巷子来回找了好几遍。从这些巷子上岔出的，因为共用的人家太少而像是别人私宅领地的盲肠巷道，也条条都走到末端去勘察了一番。和如今其他的山村一样，年轻人都去外面打工了。老人大约全在谷底那片聚落的场院上聊天，或者在地里干活，我从来没有像现在这样期盼那些坐在门槛上盯视生客的农人。家家户户门扉洞开却杳无人影，就连从火车上同路过来的少数几个人也不知都溶化到哪里去了。师兄像是没找到他要的东西，我不爱打探，只觉得丈二和尚摸不着头脑。就在这时，一只黑猫嗖地从房檐上蹿下来，斜着打我们面前掠过，拐进旁边的岔径去了。我们被吓得齐齐站住，师兄挠起头来，前后观望，一筹莫展。

没一会儿，从刚才黑猫拐进去的岔径上踅出一位老婆婆来，木然地看了我们两眼，从旁边经过。师兄忽然拦住她，冒冒失失地问道："老婆婆，这块是不是有片坟地啊？"

老婆婆缓缓转过在夕阳的映照下像苦瓜一样沟壑纵横的脸，觉着很晦气地说："好好的村子，哪有什么坟地？"就走过去了。我想起故事里的种种，顿时疑虫钻心，莫可名状。

过去没几步，老婆婆又半侧过身，边走边问我们："你们总不是找胜屠村的祖坟吧？"

师兄站在原地，使劲点头说："就是，就是。"

她步履不停，一面说，一面两步一级走下那边的台阶，等到人已经看不见了，还听见最后一截话音从下面迟迟地传来："早就迁走。原来是在这，建这片新村的时候，全都平掉了。"

师兄耷拉下肩膀，垂头丧气地看着地面。半晌，我搜索到不伤他自尊的安慰话语，正要说出，却见他嗫动着嘴唇，先开了口：

"我找到了。"

"什么？"

师兄仍不抬头，只是盯着地面，努了努下巴，重复了一遍："我找到了。"

我低头一看，自己脚下踩着两块有字的石板，夹杂于其他的水泥板中间，铺设在村民家门口的排水沟上。我后退一步，让出那字，只见左边一块写着"枯童塔"，右边一块写着"启骸门"。

我虽然还未彻悟，但已觉得冷汗浃背，下意识地绕过它们，弹到师兄身边，小声问道："这是什么？"

"弃婴塔，一种两三米高、上方一侧有洞的中空塔式墓地建筑。不要的婴儿，主要是女婴，就丢到里面，任其自生自灭。这两块石板是平坟时从塔身上拆下来的。那些弃婴就是猫妖的由来，母猫叫春的声音和婴儿的哭声一模一样，只是后者不按季节来。这种东西盛行于清末，现在却鲜为人知，连学界都几乎没有研究。你看这个款识，跟玄猫诅咒出现的年代一致。"

我见那"枯童塔"的上方，还镌着一行小字：

光绪五年仲春。

我已噤不能言，师兄接着说下去：

"胜屠苗凤被毒打致死，也许就是因为没有生出男孩，遭到了婆家的嫌弃。她是个新媳妇，心还没有在杀婴的经验中变硬，产下个女孩，夫家在商量扔掉，她想养。猫妖从她屋顶一路叫到坟山，就是那家人弃婴的听证。弃婴的事让她精神崩溃，也就是传说所谓的疯。她在崩溃中说'让我留下'，这句话可能不完整，完整的应当是'让我留下（她）。'这种矛盾也可能加重了夫家的嫉恨。

"胜屠荆红是和丈夫齐心协力要生出男孩的人。这一胎又得了女，她连谵语都在绝望地诉苦：'又是女。''女孩别来了。'被讹听成：'又是你。''你还别来了。'猫妖先出现在她家，后出没在坟地，那中间的路上，婴儿就在小篮里熟睡，并不知道自己正被带往何方。也许因为是冬季，她只撑了半天就冻死了，不像苗凤的女儿，在塔里生扛了整整三个暑热的昼夜。

"胜屠连茹遭强奸致孕。其实那段时间失踪是显怀之后，为了掩人耳目，保全名节，她就躲在家里。同样是这个目的，自然不能让人听见婴儿的哭叫，所以孩子一生下来就被掐死了，所谓猫妖只叫了一两声。她疯言疯语说的那句'放过我'，意思也就不用解释了。强奸给她带来很大的创伤，导致她精神失常，这一切在农民那贫乏的词库里就只能用'疯'来对应。

"故事里的燎炉，当然不是化吊钱的香炉，也不是什么尼姑舍利塔，而是这座弃婴塔。当年的弃婴塔有专人每三天焚烧一次，燎炉里的臭烟，就是焚化尸体的气息，抑或是未及焚烧先已腐烂的尸体发出的臭味。整个故事的原型多半只是大人随口编出来的只言片语，告诫小孩不要靠近那座有婴儿在里面啼哭的建筑，没想到滚成了连环诅咒的雪球。作者的笔名'小塔里'，在浙东方言里是一句骂小孩子的话，意思就是'该往弃婴塔里丢的'。你帮我借的这本《浙东方言词汇考释》有写，就在第四十四页。作者小时候大概老被他爸妈这么骂吧，结果干脆移来作笔名了。我说过了，作者的潜意识知道真相，但他不知道自己知道。

"以上三起杀婴事件，因为多少有点巧合，与大人的死亡绑定起来，经过流言的棱镜折射而成诅咒。其他的细碎事件，因为缺少大人死亡这一部分，最多与一两个刚好碰上，程度较小的灾厄相牵强，就都沦为一些断片。胜屠村确有连环血案，但这些血案是在某种相同文化的催眠指使下，由大量不同成人分别肇事，时间跨度极长，地域分布极广，作案手法极相似，被害人极不相关的，不连续杀人事件当中的九牛一毛！其他众多存在弃婴塔的地方，只是因为没有越过某个巧合的阈限，或者由于阳宅和阴宅之间的地理有着不那么容易助长这类轶闻的关系，所以做了'从孤立个案到乡野怪谈'这个概率事件里的分母。

"其实我刚听到这个故事时就觉得不对劲。表面上看，它很像那么回事，氛围很自洽。但实际上，把黑猫和闹鬼联系在一起是西方的文化。在中国的文化里，黑猫其实是吉利的，有'玄猫镇宅'一说。特别是这一带所处的江南，还是招财猫的发源地。那些坟地上飘浮的眼睛，是守候在周围、等待人们把弃婴送来好饱餐一顿的野狗。瞧，作者的潜意识又一次把他带到了离真相如此之近的地方。现在你知道，我为什么那么反感那个群狗撕猫妖的情节了吧？"

"等等，如果它们是野狗的话，为什么没有人听到狗叫呢？"

"家狗才爱叫，野狗是不叫的，你不知道吗？"

"那为什么这个诅咒只发生在胜屠家族，而不发生在胜屠村里的其他家族？"

"胜屠村在新中国成立前，本来就主要由胜屠氏的人口组成，另外只有不到两成的江姓人士。扔出十块砖，砸得到八个胜屠人。生产队时期，沿着刚才铁路经过的峡谷再往里走，有十几户徐姓人家因为出工不便，迁居到此。建新安江水库的时候，又搬过来一批姓应的水库移民，才形成现在胜屠、江、徐、应数姓共居的格局。这些是我今天上午在贺城档案馆查出来的。黑猫诅咒是在胜屠一家独大的时期定型的，后来人们不能深究姓氏为何高频出现，才附会成他们的家族诅咒。"

"那为什么诅咒又在 1990 年前后断绝呢？"

"因为 B 超在那个时候普及，用不着把女婴生下来再杀掉了。诅咒从未断绝。故事里，猫妖的两个谜语，谜底都是蝙蝠。蝙蝠克猫妖，B 超克女婴，反正都有超声波，还真是惊人一致呢。此外，烧死猫妖的猫薄荷，在古代曾被用作堕胎药。还是那句话，剧本杀的作者知道真相。"

"怎么会有人用这种东西盖排水沟？"我又低下头，感觉愤怒到有一些好笑了。

"这不奇怪，更常见的是用墓碑铺路，石板还比水泥板结实些。况且古人本来也有把女婴尸体埋在大路中间，让千人踩万人踏，使得女孩不敢再来投胎的迷信。得亏当时乡下人不识字，不然搞不好还得抢着用呢。"今天头一次，我听见师兄露出了刻薄而近于歹毒的语调。随后，他的表情又转成怅惘，微仰起头，像是切换到某个空无的对象那样轻声告解：

"这些芜蔓，我替你廓开了。"

其时余晖散照之下，晴岚渐起之中，穿林打叶，清风奄来，徐徐习习，良久方歇。

只一下子，师兄又回到了那个冷冷的模样。"走吧，得赶回去的车了，下一趟车要到两天后。"他洋洋然说完，就耷拉下肩膀，但这回仿佛是让什么包袱从上面滑落，甩动起两条胳膊，就往台阶下走去。

没跨出两步，他回过头，发现我依旧站在原地，盯着那块石板不动。

"还愣着干什么？难不成找到博士论文题目啦？"

"是的，我找到了。"

《三重赋格》创作后记

尽笔者目力所及，关于"弃婴塔"的严肃文字记载仅见于以下三份文献：

1. 萨默塞特·毛姆著，唐建清译，《在中国屏风上》"小城风景"，江苏人民出版社，2006 年 6 月第 1 版。

2. 翟理思著，罗丹、顾海东、栗亚娟译，《中国和中国人》"第六讲 浅谈中国的风俗习惯"，金城出版社，2011 年 9 月第 1 版。

3. 吴巍巍，《西方传教士与晚清福建社会文化》"第三章 西方传教士对晚清福建社会的文化透视（下）"之"第二节 '异教徒'的'罪状'：地方陋俗事象"，海洋出版社，2011 年 10 月第 1 版。

可溯源的图片记载仅包括以下三份：

1. A "Baby Tower", Ningpo, Zhejiang, c.1870, by Edward Bowra, University of Bristol - Historical Photographs of China reference number: Bo01-096.

2. "Baby tower", Fuzhou, Fujian, China, c.1946.

3. Baby tower, Fujian, China, c.1911-1913, by Ralph G. Gold.

其中第三份图片记载即是第三份文字记载所征引的插图。

除此之外的记载多属递相摘录，有些是对翟理思的转抄。

历史上，弃婴塔主要分布于浙闽两省（有报道称西至四川都江堰亦见分布）。据笔者所了解的信息来看，现存的弃婴塔实物以浙江为多。

出元江记

狂风大作，一把梳子篦过山上的雨林。天壳的外面有光，是在焊修晴夜里看不见的璺裂。雨还没筛细就抖搂下来了，一根根削尖了镞头往地里铲。一个影子从树中间掠过。雨声。窸窣声。气喘吁吁声。从熄灭的阵雷中浮出的，极近处的虎啸声。

孃倭敏慨斐甩动了一下她那短一截的鼻子，从梦中惊醒。睡在她旁边的孃倭钪斐下意识把鼻子探过来，搭住她的，当作抚慰。

已经好久没有梦到那件事了。

第二天，孃倭敏慨斐从熹微的晨光中醒来。一只犀鸟已经站在她上方的枝头了。

"森林圆桌注意到你们在这里已经停留了三月之久。森林圆桌愿意提供一切你们继续前行所需要的援助。"犀鸟说。

"快了。"孃倭敏慨斐开始站起来，笨拙加重了她的冷淡。

"如果是因为迷路，森林圆桌愿意派来一只栗鸢充当向导。"

"不用。"

"那么，我是否可以如此答复森林圆桌，即说你们将在三天内克日启程？"

"你怎么说都行。"孃倭敏慨斐开始把身躯转向今天的第一顿粽叶芦。其他的象只陆续醒来。

犀鸟扭头飞进了密林深处。

去年腊月第一次做了哥哥的小象汉光，上气不接下气地穿过夜色跑来。

"怎么样？"大伙问。

"嬢爱猛阿姨……拉出了一个妹妹。"汉光语无伦次地说完，就又跑回去了。他的妈妈嬢欽佬，是嬢爱猛的接生象。

嬢倭杭斐走到嬢倭敏慨斐的身边，并排望着汉光一摆一摆跑远的屁股，轻悄悄地说："又多一张嘴了。"

嬢倭敏慨斐没有作声。

傍晚的时候，嬢仑姽婆婆和嬢倭敏慨斐在一片心叶稷地里散步。

"听说你决定动身了？"嬢仑姽说。

"嗯。"

"我是去年大约这个时候把首领的位置交给你的。我跟你们走了一年，认为你做得很好，我可以放心了。我老了，耳朵也打卷儿了，体力也跟不上了，不打算再往前走了。再走，也就是白多一张嘴，帮不上忙了。那边一大片栲树林，就作我自己的终点吧。"

第二天，象群就拔营了。上路时分，后头林子里响起一阵扑棱翅膀的声音。把幼象夹在中间的纺锤形象队回首遥望，一只犀鸟越过林际，往相反方向南飞而去。

南方广大的森林中央有一片湖泊，湖心是一座小岛。每年冬天，图南的候鸟来齐，物种的战争偃息，山林列王就会从环湖树廊的拱门下穿出，趋过只在冬水枯竭时才显露出的辐射状的湖床埂径，会聚到岛上由一块远古漂砾风化而成的圆桌周围，召开会议，决断从天上到水中的要事。

前年冬天，森林圆桌到会的有白眉长臂猿长老、狼王、绿孔雀皇后、金雕王子、鼍侯、巨蜥公、眼镜王蛇召片领、巨鼋酋、巨树蝻族长等，还有历年都少不了的大象领主和新任勐腊虎王烈朗牙。根据渡鸦的线报，一个旅游景区将会在数年内覆盖东面的几座山谷。这不仅要夷平眼镜王蛇召片领的行宫，也意味着把狼王的封疆割裂成两片，并且还切断了白琵鹭公主的归宁路线。

圆桌讨论不出一个万全的办法，眼看这样商量下去没个头。大象领主内心急于恢复随着烈朗牙锐意扩张而日渐衰退的自家声望，于是把这件事情承揽下来。等到一把它抛给自己的族群，上上下下立即分成了好些个派别。一个派别认为，大象一族生齿蕃多，近年已达三百之众，兵力鼎盛，正当乘势北伐，收复千百年来从传说中位于两条大水之间的至福乐土开始沦丧人手的大片土地。对立的派别批评这样过于冒险，依他们，倒应该叶落知秋，阖族尽快往更南方迁徙，好歹抢在其他物种之前，把住新家园里的先手权。这种时候永远都有第三个派别出来折中，相信与人类和谈仍是唯一可行的办法，之所以从来不行，只因为从未行过。前两个派别攻击他们是象界的叛徒，他们就侧目看向另外的第四个派别，这一派主张干脆与人类合作，受雇为工作人员，加入到这个未来的旅游景区里去。剩下的大象多持观望态度，或者就没有态度。

正是在这种闹闹嚷嚷的局面下，有谋士向领主提供了嬢倭敏慨斐这一层关系。于是在领主的指示下，来年春天，嬢倭敏慨斐的首领象就把权力移交给她，她所属的，当时有十六名成员的象群，则成为自然而然的使团，由她带队，衔命北上。

其实就在这个小小的象群里，各自对使命的理解也是很不一样的。

象少年诏猛，有着曾经在时思伧的队伍里服过役的战象的血统。他性子里与年纪也相称的刚烈逞气，与其说来自对身世的继承，毋宁说来自对身世的扮演。他心中隐秘地景慕着长辈的夜话里，曾经为人类浴血奋战的荣耀、友谊与那种骄傲的臣服，并且由现实的对比，又生发出相等程度，但更不那么着于表现出来的、对人类的敌视与逆反。他就认为，自己的"使团"是为象群大举征北做先锋去的。

雄象刀庄霸，和诏猛一样秉受着性别赋予的好斗气质，但年齿更大，也更稳重一些。他把这趟出使想象成象族以不开战为目的的武力炫耀。

另外两头雌象，孃光钪和孃燕挽，柔和得多，都认为这次以出使之名罩着的秘密任务是寻找新的、食物丰沛的定居地。所不同的只在，孃光钪期盼找到之后，整个象族都会迁徙过去，热闹兴旺；孃燕挽则打赌，首领已经盘算好借此机会脱离整个象族，到时候就他们几个在世外桃源里安详地隐居，因为再也找不到那么大片的象山了。与其所有象海吃一阵子，然后重新陷入全体饥荒的境地，不如一小撮靠自己努力的象偷偷度过饱足的一生。

象少女诏孃，天真烂漫，完全以她所受到的教育为自己的愿望，总想让哥哥诏猛承认，他们此行只是去同人类谈判的。

至于汉光和才四个月大的小象仔景跨，对这趟远足所用的唯一词汇，就是"去玩"。

孃倭敏慨斐首领停住了迟缓的脚步。象队像蠕虫的环节挤缩到一起。大家往左右参差探出脑袋，瞻望首领遇到的情形。在她跟前，一直延伸过来的小路消失在两旁三叉蕨搭成的低矮券洞下方。

象道在这里抵达了尽头。再往前，就是所有大象加在一起都久未踏足的世界了。

孃倭敏慨斐在早已变得很细的小道上艰难地转过身来，把团队里的每张面孔一个也不落下，一个也不让目光只停留更短时间地环顾了一遍。没有退缩的声音，也没有亢进的叫嚣。

于是她又转回身，呼扇了一下耳朵，甩开短鼻，迈出腿去，踏平了象道结束之后第一个三叉蕨的拱券。

其余象只跟随她鱼贯涉入丛莽，像十七艘宽甲板的舰艇从船台滑入荡漾绿色波浪的海湾。

这天夜里，他们在一座山岗的顶上宿营，从那儿可以瞭望一片明天将要经过的村寨。

一场激烈的争吵之后，两头雄象，刀嚣和刀哟，离开象群，踏上了笔直地指回家园的路。

从这次争吵中，嬢倭敏慨斐首领才第一次听到，她之前想都不曾想过，因而也从来没有防备的嫌疑。他们说，使团里的雄象，只是替她这位大使荷运，就长在自己嘴里的贡品。它们将被进献给人类，以赁取暂时的和平。

嬢倭敏慨斐站在山顶，望着刀嚣和刀哟走下山坡，在谷底消失了一阵子，又从对面的山坡上出现，这时他们身旁多了一只并排走着，但渺小不少的影子。等到那只动不动被两头雄象宽厚的身板挡去的影子最终被确定存在，并且辨认成麞鹿时，刀庄霸就向嬢倭敏慨斐靠拢过来，带着自白的动机说：

"是烈朗牙派来的。昨天我看见他趁大家分散吃东西的时候找他俩说话。虎族想降低我们的胜算。"

这才刚出发呀，嬢倭敏慨斐的心里这样想道。

象群进到村里，周围静悄悄的，一个人都没见到。象群像对待一片突然解除了禁咒的秘境必定会有的那样，把它兜底畅游了一番，连找食物的初衷都被丢到了一边，这其中也是为了探索关于一个人都没有的猜测的边界。最后，他们循着带来最后希望的稀疏铎铃声，在村尾这户院落里，找到了一头拴在牛棚下的牛。

象群本来郑重地彼此约定绝不伤人，现在对于用不上这种慈悲和自律的人类的明敏反倒嫉恨起来。他们本来为了一个人都没有而惊奇，或许还有一点点内疚，现在又为了独独这头牛留下来不走而感觉到被冒犯。在大象眼中，牛、羊、猪、狗、马，这些又都是动物界的叛徒，身上都成了人味儿，素来是极讨厌的。诏猛头一个闯进院子，那头牛被惊得从槽里猛抬起头，脖颈下的牛铃扑棱扑棱连响了几声。诏猛觑着那只牛铃，又蔑视又妒忌，但他感觉到的愤怒来源，只是那玩意伪装出这里有人时的欺骗性。"你在这住牛棚，我们风吹日晒？你活得还真有人样儿！"如果你去问，当时从诏猛心尖上滑过的各种乱绪里能够变成语言的，就是这么一句。

诏猛开始和后到的大象你一言我一语地奚落那头牛。很快，奚落就无法满足由奚落本身挑动的情绪，于是变成了粗鄙的辱骂，辱骂又变成怂恿，怂恿再变成挑衅。诏猛打头向那头牛冲去，牛吓坏了，竟拿出全身的力气来应付试手的回合，加上他平日惯受放养的待遇，保留了一些祖上的野性，结果诏猛吃了亏，脖子旁边被牛角狠狠地戳了一下，只好退出才挤进一半身子的牛棚。

雄象刀钪从这次失利中感到了实实在在的侮慢，立马接替诏猛发动进攻。不料他那根硕长的象牙挂住了牛栏，再一铆劲，整座牛棚却倒塌下来，把他夹在棚门框里，进退不得。牛趁机挣开了打在食槽边的绳结，从倾覆的棚檐下一跃而出，迅速地占据对面的院角。

诏猛听见诏嬢妹妹来到身后，就再次向牛发起挑战。牛已经改成了有利于持久作战的守势，灵活地避开了诏猛那对已经出落得十分漂亮但还缺乏经验的尖牙。嬢倭钪斐见状，怕牛伺机绕到自己儿子的侧翼去耍阴招，一个箭步上前，就隔开了牛和诏猛，把牛驱回墙隅。

年幼的景跨这时在后面大喊起来："阿姨好厉害！妈妈你也去打坏蛋。"嬢燕挽本不冲动，只是为了和自己的教育保持一致，才站上前替伙伴助助声威。然而那头牛在绝望的左冲右突中不慎把角抵中了她的面颊，这下真正惹恼了她。她舒开象鼻，一把卷起拖到地上的牛鼻绳，牵制住对手，任由其余的伙伴去肆虐。于是局面就演变成，几乎一整个家族联合起来，攻击这头陷入重围的独牛。

等嬢倭敏慨斐最后一个赶到的时候，她知道自己无法停止一块已经滚动起来的巨石了。众人的激情就像风，首领的意志就像帆，帆能乘风，不能顶风，帆最多和风斜着来，但绝不能和风对着干。况且，她还记得最近发生若要澄清只有矫枉过正的指控。所以她仅仅站在门边，冷眼看着即将发生在牛身上的一切。幸而那头牛在危急时刻做出了他自己余生肯定也无法重复的一跳，从象阵中突围出来。嬢倭敏慨斐倚仗着身份要求于自己的端庄，没有摽开架子把守在她近旁的最后关口，就让牛直穿院门跑了出去。她又作势要去追赶，这就把门给堵死了。及至塞在院里的象氓被放到外面，那头牛已经逃到山边的草场上去了。

大伙尽了兴致，这才开始去村民的储藏室里翻找食物。

大象们遇到双扇的门，就直接撞开，遇到单扇的门，就弄碎旁边窗户的玻璃，把鼻子伸进去，用鼻突握住门闩或门锁将它打开，这样进到每家每户的厨房和仓房里搜罗食物。

嬢倭敏慨斐想要用鼻管吸起散落在地上的玉米粒，再吹进嘴里。她的鼻子短，得像小马饮水那样，稍微把两条前腿叉开，脊柱高高耸起成弧，头深深勾下去，才能够得着。而且她鼻缘的皮肤有些凹凸不平，没法像别的象那样摽紧地面，临到头老是漏气使不上劲。虽然她自己早已习惯了，但看着总有些艰难。

汉光喜欢这位阿姨，有时甚至超过自己的妈妈。她话很少，不主动去捞谁，但你跟她说话，她总是很和婉。那天晚上，刀嚣和刀哟与她起争执，他被妈妈远远地带开了，零星传入耳中的几句话，他也听不懂。嬢倭敏慨斐的鼻子短，说话有些瓮声瓮气，放在吵架的场合，给人一种事倍功半的印象。从那以后，汉光这种喜欢里，又增添了一种保护的温情。不知为何，他总觉得，自己有义务做点什么，来补偿两位叔叔对阿姨的无礼。这时他觑着机会，兴冲冲凑过来，把鼻子拄在地上画着圈一拂，就从阿姨眼皮底下将玉米粒流利地吸了个精光，然后不给对方客气的机会，便让鼻子伸到她的嘴里，一口气全都吹了进去。

"阿姨我帮你。"他说。

汉光已经长大到这样的年纪，他的同情心刚刚足够他发现别人的不同，却还不够他再忽略掉这种不同。

景跨由妈妈嬢燕挽引见，向首领报告了他嬉游到村后的山梁时目睹的事情。

"好大好大的蝎子，好大好大的螯尾，往山上一叮，连山的肉都马上烂得掉下一大块来了。"

嬢倭敏慨斐知道那是挖掘机在铲土方，要用来堵住他们去路的。

"全部集合。"

号令发下，大象们从各自分散朵颐了整日的院落里退出，会合到穿过村寨的唯一一条土路上来。一点数，十四根鼻子，少了一根。汉光不在。嬢欻佬发出了一声高亢绵长、汽笛似的象鸣。

而此时汉光听见妈妈的、被厨房门隔得柔和了的呼唤，咂了咂糊了一圈酒糟的嘴，在一大个见底了的烤酒瓮下，继续呼呼睡去。直到大伙发现他，还是这么个状态。

"我好像听见那些大车开动的声音。再不走怕来不及了。"雄象刀武说。

"从来没有象群丢下过小象！"嬢爱猛大声插话进来。她和嬢欻佬是彼此的接生象，汉光是她和嬢欻佬夹着长大的。不仅如此，新添的母性身份在她的血液里注入了父性的义烈因子。

沉默片刻，嬢欻佬用一种整理好的嗓门开腔说道："走！不能因为他任性坏了大家的事儿。我跟他说了不能喝烤酒，他该学着知道这些事儿了。他也大了，过后也许自己能追上来。"末后，又用已然被堵得很细的喉管发出来的微弱声音说："倘或教人抓了去，关进园子里，往后就改了这愁吃的命，倒也好。"

说罢，孃欸佬就超到首领的前边，带头向村外走去。象群像一根沉重的铁链，从尽边上的链环开始，缓缓曳动起来。最后，孃爱猛转过了一直俯向汉光小脑袋上的身子。

"人类动起来了。我们怎么规划接下来的路线？得防着被他们包围。"孃倭钪斐说。

"走人类自己修的大路。他们的路直，快。"孃倭敏慨斐首领决定了计策。

"那就要穿过城市了。"

汉光是在一座村子外追上象群的，从那儿已经能望见城里最高的几根烟囱了。

孃欸佬和她的孩子长久地紧紧依偎在一起。

"仔，你是怎么追上来的？"

"妈妈，我刚醒过来的时候，你们都不见了。我着急得要命，到处找你们，哪里都找不到。后来我找累了，趴下来休息。我气喘匀了，周围也跟着变安静了，这时候，我突然发现，自己能听到你说过的那种波浪了，一下又一下，是你们的象蹄踏在地上发出的。我就迎着波浪一直追一直追，就追到了！"

"仔，你真的大了，已经能听到波浪了。"

孃倭敏慨斐正是从这里发现的汉光与大家之间裂开了一道永远无法痊愈的隔阂：他哪怕对最可期待不走的几位，都连撒娇也没有嗔怪一句。

一路上，尊严的怨愤给求生的焦虑彻底压垮了。在冒着他幼稚的担心中，再次失去宠爱的风险，去向长辈们讨一个公道，与承认自己弱小，从而继续换取抚养，先求活命直到自立，这二者之间，他选择了后者。有一些东西永远地改变了。从这天开始，这个家族对于他，变成了一个做每件事情，都要顾虑有一条线不能踩过的东西。

和世界上随时随地都在发生的一样，小孩选择了原谅大人——且竟是在一端悬挂着死亡那么重的秤砣的秤上权衡的结果。

刚才退到身后的，就是进入城市之前最后一片丛林了。

首领一次又一次地回首，像在告别逝去的故园。今天她的眷恋显得尤其按捺不下。终于，她索性停住了脚步，转回身来，正正地朝向森林的边界，凝望了好久好久，直到大伙都觉得有些抒情过头。

这时，一片直接从树干上长出来的叶子轻颤了两颤。一只赤麂幽娴地跨开半步，从树干后踯躅绕出，垂着一双若顾若眄的眼眸，那片叶子是她赭褐色的耳朵。

接着是第二只、第三只、第四只……

接着是穿山甲、松鼠、竹鼠、兔；

接着是旱獭、水獭、赤狐；

接着是野牛、斑羚、梅花鹿；

接着是豹猫、猕猴、貉，还有豪猪；

接着是花面狸、黄腹鼬、霜背大鼯鼠……

动物们从全已溶化进去的萌翳中析出，加入由森林最外一排树干连成的边线中来。

接着是这排林树飒飒地开始抖擞，肥硕茂密的阔叶幡然掀开，千百只白鹇好似水母般把翅翼一膨一瘪，就踮上木末枝梢，如在初夏的季候里，乍开了一溪如霰如霞的琼花。

接着是呱呱的声音零星响起，由稀疏渐至密集，连绵成一林的邕邕蛙鸣，向听众显示着树下的铃蟾。

双方就在这种喧嚣的静默中峙立了良久。

终于，象少年诏猛再也强抑不住，朝着对面冲出象群，抬起长鼻，指向天空，使尽平生的力气，发出了一次最悠远、清悲、坚定的长啸。

嬢倭敏慨斐穆穆然转身，带领象群，沿着马路踏进了由一块背朝他们的方向写着"提防野生动物"的立牌所标识的人境。

城市和他们沿途经过的村庄一样没有人。确切地说，小象看不到人，大象看得到人。围绕着象群有一个永远把他们放在中心的若干半径的球，人类显像出隐形的球壳，像清晨的苍蝇显像一块擦得锃亮的玻璃。

"妈妈，我知道你们说的城市是怎么回事啦。城市就是把所有东西都变成直角的地方。"景跨说。

"哦？为什么呢？"

"你瞧，山到了城市里就变成直角的。"景跨把鼻子朝一栋大厦扬了扬。

"树到了城市里，也变成直角的。"他又朝一座电塔努了努嘴。

"蜻蜓到了城市里，翅膀同样变成直角的。"他再把眼珠向着跟在象群头顶的无人机转了转。

"怪兽到了城市里，还是变成直角的。"他们正在走过的路口，左右两边的下个街区，用来围堵的渣土车刚巧排成阵列。

"就连月亮到了城市里，都要变成直角的。"最后，他憨憨地跳到一个路灯下停住，昂起头仰望着方形的灯罩说。接着，他又换了一种怨望的语气：

"妈妈，这些大蜻蜓好吵，我晚上睡不着，它们一直嗡嗡叫。"

嬢燕挽用自己的鼻子顺着景跨的鼻子捋下去，暗怀愧意地抚慰他。

走在他们近旁的刀钪，本就因几夜没能睡好变得烦躁不安，此时好像从弱小者的受害中获得了更充分的名义，用鼻子顺起一根自行道树上掉落的枝条，奋劲朝半空中黏得最紧的一架无人机掷去。

无人机敏捷地闪避了攻击，平平稳稳地荡开一小圈，悬浮到一个更安全的高度，继续涎皮赖脸地蜂鸣。树枝划着一道扑空的虹线落了地。刀钪怒不可遏地站停，略低着像要冲刺的凸额，两眼用斜向上翻的凶光逼视那家伙。半晌过去，刀钪到底毫无办法地转回身子，和留下来守着他的对头一起，一跑一飞，去追各自阵营中已开出老远的大部队了。

象群逛进一座汽车修理厂。这里有许多景跨称之为"死掉的怪兽"的车子。

墙上有一排自来水龙头，每个前边排着几头大象，用鼻突拧开龙头，接水喝。

嬢倭敏慨斐的鼻子短，没长到鼻突那儿，像造物抟到现在这样的时候材料忽然不够了。她稍一犹豫，嬢倭钪斐就把这差事接了过去。

"妈妈，嬢倭敏慨斐阿姨的鼻子为什么是那样的呀？"汉光认为，他没有要阿姨亲自回答这个问题，就是足量的体贴了。

"嘘——别说了！"

那时候，嬢倭敏慨斐还是一个象少女。

那晚狂风大作，一把梳子篦过山上的雨林。天壳的外面有光，是在焊修晴夜里看不见的璺裂。雨还没筛细就抖搂下来了，一根根削尖了镞头往地里铲。一个影子从树中间掠过，被断续的闪电离散成瞬移接近的鬼魅，伴随以让大口进出的气流磨毛了的喉管里发出的喘息声。

那个影子眨眼便冲到近前，既没有看到断崖，也没有看到就站在断崖边的象少女，一个刹不住脚，便栽了下去。象少女修长的鼻子在任何理智与善念出现之前伸了出去，一把钩住了那个影子坠落时伸向天空的手。就在这个瞬间，一道正上方极低处的霹雳像炸弹捻子般烧过，照亮了一张恐惧到极限的人脸。那张脸上，一双眼睑用徒劳的眨动抵御着不断流入、咬噬眼球的雨水。衣服从后颈到肩胛的裂口下，嵌露着虎爪造成的、犁沟般的抓伤。骤雨把黑白环境中仅有的血红稀释成浅粉。雷声渐渐枯涸，一阵近处的虎啸从中浮出。

暴雨冲淡了生灵的气味，掩盖了彼此的声响，老虎误把猎物追进了大象的领地。孃仑娓——当时这个象群的首领，发出了警告的嘶鸣。又一道霹雳闪现，象少女的余光瞥见烈朗牙从山脊的岩石上转身跳下，没入密林的背影。那时这只年少的雄虎已在自己的族群里展露出勃勃的野心。

象少女的鼻子被拉得皮褶都快要揪平了，绷在凸出崖边的巉岩上，像琴弦骑着琴马。那人全靠它吊着，双脚悬空，乱蹬乱踹，象鼻就随之在石棱上往复刮擦，疼得象少女忍不住呻吟起来。有一回，他总算蹬着了一块地方，眼看着象鼻能抬起些了，才一着力，脚下的山石又因雨后的松浮登时崩入崖底，只留遥远的粉碎声经久传回。那人猛地重新撞向峭壁，连带象鼻则用刚才一直磨蹭出的伤口再次卡上舌头一般伸出崖体的尖嵝，随着无能为力的左右晃荡，像一根麻绳在生锈的钝刀上来回刺锯。后来，象少女感到进的气变岔了，出的气变短了，还闻到了一股甜腥味。她累得深吸一口，结果鲜血顺着鼻管倒流到嘴里来了。

亲人们早已朝象少女围拢过来。大象是属于岩石的种族，他们有着来自岩石的肤色，来自岩石的体形，来自岩石的迟缓，和来自岩石的沉默。他们让象少女自己做决定。象少女没有放开。

到底那人还是救上来了。象少女的鼻子，离鼻突一尺的地方已经割断了半圈，像锡哨吹嘴上的横槽，浓稠的血液淴淴地往下流注。许多种剧烈的、分布于各个相距很远的极端的情感，在此人的心中激荡。抛开落难的狼狈，凭大象们的识见，他在人类中可算气质斯文，形貌端正。他跪在象少女的面前，竟用人类的语言，不能自已地倾诉起来。原本跟踪烈朗牙飞到这里，指望捡现成剔点剩肉的渡鸦，后来没走，把他说的话翻译给了象群。

他说，他是一名学者，居住在东北方向离这五十万象步的一座雄伟城市，今天来这里考察，不巧被猛虎偷袭，差点不能脱身。他说，他的研究蒸蒸日上，他的观点在同行中广受尊重，他作为顾问在官员中也大有影响，他将劝说他们，把一片更大的采地圈划给象族管理，不许人类打搅，这事一定能办成。他说，他这条命是大象给的，他余生都会奉献给恩主。他说，他说到做到。

渡鸦只能将更文的语言翻译成更质的语言。他听得懂人话，但不会说，无法把大象的意思回传过去。况且象少女的伤势亟须处理。象群像山神尊贵的銮仪危然转身，逆着摆列成晕轮的晨曦，缓缓隐入树林深处地平线上方才涌溢的光明源泉。

象少女的鼻子受了重伤。很快，前半截就因为化脓、坏死，从伤口处断脱了。老象用薜荔中挤出的胶浆敷治她的伤口。光阴移易，伤口终于愈合，留给她一根前缘凹凸不平、没有鼻突的短鼻。带着这根鼻子，她说话多少瓮声瓮气，从此变得沉默寡言。尽管谁也不曾嘲笑她，但她终究不愿总去动用同伴的自制。按照世界的定律，一目了然的缺陷同时赐予她执退处下的外在与进取要强的内心。孃倭敏慨斐长成了一头优秀的大象。虽然如此，直到很晚的时候，才有另一头被象夹弄瘸了腿的雄象，试着把鼻子搭上了她的脊背。

大象领主想要利用的，就是她所掌握的承诺。孃倭敏慨斐长久地犹豫不决，细腻的道德纤维使她虑及，那人甚至没能从大象这儿收到任何理解得了的答复。这样一项契约，等于说对方手里并没有留存双方签字后的复本，就不应视作生效，以留待觉得好用时，再拿出来绑缚别人。

"是不图他报。不过退一步也该是两讫。可现在善报未至，恶报先行，那就该好好算一算了。"

最后就是嬢仑妣婆婆这一席话，劝动了她。

一排庞大的渣土车楦在楼房夹出的街道上。象群来到了它们跟前。几架无人机在上空冷漠地监视。

象少年诏猛一马当先，选择了一辆大车，想用肩膀把它顶开，结果失败。

所有三头成年雄象，刀庄霸、刀钪、刀武一齐上阵，拿鼻子挽住一根车杠，意欲合力将车掀翻，也告无功。

首领在车阵面前缓步踱开，逐一察看邻车的间距，最后相中了一道缝隙，猫着步子挤了进去。走没两脚，还是卡着了。变换了几个姿势依然不行，只好慢慢再撤身出来。

嬢倭钪斐走上前说："这样，人类的路就走不下去了。可惜沿这条路下一座城市就是了。"

嬢倭敏慨斐抬头看了看那些居心叵测的无人机，又看了看楼房之上，像绿色排浪朝城市凹卷过来的、北郊的崇山。

"重新进山。人类总不能用这些大方块把山都封掉。有山上的树林打掩护，那帮嗡嗡叫的东西也就没法总跟着我们了。好路不让我们去，我们就翻山去！"

山的那边是一条河。

听着水声的象群，从陡斜的山坡上，一路被树林筛到洒满阳光的河边。十五根象鼻齐齐伸入锡箔一般的水面虹饮起来。他们每吸满一管，就卷起鼻子把水送进嘴里。嬢倭敏慨斐因为鼻子短些，就去到下游把前腿踩进浅水，并且多啜几管。

大家看看都喝够了，冷不丁听见上游扑通扑通几声，原来是汉光带着弟弟妹妹，依照惯常的公式去推断，但等周围的鼻子先后提离清水，就直当得了许可，一个无赖滚进河里去了。

他们的妈妈和接生象一面宠溺地看着小象仔小象囡们，在懂事了这么长的一路之后，能够又做回孩子，一面拉开照护的包围圈。其他的象只，还偷偷拿眼来觑看首领的主意。谁知诏猛早被没来由的水花扑面拍了个懵头懵脑，吸上饱饱一粗鼻子的水就追下河里去了。流弹迅速把象只们卷入了混战的水仗，这一下老老少少就都没谱了。

孃倭钪斐扇扇耳朵，歪过脑袋来，对着首领半是辩护半是递台阶地说："大伙儿走了这么些天，都想好好放松放松。"

才说完，她俩对视着眨巴了几下眼睛，就一起拱着浪花冲进水里去了。

她们侧躺在稍微离开大伙的水湾里闲聊。

汉光被小妹妹孃珂麦追过来，绕着她们跑了半圈，边跑边喘兮兮地说："阿姨你也快拿水浇我嘛，好爽的！"

孃倭敏慨斐的鼻子气短，喷出去的水淋淋漓漓的，不像别个那样气势好，所以她不同大伙儿打水仗。所幸也没让她为难，小汉光四只蹄子还没同时着过地，便和妹妹前后着滚儿又跑开了。他的心也跟叶子似的，来一阵最轻的风，就飞到别处去了。

"你还记得自己是长到几岁的时候，不能再像他们这样整个儿打滚的吗？"孃倭钪斐望着飘过大象形云朵的蓝天问。

"不记得了。大概就是突然有一天，发现自己没法滚一整圈，只能先从一面侧躺下去翻一翻，再换另一面侧躺下去也翻一翻，就到此为止了。"

"我也是！"

然后一起敞开肚皮哈哈大笑。

黄昏时分，孃倭敏慨斐从水中抬起头，望见四周的每个垭口，在苍茫的暮色中，都已被人类的行迹占领。

象群被召集起来商议对策。暝空迅速被他们的沉默染成烟色。

最后，诏猛迈出了一步，向着圆心凸出于排成一圈的议席。

"我去引开他们。我们往不同方向走，他们分出人手来堵我，防线会变薄，一定能露出缺口，你们就从那出去。"

"那，你往哪个方向走呢？"过了许久，不知是谁说了这么一句。

"我当然是往北。"诏猛哑着嗓子，把"我"音押得很重，一字一顿地说。

孃倭敏慨斐知道这一刻对诏猛的意义。这是他把使团的任务和自己的抱负重叠起来的唯一机会。

这一天终于来了。孃倭敏慨斐早就知道这一天总归会来，但她躺在河里，看着诏猛在不远处一边和诏孃互相泼水，一边又让着她的时候，并没有想到那就是今天。

每一头雄象都会有这样的一天。他们注定在漫长的成长中，经过某个时刻，发现自己所属的共同体里有些东西和自己的想象全然不同。从那时起，一粒分裂的种子，就用萌发的根系，开启了和它刚巧落入的那道裂缝互相探底、彼此助长的过程。直到许多年后的某天，他们以决绝的自立，向那个共同体清算曾经的一切失望。孃倭敏慨斐从今天，已能看到长久之后的、汉光的未来。

诏猛转身过河，其余的大象沿河往上游进发。他跃上对岸，远处两个垭口不久前初升的灯光向旁边移动起来。诏猛抖去湿水，发出一声在他想象当中祖先朝着汉军冲锋时的长嘶，阔步奔进了上方郁郁葱葱的林莽。

多天前新霁的湛蓝深空，渐渐被晒成了杨树叶背的白色。连续的旱晴遭到了大雾的报复。

孃倭钪斐向首领进言：

“上回突围之后这几天，人类把路给我们限得越来越死。我们这样照直了走下去，只好比鱼儿往人类专为抓它们而编的竹筌里越钻越窄。不如假装后退，趁着大雾，迂回一个小圈，绕出已经设下的网罗，然后重新掉头，快速急行，一鼓直达。”

“就这么办。”

“妈妈。”

“嗯？”

“你们都不太开心。”

“没有哇。”

“你们不用为诏猛哥哥太担心。”

“为什么呢？”

“我能听到他在大地上踩出的波浪。我每次停下来，就听听他到哪儿了。只要听见他的波浪，再想到他也能听见我们的，我就觉得诏猛哥哥还和我们远远地在一起。他今天在离我们四千多象步的地方，这会儿正散步呢。”

“嗯。”

“妈妈。”

“嗯？”

“我有些喘不过气来。”

“乖仔，是这样的，我们已经在很高的地方啦。”

“哦。”

“妈妈。”

“嗯？”

“你知道吗,那天我喝醉了,躺在地上睡着的时候,我做梦了。”

“哦？”

“我梦见，我们去到大家说的、在两条大水之间的乐园了。那里的地上站着好多好多象腿蕉树，象腿蕉下面是象鼻藤，象鼻藤下面是象草，高高的草丛下面是数不清的淡水泊子和咸水泊子，水泊子下面是天上的星星。我吃象腿蕉从来没有吃过这么饱，然后就在一个咸水泊子里玩水。我吃得太饱了，肚子都撑圆了，圆得我从水里浮起来了。妈妈，大象乐园真的是这样的吗？"

那座雄伟的城市已经接近，人类的关卡像冬笋的苞瓣愈来愈密实。在与象群只隔着最后一层峦嶂的盆地里，城市像一朵巨大而惊悚的异花，围绕中央几柱笔直朝向天空的雌蕊，不胜其重的花瓣贴着地面铺展开来。

上天降下了连续的暴雨，公平地削弱了双方的力量。人类的无人机无法起飞，而象群需要在泥泞中跋涉。

象群感到在一种黏度愈来愈大的介质中穿行，犹如一支已经来到射程末段、要与薄但却韧的鲁缟打赌的箭。

嬢倭敏慨斐带领嬢爱猛、嬢光钪离开象群，走上一座鸭跖草覆盖的矮岗，进入由雨线织成千百重帐幔的会幕。

两名从者一左一右，将长鼻伸入首领的口中。化为水相的天火自上而下焚烧大地。失声的智慧在烧炼中凝结。三位鼎立的雌象达成了一致。

嬢爱猛回到岗下，从象群中领出她的接生象嬢欻佬、小象囡嬢珂麦、象少女诏嬢，由雄象刀钪护送，向左路取道悬崖上的鸟径兼程而往。

嬢光钪从象群中领出她的接生象嬢燕挽、小象仔景跨、唯一的另一名象少女嬢燕逢，由雄象刀武护送，向右路暗度茂林下的鹿蹊倍道进发。

嬢倭敏慨斐和她的接生象嬢倭钪斐，分配到已渐长大、可以离得开妈妈的汉光，由雄象刀庄霸护送，向中路穿越幽谷中的羊道星火驰赴。

到这天傍晚时分，左右两路大象仍被宿命的牧杖驱回谷底，带着其他岔道已经悉遭夤断的消息，与首领的分队会合。上方的垭口如今是最后的希望。象队沿山体的弧度，拉成从指星的弯弓上射出的长箭。五十六只象蹄擂挞为自己壮行的军乐，奋勇冯渡从高天流向旷地的垂直河汉。

然而命运正在抽紧袋口上的绳结。耀眼的车灯打上了两侧的陡坡，装满渣土的大车先后在垭口上探出了硕大的车头。它们调整阵形，对齐，贴紧，联合成大坝，闸断了两山背后蓄满雨水的暮天。逆着只晚了一步的为首的大象，最后一台渣土车砌进了这道城墙仅剩的齿垛，像希望的店门安上了最后一条打烊的门板。城墙之后的山间坪坝上，五色的警灯已经闪烁，指挥的营帐已经支起，不同身份的人类已经进入各自的位置，用途可疑的器械已经举到肩头或眼前。大象在城墙外狂躁地徘徊。

在这相同的时刻，一万余象步开外的微风残照里，人类出手截止了诏猛的漫游。

这一刻终于到来的时候，诏猛没有像他在心里已经为自己设计过无数遍的结局一样，打得那么好看。他既没有机会，也放弃了争取。

当人类列成阵势缓缓向他逼近，他只是从那片莪竹上抬起头来，决定就在原地，站成一尊纯粹意志的化身，用也吞噬了他自己的同一种虚无，去傲藐人类一切的严阵以待。晶莹的液体在悄然端起的透明枪管中闪烁。

然后，他腰上仿佛被牛蝇叮了一下。知觉随即从疼痛的原点开始往四周消散。他感到自己像一个起走了几对螺丝的长方形，变成来回倾斜的平行四边形。他向前栽去，在意识到的瞬间绷紧前腿撑住，但接着又往后坐，直至连后腿都不打弯地一屁股到地。他莫名其妙地看看被自己的身体撬到半空的前腿，而后向一侧歪倒。

诏猛坐地时激起的波浪逝过了象群的掌垫之下。沉默像飞翔的精灵用黑色的裙纱扫过每一头大象的脊背。众象在波浪上眩晕，大地在余震中战栗。

孃倭敏慨斐吸满一整对肺叶的空气，尥起前蹄，使尽全力，发出了一声洪亮、持久、因她的短鼻而刚好变得尖锐的咆哮。

两头象少女把三头幼象挡到身后，八头成年大象站出队列，迈开摇山撼岳的步伐冲向城墙。他们左右各四，强攻两台相邻的渣土车。雄象把尖牙洞穿车厢的铁皮，雌象用额凸牴牾车身的凹处，尽心用命，戮力推挤，恃蛮勇，竭精诚，顷刻将两车向后顶开了一个狭窄的缺口。孃倭敏慨斐不待同伴，孤身从缺口突入车墙，气势汹汹，奔向仓皇后撤的如蚁诸人。

正当此时，在以溃退的人线为轴，与狂象对称的方位，逆向驶来一对疾行的远光灯。一台轿车像礁石冒出回落的人潮，彼此都刹住。轿车上下来一个人，冲到就地重整、组织防线、已经开始端枪瞄准的黑影面前，似在与他们互相阻拦。他把双臂以巨大的角度拼命在身侧上下挥动，像某种甲虫有若不能胜任自身重量地鼓动薄并且短的翅膀。紧接着，他又挣脱黑影们的拉扯，转过身，迎着暴雨，以相同的鼓翅飞到孃倭敏慨斐前方，再度掉头，展平双手，翼蔽背对着的她。

面对这般蹊跷的情势，孃倭敏慨斐不禁停止了飞奔。一字排开的黑影那面，似乎暂时也没有进一步的动作。来人这才转身，与雌象相向走到一起，跪倒在她面前，捧起那根短鼻，抚摸着已经愈合了多年的伤口，尔后便扑进象鼻勾成的臂弯，放声大哭。

这个人原来竟已相当苍老，难以逆料他在刚才的危急中爆发了怎样的力量。他的头发已经鬔鬔，衣着也很朴旧，胸椎已开始凸向脖颈的高度。他像一株植物，后来曾被迁栽到不宜的环境下，就用形貌记录了其中所有的际遇。孃倭敏慨斐一直困惑到这时，才猛然在箍住他脖颈的鼻子无意中拨开的衣领下，瞥见了那道虎爪的伤痕。只是伤口上的红色，早已不再被这场和几十年前一模一样的暴雨化开。到最后，这位老人用了呐喊，才往哽塞的间隙里挤进了两个字：

"回——吧——"

天上的云块犹在迅速熔融，滴落灼热的雨点以为松脂，将世界封入透明而浑浊的长久静默。迟至的众象环绕首领和老人，站列成历尽沧桑的巨石之阵。

很久以前，遥远的南方有一座黄色的城池，像云朵驻留在雪山的脚下。居住在城中的国王，娶了友邦的公主为妻。

国王贤德广智，夫人端姝静好，彼此情坚意浓。

是夜，夫人在王宫的花园里游憩。这时，有四位庄严的天神降临，请她坐上锦裯蓉簟的轿子。途中清寒似水，渐袭肌骨，襜帷启处，早已置身大雪山顶。

天神领她到山上的金天宫中休息，便自退下。移时，一头六牙的白象从山巅款款而降，步入宫殿。它姿势优雅，体态雍容，洁白如银，温驯似玉，用长鼻的鼻突衔着一枝盛开的莲花，呈献到夫人面前。夫人从花心的莲蓬上取出一枚莲子吞下，觉得它在腹中隐隐萌动，顿时醒觉，原来是露电一梦，而她遂因此有妊。

后来，夫人依俗归宁待产，在五月的月圆之夜，行至父王的花园，便略事栖迟。园中花果殊荣，胜妙具足，内有一株娑罗之树，枝叶柔美，树脂芳香。夫人伸手攀折，胎儿就在这时从她的右肋平静而无痛地生出，犹如顺产一枚光滑的卵。

所生王子，取名乔达摩·悉达多。三十五载后，鹿野苑中，初转法轮。其言曰：

世间有情，悉皆是苦。

生物钟调校师 ①

一

"出来。"

流浪乐人停下手中的摇杆，中断了挎在肩上的小巧自动风琴 ② 演奏到中途的德式小调《月儿升》 ③，转过身子，对着淡蓝色煤气灯 ④ 下阒无一人的长街喝道。

"跟了我两条街了，想干什么？"

一块小片阴影从弗莱芒文学博物馆 ⑤ 拱形门洞的大片阴影中，凸出到小兄弟街的石砌人行道上，最后裂变成一具孩童的身形，有着佝偻如猿的背脊、细长柴瘦的四肢和扁平状的头壳。随着嗫嚅的回答，可以从它脸上一开一合的部位辨认出蛙类的嘴。

"我……睡不着。"

① 全文发生在 1933 年的比利时安特卫普，所有场景、历史、事件均参照该时空坐标还原，仅少数风物应剧情需要有所调整。

② Street Organ 或 Barrel Organ，20 世纪初渐被取缔，注意与被称为 "Hurdy-gurdy" 的乐器区分，二者在中英文语境中都易混淆，前者暂无中译名，下文暂译为"手摇风琴"，后者的通用中译名为"手摇琴"。

③ "Der Mond ist aufgegangen"，摇篮曲，18、19 世纪流行于与比利时接壤的德国。

④ 煤气灯在 19 世纪 80 至 90 年代被交流电灯逐渐取代。

⑤ Museum van de Vlaamsche Letterkund，1933 年刚刚成立时的原名，后改为 Letterenhuis 并沿用至今，现址与原址相邻，均在 Minderbroedersstraat。下文小兄弟街是 Minderbroedersstraat 的意译，Minderbroeders 即方济各会成员互相之间所称呼的"小兄弟"（方济各会因此又称小兄弟会）。

　　乐人哼出嗤的一笑，其中的轻蔑倒不是冲着对方，而是给彼此刚才都摆出的严阵以待来了个一笔勾销，两边同时松了口气。他倒没为来者的物种感到惊奇。"我给你看看。"说着就走了过去。

　　小家伙在路缘石上坐下来，胳膊一边一条，很乖地叠在大腿上，瘦得都没肉，皱巴巴的皮像袖子撸着尺骨。它的前臂特别长，虽然两肘害羞地贴到身前，腕子还是超出膝盖，就又顺着小腿安娴地搭下去。乐人把底下带一根木棍做腿的手摇风琴倚在墙边，和那个生物并肩坐下，因为有着成人的体型，所以自然地靠后一些，正好伸出手，往背上结成一撮一撮像蓑叶一样的毛发中摸索过去。摸了一会，好像在它脑杓下的凹坑里触到了什么东西，另一只更远的手也举过来，帮忙从根部分开毛发。先前那只手捏住个小物件，呲的一声沿脊柱往下直拉到尾椎。背部的皮囊随即向两侧松垮开，借着石灰墙面反照进去的街灯光亮，豁出体腔里一些棱棱角角、横平竖直的构件来。

　　乐人转身从手摇风琴侧面的小抽屉里摸出一截已经燃烧得又短又胖的蜡烛，教它从另一只手擦着的火柴上把光明接去，靠几滴新泣的蜡泪做壤，往募捐用的锡杯倒扣过来的圆底上植妥。随着愈来愈小而从一端移向另一端的光焰，把火柴轧成一柄弯且黑的镊子。乐人用它就着烛光，轻轻挑宽边缘带有细小锯齿的裂口，由上至下检视起来。

　　小个子的脑顶有一块碟形的凹陷，光滑如瓷，里面蓄着水。凹陷中央开一小窍，刚好够那些水缓慢而不滞地漏入。与窍相连的管道通进颅内，又经枕骨大孔穿出，在这里把水导至一个胃囊。自此以下，还有三个胃，共是像牛一样的四个，全都呈桶形，在肚子里呈阶梯式地排列，以珐琅质的食管依次衔接，使水逐级流注。最下级胃的顶部长着一个瘘孔，让一根像竹子那样有节的软骨把箭翎一般分岔的尾端伸出来。隔着玻璃质的浑浊胃壁，可以隐隐约约看到软骨的矢状下端浸浮在从前几个胃接受过来的胃液里。

乐人把脸和蜡烛凑近去，诊视了一下软骨上的分节，又用镊子夹住它试着牵动几次，而后重新抬起头。

"找到了。你头上的碟是承露盘，每到夜间便收聚水汽，先后贮入四个漏壶，用最后一个壶里的漏箭随水面升降而浮出瘘孔的刻度计时。现下安特卫普的空气越来越脏，凝结的露水里溶解了很多灰尘，带到你体内，在壶壁上沉淀出一层水垢，逐渐缩小了瘘孔的直径，叫漏箭不能自如地升沉。现在它卡在对应申时的骨节上，所以你会睡不着觉，因为你的身体当现在还是下午四点前后。"

乐人一边用公事公办的语气下诊断，一边随着提及的部位，拿镊子挨个轻敲碟子的边沿、四个胃和连接它们的食道，以及骨箭的箭翎，发出清脆的声响。河童感受着抄近路从体内传导至大脑的音波，每接收到一下就把眼睛悚然睁圆一圈，到最后圆得都没有眼角了。

"我给你用酒洗一遍胃，把那些水垢溶解掉，就会好的。"

"好。"河童很乖地答应。

乐人从上衣内袋掏出一只扁圆的小酒瓶，拧去瓶盖，像要防止河童遇到陌生的感觉而乱动似的用一只手扶住它的肩头，另一只手用只比蛛丝粗些的水流轻悄悄地向它头顶的碟子倒酒，并且保持在窍孔可以及时把酒泄掉而不致满溢的速度。

随着凉丝丝的酒像盐水在输液的导管里那样静静流过食道，第一个胃原本琉璃似的铅白薄壁，渐渐变成与磨砂玻璃相似。又过了一会儿，变成像大冷天的窗户蒙了一层雾气的样子。最后在某个欲辨不及的刹那忽然透明起来，只被里侧清清冽冽流淌下去的醇酒不均匀地加厚，而令内部的视像微有些模糊和扭曲。接着是第二个胃、第三个胃，好像有一股不健康的氤氲，正在收敛、液化到最后的箭壶当中。

伴着单调延续的动作、幽蓝幽蓝的街灯和偶尔像有个气泡浮出水面的河童的腹鸣，乐人罕见地感到了交谈的欲望。

"你是什么时候来比利时的？"

"我生下来就在比利时。爸爸妈妈本来是筑后川的河童，明治维新①年间，偷偷乘上一条出口伊万里烧②的轮船来到这里，然后才有了我。所以我是在安特卫普长大的。"

乐人刚才寡言，河童便相当适应地沉默，现在一说话，河童又十分乘兴地接茬。也或许，是酒力已经发生了效用。它的确都有些坐不定了。怕它待会儿醉起来不记事，乐人就趁眼下赶紧回到有一说一的口吻：

"这瓶酒我留给你。将来你又睡不着的时候，就自己用它像这样洗洗胃。但一次不能用太多，没事的时候也别乱用哦。"

"好。"河童依旧很乖地答应。

乐人估摸倒下去的酒够用了，便盖起瓶盖，小小瓶子里的酒却一毫儿也没有少。河童的大眼睛由于醉意渐渐眯缝起来，微微仰着脑袋，用一种弦松了似的音调说：

"好大的水芋③啊……终于又看到了……"

乐人顺着河童骀荡的目光望去，对街联排公寓新古典主义风格的檐口上方，郊区橡胶轮胎厂④烟囱注射到夜空中的流云刚好飘过，此时正被晚风吹塑成一片心形的水芋叶子。

这只河童游荡的街道，在短短几十年前，还是一条自安特卫普建城起就从市区流过的，名叫瑞恩⑤的小河。人们把粪秽、残汤、

---

① 明治维新，发生在 19 世纪后叶。

② 伊万里烧在 1867 年因巴黎世博会展出之契机迎来市场复兴。伊万里烧的核心生产区在佐贺县，而上文提及的筑后川是佐贺县的一条河流。

③ 水芋，天南星科唯一一种在欧洲亦有分布的物种，见于沼泽等浅水域。

④ 刚果自由邦曾大量种植橡胶，以满足世界对橡胶轮胎的需求。详见第 128 页注②。

⑤ De Ruien，现在是安特卫普的下水道，到 19 世纪末才被完全覆盖。

浆洗液和各类作坊的废水都交给它捎往北海。随着城市变大，河水的行李终于变成了河水本身。沿岸疫疬横行，蚊蚋肆虐，臭气熏天。于是安特卫普人用砖头和石块把它罩覆起来，形成原本夹着河流的建筑现在所夹的街道，让污水在地下运行。早先的时候，河畔还丛生着成片成片的水芋，乐人记起来了。那一簇簇心形叶片下肥硕的绿荫里，曾是小河童嬉耍与躲藏的地方吧。

想到这儿，乐人扭头看向河童。它仿佛舌头先寐了似的呓语着"又能睡在水芋底下了"，紧跟着肚子里发出一阵细微的刮擦声，并在这相同的瞬间，合上眼皮，堕入了睡眠，双臂向大腿两侧滚落，就要往后躺倒。

乐人一把将它扶住，知道漏箭已经从疏通的瘘孔中浮了出来，就把它脊梁上的拉链从尾椎拉回脑背。他慢慢站起，小心得略显艰难，拽过手摇风琴挎上肩头，接着一手伸过膝弯，一手绕过后颈，抱起河童，走出一小段路，把它放在附近那座布拉博喷泉[①]的石础上，让项链般的水流划着抛物线刚好漱过它头顶，那个用潮润标示着河童体征的浅碟里，也没忘记将酒瓶塞进它晒干了似的起着皱的爪掌中间。

做完这一切，乐人连一个相当于句点的动作都没有，便只管整理好行装，转身穿过大广场，隐入小巷结成的、被夜气漉湿的蛛网。下一刻，手摇风琴上奏起的《月儿升》就代替曾经的河水，从四面八方环绕广场的每一个巷口陆续漫出，于周围静谧毫无破坏地再次汇流进来。

二

圣母教堂外墙上的圣徒石像们，借着月影的掩护，依次向同

---

① 位于下文提及的安特卫普大广场的一个喷泉雕像，1887 年树立，距离弗莱芒文学博物馆约 500 米。

侧缓缓转动头颅。朝着他们转往的方向，一位子夜还在流浪的乐人正从下方踽踽经过。手摇风琴播散的音乐盖过了石料发出的、推磨似的暗响。

沿着蓝贝街①快要走到拐向磨坊街②的路口时，一个戴小丑帽的黑影从街角横伸出来，飞快地变大，和乐人因为把一杆灯柱甩到身后而倏然掉转至前方，并随着每走一步同样迅速拉长的影子成直角交叠到一起。在它们的导引下，两边的主人照面了。小丑手中抛着一串轻球，球或只五六枚，但在空中流利地转圈，对人眼显示成将近三十个上下的重影。且各球半面黑半面白，随着沿大圈循环同时绕自身内倾斜的一轴转动，每当回到小丑手中，都刚好自转一周，并注定是全黑的一侧朝外。从对面看去，诸重影里露出不同比例的黑半球均被夜色蚀去，不多不少，画出一个完整的月相轮回，成住坏空。

他们见了对方，看上去比陌路人更有反应，比仇家更会心，但比老伙计更庄重，比新朋友又更无动于衷，只不过像同班巡勤的哨兵那样，友善而克制地相互点了点头。那是一种从长期共事中预见到这种情形还将发生许多次时，心照不宣地协商出的、在礼仪和心意之间取得最佳平衡的态度。小丑像原本计划好的一样就势拐上蓝贝街，两人很自然地同了几步路，但一个没有停止抛球，另一个也没有停止演奏，他们甚至都没要再挨近一些。

"那件事情，你有进展吗？"磨坊街的来客问。

"没有。你那边呢？"

"都一样。"

小丑说完扭过头，双眸在与黑夜连成一片的厚重眼影中闪动两下："你的活计来了。"

乐人的嘴角微微扬上来一点儿，这就算是道别了。小丑依旧

---

① Blauwmoezelstraat 的意译，一条紧邻安特卫普圣母教堂的街道。

② Maalderijstraat 的意译，一条紧邻安特卫普圣母教堂的街道。

抛着球，从街灯的晕圈中淡出。乐人转身伫立，松开那只推动摇杆的手，仰起头和教堂角龛上的圣安波罗修定睛对视，像赌气谁先开口似的各自紧抿嘴唇，最后，圣徒认输了。

"说来惭愧，我在这阅世快六百年[①]，自问什么场面没见过，近来无因无由，却失眠了。"

"让我看看哪。"乐人说。

于是圣安波罗修把他那只端着一座蜂巢[②]的右手向旁边举了举，做出"请"的姿势。乐人顺着指示走去，沿途的圣像在他经过时一一张开右臂以为导迎，袍袖上的褶襞随之舒展，发出笋苞被剥开时的声响。最后，大门拱券上左右对称雕刻的掌钥彼得与执剑保罗[③]略略欠身，保罗用剑尖在门的上沿轻轻叩击三次，彼得掉转钥匙，让钥舌遥遥指向下方的锁眼。镌饰着繁缛图案的门板就向内退入，后方的黝黯中吹出一阵石质哥特尖穹下每每窖藏着的阴冷空气。

乐人迈进教堂[④]，借着投在玫瑰窗上的城市夜光，折向右面的侧廊。他擦着火柴，将第一个小圣堂祭台上的蜡烛点亮，然后拿起其中一支，沿着肋骨穹顶下的侧廊向前走去，经过了一个又一个用不同的点、线、面反射出各种光泽的三联画、壁画、墓室、告解亭和耳堂。每当走出的距离快要超越前一处烛光的极限，他就去旁边的祭台上唤醒一丛新的火之琼花，如此将烛焰烽燧似的传递到了交叉甬道周围。从这里再往前去，越过两列漆成中国家具一样极深暗色的诗班席，就是黑白大理石雕砌的主祭坛，科林斯柱式装饰的盲拱中镶嵌着鲁本斯的祭坛画《圣母升天》。交叉甬道的两翼，相对地供奉着鲁本斯的另外一双杰构《耶稣上十字

① 　安特卫普圣母教堂始建于 1351 年。
② 　圣安波罗修的圣徽（Saint symbolism）是蜂巢。
③ 　圣彼得与圣保罗的圣徽分别是钥匙与剑。
④ 　这里对教堂内部的描写是严格真实的。

架》与《耶稣下十字架》。乐人站在甬道中央，抬头仰望，甬道高远的拱穹好像在尽头开了一轮天窗，窗外的火烧云里显现着玛利亚蒙召飞升的异象，那是另一件巨幅圆形穹顶画，出自科内利斯·舒特的手笔。回首望去，视线穿过枝形吊顶烛台、木雕布道坛和在穹隆上交叉成一个一个十字的肋架券，管风琴耸立在正门上方，映着从半面侧廊投来的烛影，给这栋木石奇迹增添了一抹金属的光泽。它早已偏离乐器的属性，完整地进入了建筑的身份，细长的音管像恢宏柱廊在透视学上的无穷延续。

乐人与其说在望诊，毋宁说在借此机会喂饱他的眼睛。私心满足之后，才发现职责并没能顺便完成。

"没瞧出毛病啊——近来疑难杂症碰上不少。"乐人就近发牢骚的对象，是侧廊小圣堂中，卡佩罗主教[1]侧卧姿势的纪念雕像，主教本人，就长眠在被雕像当作卧榻的棺盖下方。

"还有北塔没看。"雕像嘴唇开阖，露出实心的口腔，带着石冷气的声音在尖顶拱下回荡。

"哦，对！"乐人担心自己答得太快了些。安特卫普圣母教堂的南塔从未竖立起来，他惦记的是北塔上安装着一组包含四十九口铜钟的钟琴[2]。它和管风琴一样，已经成为建筑的一部分，并以其规模，傲视低地国家的所有同类。这可不是随便什么时候想看就让看的。

乐人一边从后往前熄灭侧廊的火烛，一边向正门旁边的塔楼入口踱去。当最先点着的光芒终于逝去时，他回了下头，发现中殿和内殿之间的墙壁上，隐隐还反射着自己手中最后这一根蜡炬

---

[1] Ambrosius Capello，安特卫普第七任主教，死后安葬在安特卫普圣母教堂，注意与上文的圣安波罗修区分。

[2] 钟琴集中分布于欧洲低地国家地区（荷兰、比利时及法国北部），注意与另一种同名键盘乐器区分。悬挂这些钟琴的钟楼也构成了该地区独特的建筑文化景观，以"比利时和法国的钟楼"名义列入世界文化遗产名录，共包含56座钟楼。

之外的光源，像有只漏掉的灯盏在看不见的角落里安稳地燃烧。

　　乐人重新穿过一排排带经书板和跪凳的长椅，慢慢走回交叉甬道。最后，他站在《耶稣下十字架》前，谛视着一枚圆形的光斑，栖落在《耶稣上十字架》下方地面某种会反光的材料表面。刚进教堂的时候，还未适应黑暗的眼睛没能发现这厢的微光；现在习惯了深邃的幽昧，它返照在石柱上的光泽看上去盈盈如水。

　　那块贯穿光斑的反光材料是一片长条形、嵌入大理石地板的铜箔。它左右另有十来根，隐没在黑暗中，依不甚规则的扇形排列，如同一个仪表盘上的非均匀刻度。当中的一根最长，其余短半，尺寸相等。空气中浮游的尘絮将光线的源头追溯到南墙彩绘玻璃窗上一个怪异的圆形小洞，小洞开在画面右侧斯泰克斯克夫人雪白头纱的下摆一角。

　　乐人伛下身子，把眼睛放到光柱中间，只见小洞被亮光充盈，溢出者散射成盘状的晕圈。这样不行。他把一条长椅拖到窗边，蹬着椅面跐上椅背的横杠，才得以让眼睛贴近小洞往外窥视。圆形的视域被尚未完工的农夫塔楼[1]切割成左右两半，像正午的猫眼，严密包裹塔楼的脚手架将一切建筑棱角钝化，并代之以毛皮或植被的质感。高功率射灯从各个方向十日并出，正冲着欧洲第一座摩天大厦去连夜拔摭楼体的生长。方才以光泉充溢小洞的，就是其中之一盏。乐人收回伸长的脖子，发现光斑被自己的颧骨截获，果然就从地面上消失了。

　　"这个日晷[2]是什么时候装的？"乐人用一根食指摩过小洞的

[1]　农夫塔楼，兴建于1929至1932年，实际上在本文故事发生的1933年已经完工。它保持欧洲最高楼的记录至1952年，保持比利时最高楼的记录至1967年。

[2]　实际上，安特卫普圣母教堂在文中相应位置安装的不是日晷，而是一种"正午标"（可视为最简易的日晷，只能标示正午），并且是世界上仅有的三孔（oculus）正午标。它的三个小洞分别设置于1836年、1872年、2011年，因此在文中的1933年，应当有两个小洞，但文中写它只有一个小洞。它所在的彩绘玻璃窗也不是绘有斯泰克斯克夫

内沿，向玻璃窗上的斯泰克斯克夫人问道。

"1872年装的，我记得很清楚，那是我到这里来的第二年，他们在我头纱上挖了那个小洞。"斯泰克斯克夫人把眼珠尽可能地滑向眼角，仿佛这样就可以让视线绕过她那没有第三维的身体。

"事情清楚了，"乐人从椅背上跳下来，"您有两套时计，一套有目共睹，就是外面镶在塔楼上的机械钟，还有一套虽然也没藏着掖着，但却被大部分人忽略，就是这组设计独特的古老日晷。每个晴朗的白天，阳光会穿过花窗上的小洞，在地面投下一个光斑。地上的铜条是刻度，光斑盖过的刻度就是当时的时间，那根最长的铜条代表正午，其他每根对应一个整点。太阳落山之后，日晷不起作用，就是您一天中的休息时段。但最近有了农夫塔楼的项目，正在日夜赶工，工地上的强光灯穿过小洞射进来，模拟了太阳光产生的效果，把光斑印在下午1点的刻度上。您落夜之后精神得很，就是这个缘故。"

"看那工期遥遥无止，这可怎么办呢？"乐人不提防，本来看着耶稣被钉上十字架的圣约翰忽然插话。

"说来也容易。这个光斑的位置是固定的，我给您用药水，把那根刻度的纹身洗掉，其他不动，就可以了。代价是，白天的时候，真正的太阳光扫到这个位置，找不到刻度，您的身体就以为入夜了，会打个午后的小盹。"

"哎，老了就是老了，像日晷这样的古董家伙，不要又不舍得，留着又碍事。现在治个小病，还要跟那些老骨头一样落下午睡的习惯，哎。"圣约翰倒不拿架子，就这样唉声叹气起来。

人（Our Lady of Stekske）的那块，只是因为找不到正确的那块，才先用这块代替。而斯泰克斯克夫人彩绘玻璃窗是1878年安装的，比前两个小孔要晚，也与下文夫人的台词不符。除此之外，正午标位于教堂的东南角，的确与农夫塔楼处于同一方向，但是当时有无夜间施工，以及灯光是否能从正午标的小洞射入教堂，都不得而知。关于当年比利时的加班情况，参见第125页注②。

"要服老嘛。"乐人半带逗趣地安慰说。

一阵低沉的絮语在圆穹与拱券下回荡，那是遍布整座教堂的雕像与画像都加入了骚动的议论。一晌工夫过去，每个人物陆陆续续回复到一贯的造型，最后才是圣约翰转回了仍在朝各方向征询遗策的面庞。显然，意见汇集到他这。

"好吧，那有劳了。"

于是乐人把长椅拖回原位，将手摇风琴倚了，取出一小瓶墨水似的药剂，向铜条比地面稍微凹几毫米嵌入而形成的槽内倒下去，马上就有酸性的气体蒸腾起来。单调的工作之余，乐人娓娓说道：

"您知道吗，其实世间的天象仪，比人们直觉上以为的，要多得多。"

"怎么讲？"

"比如日晷就是一种天象仪，还有绅士们戴在腕上的手表。把手表的时针对准太阳，时针与 12 点之间夹角的平分线就指向南方；把这条规则反过来用，假如知道南方在哪，只要用那条线对准它，就能通过时针随时给出太阳的方位。所以每块最简单的手表都是一架小型天象仪，只不过它单单演示太阳这一个星体。东方有一种水钟，正是时计和天象结合在一起[①]。从这个角度上说，每一个揣着块怀表的凡夫，每一间立着台座钟的陋室，都是在自己的限度内，映射整个宇宙的运行。"

说着说着，那根铜条已经溶尽。先前的光斑，沉淀在下面露出的粗糙石砖地面上，只靠着残留的药液，还反射出些星星点点的辉光。乐人立起身，祭坛上接引圣母的小天使伏着云朵睡熟不知多久了，早已没人在听。乐人自失地笑起来，摇了摇头，挎上手摇风琴，也没有再去北塔，就走出了教堂，还替沉睡的保罗与彼得关好了大门。再过了一会儿，就听见《月儿升》的旋律，从

① 乐人这里提及的是中国北宋天文学家苏颂发明的水运仪象台。

有些距离的哪儿，渐去渐远地传扬回来。

三

门开了窄窄的一道，后面站着位女人，像画着仕女图的折扇拉开了一瓣框不住完整人物的褶。

"是这家预约的问诊吗？"

"对，是这里，就是我。"门打开了，女人随着门往后退，让出进屋的路。

乐人跨进公寓，闪到旁边，让女人把房门关上。女人指着一边说："医药箱先放在这里吧。"——她竟然一眼就看出这架风琴是医药箱——然后又转到衫帽架前伸出双手："请把您的外套给我。"她的动作带有一种优雅的干练与平滑的忙碌，像芭蕾舞演员从一组舞步切到下一组舞步，连中间都已经用轻捷自然的过渡铺满，甚至稍稍透露出一些让人屏气的紧凑与严丝合缝。这时，她已经站到带台灯的小圆桌前，请乐人在一面的靠背椅上坐下。

"喝咖啡吗？"

"本来就睡不好，还半夜喝咖啡？"

"哦，我才刚起……"女人看着对方说话时，一双眸子率直地凝定，但又少了些许神采，像某种过于清澈以致照不出倒影的透明介质，确实是那种被睡眠紊乱折扣了的美目。

"原来如此，那这病得不轻啊！"乐人试探性地开了个玩笑。

女人大大方方从桌边移开，把一壶水放到煤气炉上，准备好咖啡豆粉、杯子、溶具一应物项。从进门起，她就以一种雀鸟式的、又娴淑又急切的风度栖遑着，与她应接有不暇之感。现在趁她背过身，乐人凭着职业素养向周围审视起来。这所套间相对女人显然在过的独居生活不算太小，维持着一种绝不属于临时打扫出来的整洁。会客室里陈设简单，但还是反映出倾注在布置上的慧心。

来客的情形似乎很少，却依旧当作时不时会成真的假设来绸缪。小圆桌上摆着钴蓝玻璃花瓶，一枝没有及时更换的半谢迷迭香颓倚瓶口，如在遐思。旁边的窗户挂着陈旧而素净的帘幔，窗台上装饰了船形的鸢尾花盒，不在花期。几样贴墙的橱柜被主人的小心对待拖延了掉漆的进程。一对上等伊万里烧的精瓷咖啡杯在房里简直璀璨得格格不入，像从某支衰落的家系唯一流传下来的祖物。至于女人，接近中年，正处在成熟的风情既补偿了已逝的青春，而又还未被衰老夺走的年纪。她浑身克制着一种隐秘的高贵，不是那种会让她从这些落魄家具中鹤立出来的高贵，而是那种努力想和它们融化成一片的、在欧洲大陆久已失传的高贵。在这种高贵面前，仿佛灯罩有些磨透了的台灯也是有自尊的。等水开的间隙，女人回到圆桌对面坐下，乐人就问：

"这么说，是昼夜颠倒对吧？"

"不是，比那更糟。我每天都要比前一天晚些才睡得着，偏差永远朝同一个方向累积。今天是刚好累积到昼夜翻转，如果继续下去，不用多少日子，我的白天黑夜又会和真正的白天黑夜重合到一起，就像被人偷走了一天，负负得正，然后再开始新的循环。感觉我的一天比别人的一天长一些。"

"具体是长多少？"

"大概一个小时。如果我今天轮到圣母教堂的晚钟一敲就入睡，那明天就必须在晚钟敲过之后一个小时才能合眼。"

"唔，这在术语上叫作非 24 小时睡眠周期综合征。少见，但好在不是什么毫无头绪的怪疾。"

水开了，女人又熟练地张罗起来。观察细致了以后，乐人能从她的熟练里辨认出一种不同寻常的节奏。那只手总像没有下定决心的磁铁缓慢吸往下一个器皿，而在接触到的刹那又瞬间胶漆，紧跟着一通眼花缭乱的厮磨，看似要弥补刚才的迟钝，直到它们重新分开，全程好比一只松鼠在多疑的嗅闻和灵敏的抱啃之间不断交替。最后，她用餐盘端着一壶咖啡、两只带茶托的瓷杯、两小盏牛奶、一碟方糖回到桌边，仿佛端上来一个童话里的梦幻家庭。

咖啡很苦，就品质论，着实埋没了那对瓷杯。乐人把一盏奶浇下去，问女人有没有小勺。女人歉疚无及地站起来，滑到灶台边，取来了两柄没有镀银的锡匙。她走开这当口，乐人正安静地端起咖啡，又试着尝了尝。女人把待客的锡匙递到他喝完第一口时本来将杯子放回的地方上空，便松了手。锡匙茫然直落柚木的桌面，一连串金属弹跳声刿耳怵心。

"您是……盲人？"迟疑片刻，乐人从杯沿上抬起嘴来问道。他心里有一块数独，刚刚填上了中间的格子。

"啊……对。"女人像才想起一件无关宏旨的事情那样说。

"那就说得通了。"乐人泰然拾起锡匙，放进杯中一边搅拌一边沉吟。

"什么？"

"您的病在盲人里多发。其实每个人都是一台用自己的节律来计时的钟表，需要靠自然光对表，但盲人做不到。不过，这只是出现症状之后没能自行修复的原因，发病的根源还得再找找。"乐人多啜了两口咖啡，接着说，"您能允许我检查一下吗？"

"当然。"

"失礼了。"

乐人胸有成竹，把杯子放回桌面，站起来绕到女人的椅背后方。他将双手有心地攥成拳头，从女人的两边腋下穿过，扣住她的锁骨，向着左侧轻轻拧转。只见女人的腰部以下纹丝不动，腰部以上却又像尸僵般连轴而转，隐没在腰带横褶里的接缝微微拓宽，也不见鲜血从中渗溢，上下两爿的椭圆剖面就错开一个比波斯菊瓣还小的锐角。乐人保持姿势歇了歇手，然后稳稳向上抬升。女人的躯干与下身竟就爽然分离，躯壳之内蜕下半具小一号的裸体，似一尊胸像平置在轮廓配套但宽出一圈的底座上方。这具内嵌的女体与外壳同属一人，但是年轻几岁，大约二十四五岁，有着正当饱满挺拔的乳房，从交抱环箍在胸前的双臂间挤胀出来。只不过减掉了后来的岁月按最低限度给她贴上的赘肉，就能够刚好套进现在这副版型的躯壳。

躯壳不知何时早已丧失了弹性，犹如硬纸板糊成的中空模特，保持原形不馁。乐人将它抱到一旁的沙发上放正，再回到女人身后，如法炮制，揭下了看似是内芯的又一层外壳。这次底下露出的半身依旧彼女，保持着相同的姿势，唯妙龄只十五六岁，胸部尚在发育，周身的弧线也还不够丰润，故而又缩了一码。

乐人把第二重躯壳摆在前一重旁边，照例再拔起第三重。这一重下面扣着的皮囊回溯到童年的样貌，姿势一仍其旧，看去髫龄八九，身子板单薄嫩弱，像光线都能半透的芽蕊，塞进少女的体腔固是绰有余裕。

这第四重躯壳也提离之后，就返本还元，归一存真，只剩下一个未孩的婴儿，像被学步车围着一般把长趋近宽、宽趋近厚的圆乎乎身子，探出在拦腰的剖面之上。剖面自内及外，由四层下身躯壳的顶缘环环相套而成，恍若伊人的年轮。

这女婴就是最后的核仁了。她又与前几重身相不同，胳膊短短的无法交抱，就那么像还没把子宫里的蜷缩姿势抻平似的屈在两侧。胸口有一片圆角矩形的透明皮肤，裸露出繁复的齿轮，簇拥着一颗心脏拳拳搏动。与这些齿轮相连，一根摆锤在下方的腹腔内往来蹀躞。

乐人对着那扇胸口的小窗细察良久，接着坐回对面的靠椅，端起半冷咖啡，暗中后悔地咂了一嘴。他把目光从女婴扫视到沙发上排成一排、顺次演替的四种色相，启言说道：

"您的发条要靠心脏的泵缩定期上紧，但您有心动过缓的问题，导致发条比较松，钟比正常人慢，所以每天滞后一小时。您生来就是这样吗？"

"嗯。"

"从来没好过？"

"很久以前……好过一阵子。"话到此处，待人接物的最外层躯壳出于意表，忽然浅晕上颊。

"是怎么？"

"那时候，我十八岁。有一个男孩爱上了我，爸爸不许我们交往。当时我还不住这里，我家住着大大的别墅。他就每天晚上带着风笛[①]，准时到窗台下，来为我吹曲儿。那段时间我每天一到晚上，心跳就怦怦地加快，发条就那么着定时上紧了。"

"后来呢？"

"后来……德国人来了[②]，他去打仗。其实爸爸本来请工匠为我配了一把发条钥匙，他上阵前，我把钥匙送给他，等他回来打开我的心，但是他没有回来……从那以后，我的心就再也没有剧烈地跳过……"

乐人走到女人背后，发现脊柱中间有一个锁孔，周围镶着新艺术风格[③]的心形锁面。他端详再三，抬起头说："这个锁安了双丝网，中有千千结，我没法用蛮力破解，很抱歉。"

"没关系，没关系。"倒是女人更为自己给对方带去的挫折感到不安。她反复说着，声音逐渐小下来，从外向的共情回转到自己的心事。

乐人默默将四个躯壳逐一盖回女人的腰上，每个都对齐，然后旋紧。最后，他向着恢复到原状的女人又说了一遍：

"对不起，我也不能治好所有的病。"

"不要紧，这没什么……"女人的声音低得听不清，仿佛在

---

① 风笛（bagpipe），比利时传统乐器。
② 第一次世界大战初期，德国于 1914 年入侵比利时。
③ 新艺术风格，1890 至 1910 年盛行的艺术运动，以比利时布鲁塞尔为发展中心之一，以比利时建筑师维克多·奥塔为代表人物。

回忆的迷宫中反弹了很久才找到出口。她已经在迷宫深处了。

乐人挎上手摇风琴，离开之前，再次回过头来看她。女人的双目脉脉低垂，向下盯着侧前方的某处，她的情人也许正坐在那里，盲眼的天赋使她反倒能与幻想和平共处。乐人悄悄带上了门，沿着楼里的旋梯走出公寓。在下一次响起之前，《月儿升》的旋律沉默了很久。

四

已经第三次了，乐人巡夜的时候，撞见这个水文记录员站在他那栋小房子临河的门廊上抽烟。

"让我来帮您吧？"乐人决定下出整个棋盘的第一步棋，或者说，他看出对方已经挪动过棋子，该自己了。

"没有人帮得了我。"半老男人颓废地说，烟头随着嘴唇的翕动一撬一撬的。

"您太快下结论了。"乐人的询问并没有真打算征求对方的意见，他已经站在了廊顶的门灯下方。记录员没有进一步动作，拿他的心境作原点来说，就算是落在积极合作的象限以内了。

两人走进屋里。既然双方的象都已经移出了格子，也就没必要再拐弯抹角了。

"症状是什么？"

"睡不着。天天夜里 4 点以后才会睡。"

"醒呢？"

"如果不上班，也跟着推迟。"

"就是说自然能持续的睡眠时间并没有明显缩短？"

"算吧。"

"睡着之后睡得好吗？"

"那倒还行。"

"这样几年了？"

"不记得了。"

"嗯，严重的睡眠相位后移症。"

"然而知道病的名字并不能治好这种病。"

"那么让我瞧瞧您的病灶吧。"乐人的耳朵已经历练成一张筛网，适当的时候，可以把别人话里的冲动都滤过，只抓住理智的稻草。

记录员顺服地除下上衣，他的顺服源于彻底的放弃，既放弃抵抗病情，也放弃抵抗治疗。他那副从山毛榉木中抠出来的木偶身板结实壮硕，硬邦邦的，躲避了这把年纪该有的一切松弛。凸雕的肌块涮过酡红色桐油，像整盘出炉的小圆面包，彼此挤成立方，烤得外皮铜亮。乐人绕看了好几周，连他还是棵树的时候哪年遭过霜灾都瞅在眼里，愣是没找见一钉一铆，也没有机关的踪迹。只在肌群之间布着些解剖辅助线似的拼缝，刀片都插不进，别无明锁暗扣。

乐人有些挠头了，指着记录员右臂上的卡介苗[①]疤打岔拖延时间："您打过卡介苗了？"

"没有啊。"木偶记录员的语气略显惊奇。

乐人的眼里闪过一道光。他掠下窗框上的防风灯，举近记录员的胳臂。火光映照下，视野像胶片电影的画面忽明忽暗，浅浅瘢痕犹如一湾低矮的环礁。乐人用拇指和食指的指甲镊住那圈比指甲还薄的凸起，耐着每次滑脱造成的木面剐蹭感，一遍又一遍地向外钳拔。终于有那么一下，拔起了一段使得上劲的长度。他马上捏住这点冒头，乍抽出一根圆柱形的销钉。瞬目之间，三角肌和肱二头肌的两块构件便沿着经过销孔的拼缝霎然双解，撞着木偶的赤膊乒乒乓乓坠地，现出下面未曾抛光上漆、带着肌纤纹

---

① 卡介苗于1928年被国际联盟卫生委员会通过，但事实上，直到第二次世界大战之后才被广泛使用。

理的芯材来。

"好家伙，全榫卯结构啊！"

既然拔掉了塔罗斯[①]的铜钮，乐人就一鼓作气，势如破竹，又是松脱冈上肌和冈下肌的夹头榫，又是拆下小圆肌和大圆肌的抱肩榫，一会儿离析肩胛骨和肱骨的粽角榫，一会儿启除锁骨和胸骨的揣揣榫，此外插肩榫、挂肩榫、龙凤榫、托角榫应手而解，最后掀开与脊椎用闷榫角接合的整个右半爿肋板，总算把那只嵌在肺泡里、靠肺叶一吐一纳提供驱力的机械钟暴露出来。

这面机械钟的钟盘很不一样。同样是十二个刻度，但顶底两极不写数字，各画着三道和一道波浪线。它们把钟面隔成左右对半，每半沿顺时针方向分别都是从"5"递减到"1"。在本当是数字"3"的双侧正中，则都改用两道波浪线代替。盘面上只有一根时针，现在笔直冲下。

乐人只看了一眼便说："您干这行干到骨子里了，这是一面潮汐钟。喏，时针往上指是满潮，往下指是干潮，满潮和干潮差6个小时。一圈12个小时，就是前后两次满潮的间隔。每天走两圈，对应早晚各一次高潮[②]。显示的是距离下一个极值点的时间，所以用倒数计数。左右侧两道的波浪线，分别表示涨潮和落潮中的半潮。正常情况下，您应该每天当它指到晚潮就产生倦意，而当它指到早潮时睁眼醒来。现在正当低潮，您按说睡得正沉，离起床还有半夜呢，这钟没问题呀……"

乐人像是推理到哪说到哪，话随思路走到途穷。他微露疲态地离开椅子，站到窗边远远眺望。从港口延伸到房前的斯海尔德

---

① 塔罗斯，希腊神话中的青铜巨人，刀枪不入，只有一根血管从颈部通下，至踵以铜钮封口，与阿耳戈号作难，为美狄亚用计破坏铜钮，血尽而亡。

② 这里的知识与事实有出入。两次满潮间隔实为12.5小时，所以并非早晚各一次，而是会逐渐向后推移，与月亮升入中天的时间同步，但这里为了行文做了简化。

河[1]像大陆上的一道熨痕，正处在最低的水位。半轮朗月犹青斌的锈，沉落在对岸的烟囱林里。记录员挺着破碎身躯，走过来两人并排。

"全榫卯结构，是东方的技艺吧？"乐人问。

"没错。1917年的时候，我在前线，一个炮弹掉到脚边。战友说，我全身烂得铲都铲不到担架上。一个中国劳工旅[2]的华工救了我，他在家乡是个木匠。"

"您参战了？"

"何止参战。我干这行之前，做了半辈子火车司机。从安特卫普撤往奥斯滕德的火车，是我开的。"

他掏出一支烟，伸给乐人，乐人摇摇头，他就夹到自己嘴里。一条直直的烟岚射进了窗外的虚空。乐人不沾烟，但仿佛感到一种只有从对等的动作里才能排解的宵怀，便也长长地吁了一口，在清冷的夜凉中凝结成与香烟形神皆契的雾露。

"我知道是怎么回事了。"

"嗯？"

"1914年的秋天，安特卫普围城战。失守之前，从9月29日到10月7日，每天夜里都有全列熄灯的火车，从市区沿斯海尔德河右岸往南，擦着德军的阵地，一路开到奥斯滕德[3]。车上装的是伤员、新兵、未经训练的男子、战俘、辎重、弹药和工业机械。当时您就在车上，作为司机，连续九晚，在焦虑与坚定、恐惧与勇气中去而复返。我说的都没错吧？所以日复一日，您每次入睡前守望的潮汐，是那整整九天里，夜夜在德军的炮口下，沿着河

---

① Schelde，一条流经安特卫普的河流。

② 中国劳工旅，第一次世界大战期间中国向协约国输出的华裔劳工，1916年开始招募，1917年1月18日第一批出发，至1917年底已有五万四千名劳工在法国及比利时为英军工作。

③ 这次撤退沿途的几个关键地标：安特卫普市中心、伯赫特、吕珀尔、泰姆瑟、奥斯滕德。

岸悄悄涨起又落回的、撤退的人潮。只有等这次潮水退去，您才能获得安宁，进入梦乡。您肺里那面钟没有捕捉到这第三轮的潮信，然而它才是每天向您发出睡眠信号的心灵物候。"

"那，要怎么办？"半晌的沉默后，记录员问。

"我给您把潮汐钟改装一下，加上布谷鸟报时的功能。每到晚潮，小鸟就在您胸中唱一支谣曲催眠，您就睡得着了。不过，额外的那次潮汐，要抹煞是不太可能了，它以后就会在您的梦魇里消长，这也是没办法的事情。"

乐人说着，从手摇风琴的抽屉里取出一众工具零件，当即动作起来。锉刀声窸索窸索重复的当口，他拽个话头过来闲聊：

"您听说最近有什么人犯嗜睡症吗？"

"没有。为什么这么问？"

"没什么。"

"您是就自己一个人，还是有一个团队？"好像为前一个话头被自己掐灭有些惭愧似的，记录员披拣思绪，偿还了一个。

"一个团队。我是里面权能最小的，所谓司日，专职推动昼夜循环的磨盘。在我前面有司月，负责润滑月月周始的车轮。再前面还有一位司年，主掌拨转期年回归的经幢。为首的是司章[①]，她——"乐人奇怪地停顿了一霎，从口形来看，似乎在斟酌要不要把阴性代词换成阳性代词，但最后放弃了，"她的事情少些，所以管的也就宽泛点，吹拂一切周期和十年同一量级的旋桨。我们四个又都接受'大师'的调度和指导。装好了，现在先试试看。"

乐人阖上钟盘，把指针拨到晚潮的方位，只见钟盘下方已经辟出了一扇小门，此时应声弹开，孜扭孜扭探出一只小布谷鸟，稚拙谐趣地哼起一首小调。记录员听着听着，在副歌循环的地方插入，小声地跟唱起来：

"Pack up your troubles in your old kit bag,

① 章，回归年与朔望月的最短循环周期，东西方均有此概念，皆约19年。

And smile, smile, smile.

While you've a Lucifer to light your fag,

Smile, boys, that's the style.

It never was worthwhile, so

Pack up your troubles in your old kit bag,

And smile, smile, smile,

……" ①

唱到后面，记录员逐渐闭上了眼睛，声音也慢慢变轻，轻成嘴唇在微微地颤抖，似呓语，又似哽咽。一滴泪水从眼角爬下他的脸庞。乐人向前倾出身体，一边一只拉起他的双手，到膝前合成一握，静静地低抑着鼻酸的音调说：

"安睡吧，战争结束了……"

记录员睡着了。乐人把他的潮汐钟拨到正确的时间，将一块块木料按榫卯组装回原样，带好行头，步下阶梯，踏上了倒伏的芦苇时时在上方用一个拱形跨过的河滨小路。《月儿升》的音符从风琴上腾起，被晚风吹散作两路，一路掉进湾流，在芦荡之间偶尔漾起的波心隐迹，一路翱上中天，于无端散开现出星曜的云窗潜踪。

五

一辆密涅瓦老爷车②在私家小径的入口处把乐人放下，就转去后边的停车坪了。管家已经恭候在此，接引来客穿过前院。几扇

---

① 这段歌词选自传扬全世界的第一次世界大战流行歌曲 Pack up Your Troubles in Your Old Kit Bag（《烦恼全塞工具袋里》），当年曾是激励士气的重要歌曲。此曲贴近军人生活，其中的工具袋（kit bag）是当时每个军人随身装备，"Lucifer"则是军人点烟的一款火柴。选段可以译为："烦恼装包里，笑吧笑吧微笑吧 / 有火就点烟，这才是男孩该仿效 / 担心有何用，从来不过空徒劳，干脆 / 烦恼装包里，微笑微笑再微笑 / ……"

② Minerva，于1902至1938年生产的比利时本土奢华汽车品牌。

盛满灯光的窗户从墨蓝底色中锚定出一座荷兰式别墅[①]的轮廓，像星辰锚定星座的喻体。

走到跟前，乐人才看清外墙清一色的空心红砖。管家迎请他迅速通过门厅，过度流畅的礼仪令乐人有种笨拙遭到彰显的不自在感。通往二层的巴西红木楼梯，青铜骨架、玻璃拼贴工艺的宝塔形中央吊顶灯，与吊灯相呼应、携带东方元素的栏杆和暖气片罩，一尊比利时象征主义的踞姿青年像，一台镶胡桃木鎏金青铜落地钟，都一晃就过去了。管家示意他稍坐片刻，就安静而多礼地退了出去。"派辆车到路上截住我就给拉这儿来了，这不是他来就医，这是医来就他啊——如此开场可没多好。"乐人不无骄傲地想。

他发现自己正身处一间分成三个开放式区域的大会客厅最左边的部分。用整栋宅子遵循的北欧家居理念来说，这里应该叫作"舒适角"。墙正中央是一座拉布拉多大理石砌成的纯黑壁炉，从一开始就为了被它上方的壁炉画《夜间海景》所装饰，专门打造的尺寸，珠椟喧夺。壁炉前方，佛兰德斯织毯塌地，简约的形式与几何的花纹散发着后期阿姆斯特丹学院派气息。织毯上没蹄的家具，从它们那富有异国情调的木料选用中一望便知，出自多米尼克装潢公司之手笔。壁炉右侧，一方小型卷盖书桌将蔷薇木、悬铃木和金属材质以相当时髦的装饰艺术风格混搭起来。书桌一旁，贴窗立着个用红木制造的镀铜台灯。乐人记起多年以前，曾在一次博览会上，见过它的原型样品，匠造者的名字写的是费力克斯·奥布莱特，一个法国人。书桌对面，黄檀底座的长沙发占据了整片墙壁。卡比尔丝绒的面料被台灯的蜜柑色柔光打湿，歪

---

①　本节场景将比利时布鲁塞尔的别墅 David and Alice van Buuren Museum 移植到安特卫普，除注释中标明的几处，几乎所有描写都严格与原型相符。值得一提的是，房子的女主人 Alice van Buuren（婚前姓 Piette），本身是一位安特卫普人。该建筑实际到 1928 年才建成，但是在文中，生活在 20 世纪 30 年代的主角们的父辈就已经住在里面了。

放的靠垫在角落里绣有设计师贾普·吉丁的花押字署名①。

当乐人环顾的目光落入沙发上方的油画里，他的双脚才第一次从房间的正中挪开，感兴趣地走近去打量。这幅《伊卡鲁斯的坠落》②显乎其然是老彼得·勃鲁盖尔的大作，一如既往，整幅画由之命名的主角被画家排挤到右侧的角落，沦为前景中之世俗世界得以引出的借口。地、水、火、气四行以一种文艺复兴时期世界哲学的姿态，在画面中交辉。

"这幅橡木油画，还有一张画在帆布上的版本，现在在布鲁塞尔皇家美术馆。和皇室的收藏比起来，这个版本有两个独特的点：一是天上正在教儿子飞行的代达罗斯，是布面版所没有的；再是这幅的太阳已经升得老高，但布面版才刚刚日出。周围这三幅花卉写生小品是20世纪末法国画家方丹·拉图尔画的。"

新来的声音最后只讲解了这一句，就在音调与行文都不像结尾的地方戛然栓塞而止。乐人知道有人来到身后，所以即使突然听见他说话，也没有回头。他耐着性子任物主舞完这一套剑花。"毕竟，谁还能比你更懂得太阳呢？"他想把这种悖谬揭露给骄傲，从而达到压制的目的。

乐人转过身，看见一张像从无法抛光的材料中用钝刀雕出的脸，脸上泄露着一种认真打理也遮掩不掉的平民气息。他介绍了自己是跨国公司的可可豆运输商，双方就同步陷进壁炉两侧一边一个的单人沙发。

豪宅的主人身材魁伟，整个是扩张欲和进取心的具象化，如

① 实际上，贾普·吉丁（Jaap Gidding）虽然的确设计了这些靠垫，但他的花押字署名没有出现在这里，而出现在厨房的瓷器和客厅第三间"黑厅"的地毯上。并且，这些靠垫的设计师也不是一位而是两位，另一位是 Sonia Delaunay。

② 现实中，这幅画1935年才经布鲁塞尔美术博物馆的馆长 Head Curator 介绍给房主David，1953年才由后者购得，在故事发生的年代，它还在巴黎藏家手中。

同一块蛋糕发酵得既紧紧卡住又远远超出沙发的弧圈，不过也看不出是后来才发福的迹象。那么他何苦添置这样一套从没称身过的家私呢？[①] 就为了某次上流人士云集的拍卖展会上一场心血来潮，为了访客的艳羡，还为了只有靠天天使用来证明当初的决策无偏。不，沙发和周围倒很融洽，他才是不协调的那个。乐人再一次把求证的目光聚焦到他的脸庞。没错，这是一张出身寒微的脸，略深的肤色和粗砺的线条，就是早年顾不上卫生与保养的底层生活留下的黥墨。他削尖脑袋，他巧取豪夺，他投机，他聚敛，他设套，他做局，他攀住每一块凹岩，最后，他霸占了这里！一个暴发户，僭居在缺少女主人带去温馨气息的宅子里，孤独、暴戾、沉闷、严肃，统治着只有司机、管家、园丁和厨娘的帝国，精打细算而又挥金如土。乐人再次确认了自己的结论，他不属于这里。他这会讲到哪儿了？睡眠很浅，动不动就醒。

"需要开颅，得先剃光头发。"乐人回到职业化的状态。

"都听您的。"

富人松开衬衫的衣领，取下贴胸的项链，又让管家找来白布盖上沙发和地毯。乐人拿出剃刀，削去他刚开始均匀变稀的满头褐发。下面现出一个颅缝全都暴露在外面的机械头壳，每块金属骨骼之间一律用漂亮的螺丝紧固，活像注记着经络穴位的中国针灸铜人。

乐人又从手摇风琴里摸索出一只工具袋，挂在沙发角上，掀开来，里面插着一排规格、形状各异的螺丝起子。他先用六角匙旋掉两耳后面最大的一对螺丝，再用一字起子起出枕骨四角的四个螺丝，然后用十字起子卸下沿人字缝两侧对称分布的另外五双，接着用梅花起子对付了枕、顶、颞三块骨头交接处的第四组螺丝，共是半打，对着稍稍裂开更宽的人字缝轻轻一撬，枕骨就像抽屉

---

① 恰恰与现实一致的是，这个客厅里的家具均为量身定制。由下文可知，它们本来属于前一任房主。

一般朝后拉出了窄窄的一截。

下一步，乐人换六角起子拧开沿矢状缝交错分布的螺丝七对，上三翼起子，解决了沿冠状缝单侧分布的螺丝凡六，又以四角起子攻三颗为一簇环绕颞骨布局者，得数十二。两块顶骨各四角加起来的八只交给翼形十字起。到这一步，乐人的动作渐渐慢了下来。矢状缝和冠状缝、人字缝分别交汇成 T 字形的地方，各还被两颗螺丝卡牢。他使出两柄五角星形起子，心里想着"还真是个商人的头脑"，就一手一柄，双管齐下，在四颗螺丝间来回切换，犹如一对蝶偶于四朵五瓣花上纷飞戏逐，务使它们以极小的差异共同松动，直至前脚后脚竞相从螺孔出走。至此，脑颅后部打外面看得见的螺丝便已全部移除。

乐人这时把一柄蛇眼起子伸进患者左耳，不一时启出一根螺钉，右耳也是同法。再接下来，顶骨后沿与枕骨错开后露出的侧边槽里，还镶着纽扣似的一串。一柄双六角起子、一柄布里斯托起子先后怼上去，叮叮当当，就各弄掉下俩来。他用指肚贴着这道边，轻轻地往上挺，两片顶骨却还是不动。乐人纳了闷，弯下腰，从顶骨和枕骨之间的豁口变换着角度觑进去，忽然像得了什么机要，索过一把小巧的扳手，临深履薄地探入，缓慢、小幅地转动，一下又一下。有顷，一顶今晚唯一的六边形螺栓便从人字缝这儿滚落出来。就在这同一时刻，静如菡苞初绽，动若天门中开，两片顶骨脆然分析，沿着嵌在鳞缝里的卷簧枢轴相背弹开，径压到耳廓。待乐人直起腰来看时，洞敞的颅腔里，一个六阶魔方[①] 被从咽喉部升上来的小平台托起到正中，瓢形的顶骨从旁拱卫，真真是荷瓣分罗，莲蓬在兹，灵台方寸，花叶乾坤。

这只魔方六面的二百多个小格子里，每个都装有一面微型的钟。格子与格子之间，不靠颜色，倒是靠着钟的示数，类聚群分。

---

① 　值得一提的是，出于几何上的原因，六阶魔方是每块零件都保持立方体的最大魔方阶数。

现在魔方早经打散，每面的三十六根指针都像失去了磁场的铁屑，聚讼纷纭，莫衷一是。

乐人轻轻拿起魔方，先上下转转，再左右转转，却是越转越乱，只得原路返回，恢复到开始的局面。他擎着这个魔方，去另一边的沙发上坐下，对着它苦思冥想，最后忽然发现，自己终究还是被感情影响了作业。因为懒于和求助者对话，他竟然忘记了那条金箴，一切谜底都包含在谜面之中，病痛的解药永远在患者自己身内。他抬起头问道：

"您是跨国公司的运输商，那经常要满世界跑咯？"

"没错。典型的航线会要我先把可可豆[①]从刚果带到本土[②]，再将成品巧克力销往美洲，换回那里的轮胎与钢铁，有时也绕道东南亚采购湖丝和茶叶。当然，为了开拓市场，发展客户，也确实是随时随地到处乱跑。"

"您这次回安特卫普前，上一个停靠的港口是哪？"

"加那利群岛，为了等季风。"

"东经4度到西经15度，欧洲中部时间到世界标准时间，最上排横转一次；北纬51度到28度，由秋到夏，中间列竖转一次[③]。"富商回答的时候，乐人就一直紧盯着魔方，这时一面喃喃有声，一面如数拨动起来，随后提高到向对方说话的音量，继续追问："加那利前一个呢？"

"里约热内卢。"

"西经15度到43度，时区减三；北纬28度到南纬22度，由夏返春。"乐人又横着转转，竖着转转，"再前一个？"

"波特兰。"

---

① 以可可豆为原料的巧克力是比利时著名物产。
② 刚果时为比利时殖民地，所以商人把比利时称为"本土"。详见127页注①。
③ 安特卫普的地理坐标约为东经4度、北纬51度，加那利群岛的地理坐标约为西经15度、北纬28度，下文依此类推。

"时差两个钟头，季节转到秋。再往前？"

就这样迭连逆推，直至上溯到商人的节律紊乱还能够被身体自行修复的时候，总算随着突然有一下的拧转，魔方的六面变回了各自一致的报时。乐人把玩着检查检查，发现刚好就是这个商人六个主要业务点的当前时间。他松了口气，把魔方放回商人的颅室。

"也这把岁数了，悠着点罢。"

乐人好不容易把打开的脑壳恢复原状，就着手收拾工具袋。商人则重新整理穿戴，他把带一支箭形坠饰的项链挂回脖子上，塞进领子里，还用手掌隔着衬衣珍重地按了两按，然后才把领扣扣好。乐人暗含揶揄地夸奖说：

"挂坠不错。"

"你知道它是什么吗？"

"什么？"

"它是一个女孩心门上的发条钥匙。"

一道闪电照亮了乐人风急浪高的脑海，他不露声色地放慢了拣拾的速度，商人敞开了心扉。

"那时我们都还年轻。她家很有钱，爸爸是一家钻石行[①]的店东，他们就住在这个房子里。他爸爸不同意我们的婚事，嫌我穷。后来战争打响，我被征召入伍。临走前，她把这个当作信物给了我，这是她用来为心弦上紧发条的钥匙。安特卫普很快成了孤城，敌人已经拿下了所有的外围要塞。总部想保存生力，半夜用火车把我们撤退到奥斯滕德。接下来好几年，我就跟随部队到处辗转。等到 1918 年安特卫普解放，我再回来时，她已经不住这里了。我疯了似地打听，才知道她爸爸在'比利时强暴'[②]期间被德国人枪

---

① 安特卫普是世界钻石工业的中心之一。

② Rape of Belgium，是指第一次世界大战期间德军对比利时平民的残暴行为。

毙,钻石行被洗劫一空,她的家道就此中落,终于不得不遣散仆人,变卖房产和家具,搬去了别的地方,从此失踪。我还没告诉您吧,她是个盲人。一个女孩,眼睛看不见,在那样的年代,该受多少苦呢?那以后我就去货船上做水手,我发誓要走遍天涯海角去找她。我努力工作,一步步升职,希望自己将来能够配得上她。我还攒到了钱,把她家原来的房子买下来了,就是这里!这里的每件东西我连位置都没有挪过,一切都保持她还住着时的样子。您看那几幅方丹·拉图尔的画,那是她最喜欢的画①。她爱花,因为她看不见,但花可以闻。有一次她问我画上画的是什么,我告诉她全都是花,从那以后她就爱上了它们,她说能从画布里嗅到画家创作时沁进颜料的花香……"

说着最后几句时,商人却像个演痴情演到无聊的浪荡子那样,禁不住连打了几个哈欠。他仿佛意识到自己说太多了似的猛然刹住话头。"真抱歉,太失礼了。怎么会这么困?一定是您治好了我。我该好好招待您的,但现在不是时候。我先上楼去了,太丢丑了。让管家替我送您吧,有什么吩咐就对他提。再三请您原谅,我告辞了。"

乐人强抑着心底的激动送走了宅主,问接手的管家要来纸笔。他在纸上写下一串地址,让管家等主人明天醒来以后转交,就说这里有人想当面咨询关于可可的事情。然后心里一遍遍重复着"我竟然看走了眼",脚下早已踏上了前院的小路。

等到管家关上篱门,不再目送的时候,乐人才停下来,搜索刚才出现在眼角的熟悉亮光。亮光来自一辆停靠在某户私家车道入口旁边的独轮车,锃锃的辐条反射着街灯的光线。从车道两旁树篱围合的阴影中走出一名女郎,她穿着带流苏的紧身衣,在距离乐人几步的地方停下。

① 现实中,这栋别墅的女主人 Alice 的确最爱花,也的确因此珍视这几幅画。

"你这边查得怎样了？"

"我没发现有人盗窃了多余的睡眠。"

"问题很严重，大师让你天亮之前过来会诊。已经第七天了，他们情况不妙。其他几位都到齐了。"

"好。但我去之前还得先往肯彭①弯一下，有一个朋友在等我复诊。"

女郎不再多言，熟练地坐到轮径十分浮夸的独轮车车顶，把脚踏一蹬，就疾驰而去。骑出不远，比一人还高的辐辏业已连绵成一个缓慢滚动的转盘。盘面分成四块直角扇区，浮现着四季的代表景色，绕着车轴，代谢递更。乐人不再演奏，朝着相反方向，匆匆远去。

六

"说，你到底有没有偷他们的东西？"1933年清秋的一个后半夜，如果就有这么巧，某人从波德利②小镇附近山丘的岩洞旁刚好经过，他会一字不漏地听见洞里传出一个急切逼问的吼叫声。

"真的没有……明明是我被抢，怎么现在反倒成我偷呢……"假设这人再大着胆子往里一探究竟，他会更加惊奇地发现，回答的声音，来自一棵纵贯整个山体、末端从洞顶向下穿出的、红桧的树根。

"哎，我是调校师，你骗不了我，但你不说实话，我也帮不了你。"一个像在马戏团里卖艺的乐人，往横放在地上的手摇风琴无奈地坐了下去。

"其实……是有那么一小件东西……"僵持了好一会儿，树根摆动着胡须，委委屈屈地说。

① Kempen，比利时东北部地区，包括安特卫普省境内的一部分，注意与德国同名小镇区分。

② Poederlee，据1876年的文献记载，附近小山曾是铁矿开采区。

"我就知道，是什么快说！"乐人从风琴上跳起来，一手抓着一条侧根大嚷。

"是……一口矿钟。"主根上的嘴巴还在吞吞吐吐。

"难怪啊——"乐人恍然大悟，但紧接着又严厉起来，"一口矿钟你干吗都不肯说？！"

"那本来就是我的……"

"我没问你这个。"

"我身上还有一座铁矿。"

洞内霎时安静了，乐人用难以置信的眼神望着寄宿在红桧根里的山灵。

"你不是都被他们掏空了吗？这跟矿钟又有什么关系？"

"那时候他们采完了第一个矿体，再往下探就要挖到新矿脉了。我就这点家当，不能全让这帮强盗卷走啊。我就使了个小聪明，嘿嘿，我制造了一次塌矿，把剩下的宝贝深深地埋起来了。他们矿上有一口和矿井底下通信用的大钟，本来也是从我这抢去的铁铸的，塌矿的时候，刚好掉进了地裂，我就一道吞了。起初还有些噎得慌，现在好多了，大概到胃里了吧。"

"难怪，我在里尔①档案馆的开采记录里没找到这次矿难，他们照旧瞒报了事故。"乐人转向一边，咕哝着说。

"你还没告诉我这和我的症状有什么关系。"

"那口钟不是用你自己的铁铸的吗？"

"对啊，我拿回属于我的东西，天经地义，为什么就该睡不好？"

"坏就坏在这里。我通过档案馆知道，从你这挖走的铁矿，用在了奥斯滕德到布鲁塞尔区段东方快车②的路轨上。你不是天天晚上做梦梦见打雷吗？从奥斯滕德始发的车每晚一趟，车轮哐啷

---

① Lille，安特卫普省下辖城市，波德利的上级行政区划。
② 东方快车的这段路线从 1919 年运营到 1939 年。

哐啷轧过铁轨，借助相同的原料，在你肚子里的铸钟上唤起了遥远的共鸣，所以你天天晚上都被噪声轰鸣的噩梦惊醒。懂了？"

"那接下来呢？"

"听我劝，再制造一次滑坡啊、小型地震啊什么的，把那口钟吐回地面，还给人类。留在胃里，不响也就是个结石。"

"可那样的话，矿苗肯定也会暴露出土，他们就又要来了，下回肯定得把我翻个底儿掉……"

"得啦得啦，这年头抱着财宝却睡不安，何苦呢？就把它们连同失眠都让给人类吧。做个快乐的穷山有什么不好？再说了，你不是还有很多他们搬也搬不走、看见也认不出的宝贝吗？还是很富嘛！"

乐人知道山灵心里已经接受了建议，只是堵得慌，就径自拾掇起行头，放着年迈而又孩子气的朋友在旁边怨声怨气地啰唆：

"我这么多年，从新近纪①积累下来的家产啊。我和周围大陆板块碰头的时候，还靠着它们序齿呢。现在一下子全要给出去了，以后隔壁的山灵们谁会看得起我呀……"

乐人已经把风琴挂上了肩头，没再回应朋友的怨艾，而是上去捋了捋他苍老而茂密的根须，就算作了别。他走出岩洞，踏着落满榭叶的山路，茅店鸡栖，板桥霜浓，向着维思马力②健步如飞地进发。

七

维思马力修道院的膳堂已经临时改成了医院，四十张病床沿

---

① 距今 260 万 ～ 2300 年的地质年代，波德利地区的铁矿确实是在这个时期形成的。

② Westmalle，安特卫普省马勒（Malle）市下辖村庄。啤酒是比利时著名物产，修道院啤酒为其重要风格流派，而以该村庄同名修道院为最知名的产地。第一批维思马力修道院啤酒于 1836 年酿造，1921 年商业化，小说发生的 1933 年开始建设新酒厂，次年完工。

两旁安置，护工在其中忙碌而徒劳地穿梭。一个看上去掌管着这里的小团体聚集在靠内的空地，先前的小丑和女郎都已在列，小球早被收起，独轮车倚靠在一进门的墙边。一名穿克里诺林裙衬的中年女人，带着威严的面相，端坐在斜向摆放、没有靠背的用膳条凳上。在她旁边，这面墙中央稍靠前处，放置着从修道院图书室里搬来的高背扶手椅，上座长者，身着丘尼卡长袍，手拄一根木杖，杖身盘绕着一条圆雕的长蛇①。风尘仆仆赶到的乐人对长者屈单膝行过礼，女郎就上前把他的手摇风琴接去，小丑引导他探视了几个病患。

患者神情呆滞，圆睁双目，眨也不会眨，全靠护工定时把药水滴入，润湿他们的眼眶。眶中的眼珠黑色完全褪尽，只剩下一条淡粉色的细圆环，辨分眼白和青眸，像发生了一次黑白角色对调的月全食。

"瞳沙全都不见了。"小丑说。

这对乐人来说一目了然。这些啤酒厂工人的生物钟是一对镶嵌在玻璃体内的沙漏。白天的时候埋头干活，深色的沙子从后边的漏室流进前边的漏室；晚上平躺着睡觉，沙子就从前边的漏室又流回后边的漏室。因为沙漏是横着嵌入，壳层又透明，所以从外面看来，无论沙子在前室还是后室，总归是一个深色的圆域，就是眼球。如果长时间工作不休息，瞳沙把前室装满，就会撑破它流到外面，形成辐射的血丝。不久之前，维思马力啤酒厂工人们的瞳沙忽然急剧减少，导致睡眠时间迅速缩短，直到后来全部流失，彻底不会睡了。起初，乐人疑心是啤酒花季节，修士们强迫工人超时劳动留下的后遗症②，后来发现虽然加班强度大，但不

---

① 这是希腊神话中的医神阿斯克勒庇俄斯和他的蛇杖。另外，丘尼卡长袍是希腊的典型服饰。

② 这里夸大了小说背景年代比利时劳工的剥削情况。19 世纪 70 年代，比利时平均工作时间为每周 63 小时，但在接下来的半个世纪内，情况已经极大好转，且在 1924 年 9 月 9 日正式推出 8 小时工作制。

是这次的病因。于是上达大师，邀同侪外出四处暗访，想看看莫非有谁居心叵测，偷走了瞳沙。探视过病患，几人就回到大师跟前聚首。大师首先说话：

"既然人已聚齐，请大家报告一下各自调查的结果。司章，你先来？"

坐在条凳上的威严女人略一欠身，答道："我询问了太平洋的鲑鱼，海水的涛动①并未推迟；我也造访了北美的周期蝉②，它们在地底度过的幼年也不曾延缓。"

"那司年呢？"

独轮车女郎上前一步："我遇见了南渡的候鸟，它们都说滥觞于雪山之巅的凌汛今年准时来到；我也会晤了平原的繁花，它们担保翻越过高山瀚海的季风是岁如约抵达。"

"司月呢？"

抛球小丑躬身施礼："我查验了每一片陆地的港湾与每一个身体的峡湾，大海与女性的潮汐依旧按往日的规律维持。"

"司日，你？"

风琴艺人再行屈膝："我一路走来，穿过城市与废墟，牧场和田畦。我只看到甜睡的匮乏，从没见过酣眠的囤积。"

"那丢失的瞳沙会到哪去了呢？"焦虑的大师摩挲着杖端的蛇头。

这时膳堂的大门洞开，走进一个身披纯黑斗篷的青年。此人的风帽一直盖过双眼，也不摘下，径行走到大师的跟前，点了点头，就算礼数已周全。大师倒也微微颔首，以为往还。且说来人，

① 太平洋十年涛动是以十年周期尺度变化的太平洋气候现象，被认为与周期同为十年数量级的厄尔尼诺现象有关，最早在鲑鱼的繁殖现象中发现，但那是在 1999 年。

② 周期蝉的生命周期为 13 年或 17 年，其幼虫先在地下度过一生中的绝大部分时间，然后若虫破土而出，于 4～6 周内羽化，交配，产卵，死亡。

苍白的面孔与深黑的衣着，光从鼻子以下露出的部分也能看得出俊美的脸庞与那阴郁的气质，双双各成一组鲜明对照，启言宣讲：

"我是宇宙睡眠银行的执行人，现在来移交一项抵押品，结清这块次贷危机的坏账。"

"怎么回事？"独轮车女郎问道。

来人从斗篷下单手拿出一部烫金封面的四开本厚册，向着旁边的桌上一放，沉重的重量击出带回声的巨响，使他寻常的动作仿佛傲慢摔掷。比桌板还厚的书芯让铜壳装帧也似有不胜，他却只翻到开头的几页，从容解说：

"太初之时，人类拥有的财富，乃是乐园里的安息。后来人类把这项财富借给神，赚取生之欲乐，作为利息。神用分期的方式偿还，夜夜的睡眠便是周期到账的本金。然而众皆不知，神盈利的方式，却是把人类的安息转借给魔鬼，魔鬼指定一样极像睡眠又不是睡眠的东西，以为等值的抵押。但魔鬼用这笔借款所做的投资突遭失败，金流断裂，无法支付睡眠，只得让神将抵押品没收，再转偿于人。我今番来，便为转偿之事。方才所言，句句属实，账目明细，皆可查验。"说罢，伸出一只向上的手掌，对着用哥特字体填满表格的书页从上到下优雅一划，以示有请。

"魔鬼投资了什么？"女郎又问。

"四十年前，魔鬼与利奥波德二世[1]打赌，赌后者移植到比利时境内的日本山茶[2]无法存活。若魔鬼胜，就获得国王从南美引种到刚果的三万棵可可树[3]之睡眠。若国王胜，就得到魔鬼手中

---

[1] 利奥波德二世（1935—1909），1865 至 1905 年为比利时国王，1885 至 1908 年拥有刚果自由邦作为私人领地，期间对其实施残酷统治（详见 128 页注②）。1908 年迫于各方压力，刚果自由邦被移交比利时政府成为殖民地，称"比属刚果"，直至 1960 年独立。

[2] 利奥波德二世酷爱将世界各地的植物运回比利时种植，以显示他的权位与荣耀，其中大多陈列于下文提及的拉肯皇家温室，就包括一株他最喜爱的山茶树。

[3] 比利时大约于 1900 年前后将可可树引种至刚果并获成功。

一千万人类之睡眠。诸位自然知道，与常人的直觉相反，植物们在冬季的寒冷中清醒，在夏季的和暖中休眠，满枝的繁花便是它们在做的美梦。如果睡眠被魔鬼掠去，可可树将无法结果，引种项目便血本无归。为了赢得赌局，魔鬼连续降下三年寒潮，那三年里，这棵背井离乡的茶树不华不实，濒临绝地。然而国王请来了伟大的建筑师阿尔方斯·巴拉特，后者鬼斧神工，运斤斫轮，建造出拉肯皇家温室[1]。在这座温室的庇护下，山茶树第四年繁花似锦，冠绝群芳。魔鬼输了，他用大宗的睡眠归还赌债，当神向他索要欠款时，他的亏空暴露。地球上许多人因此丢失了睡眠，这些啤酒厂工人只是其中的零头，而国王在刚果的可可树业已蔚然成林，花荣果硕。"

执行人侃侃说到这里，忽然发现司日已经把账册翻阅到后面，连忙抢前一步，砰的一声将书阖上，不容置辩地说："剩下都是刚果橡胶工人[2]的部分，与几位无关。"说完又从斗篷下拿出一只黑曜石做的方形盒子，放到桌面，"这是抵押物，就此奉上。"

话音甫落，他便依旧单手拿起那本巨册，不知用了什么方法将它没棱没角地藏回斗篷，转身就往外走。这时一只小球从他风帽边飞过，在墙上一弹，往半开的门板后一击，膳堂的大门便嘎吱一声闭紧。执行人随着回弹的影子扭转身躯，那顽球早已跃入司月的手心。威严的司章危然立起，向着侧面奇怪地移动离开条凳，然后背转身去，才现出反面那具连体的胞胎，分明是一个冷峻的男人。男人森然开腔："还从没有谁能就这样把活人从大师的面前带走。"

---

[1] Royal Greenhouse of Laeken，设计建造于 1874 至 1895 年。

[2] 刚果的天然橡胶不像其他工业国家那样采自通常的三叶橡胶树，而是采自一种藤本植物橡胶紫茉莉。后者的采收成本较前者高，为了维持价格上的竞争力，利奥波德二世以极其血腥残暴的方式要求刚果工人完成采收配额。在殖民期间，刚果自由邦人口减少约一千万（不同版本的统计多有出入，但皆在此量级）。

执行人并不说话，也依然没有露出他的双眼，只是朝着大师的方向静等表态。从他进门开始，司日就显得忧伤而又无力。大师把身体歪向一侧，臂肘撑着椅子的栏杆，用手扶着额头，显出疲倦的样子说：

"让他去吧，他的权能在我们众位之上，他是司日的兄长①。"

执行人默然转身，没入膳堂的大门，消失无踪。

不知什么时候，两侧的患者都已下床站起，行尸一般围拢过来。此刻一哄而上，嘴里念着"我的，我的"，簇拥黑曜石的方盒，见证为首者的启封。就在打开的瞬间，他们那双无色的瞳仁看见了盒底的东西，但随即就再也看不见了②。

① 据希腊神话，死神塔那托斯是睡神许普诺斯的兄弟。
② "极像睡眠又不是睡眠的东西"就是死亡。

终点站到菁桐

"朝蟪不知晦朔。"

——《淮南子·道应训》古本

这么多年过去了，如果不是为了搬家而重新归置书箱，我几乎已经想不起来在里面会遇见这张照片。当取出最下面的一册书，我就这样毫无防备地和她打了个照面，像按摩师沿着经络寻觅良久，却是另一只手因为无关的动作在远离病灶的部位忽然拂过了一个痛点。多年以来，我兢兢如松鼠，始终把它珍藏在箱底，直到自己都忘却，亦不曾向任何人展示，因为关于它的来由，说了也没人会相信。前妻更是从未见它。就连我自己，也只有隔上很久很久，才偶尔拿出来，以微泛光泽的相纸为镜水，悄自打捞它后面的昔花曩月。

照片镶在一个简单但还算别致的相框中，已有些旧了。画面上是一位二十来岁的女子，其实我也说不准她究竟几岁，确切地说，是不知道该怎样描述她的岁数。她脚上穿一双栗色细带的凉鞋，身上是一件淡茧黄色细亚麻布过膝连衣裙，用一条米白色窄皮绳系腰，另外还罩着一条轻薄如蝉翼的荷白色半透明披肩。她把披肩拢到胸前的两只手，无名指分别涂着水蓝色的指甲油，却丝毫不给人艳冶的印象。在披肩下方，还隐约可以看见脖子上两片对称的、粉红色的胎记。她娇俏的面庞浅浅笑着，笑容中带有一种明灭不定的东西。我按下快门的时候，并不知道那种东西是什么，但是等我把照片拿去冲洗时，已经知道了。那是一个女子为了让别离前的时间全留给欢愉而努力压抑着的哀愁。

那年夏天我二十六岁，有趣，没用。

猴硐

火车 11:07 抵达，下一班 12:07 离开。

向来就怕到站落车的这一下，怕人们临时被车厢捆成一束的生活轨迹，转眼便在星散中像线捻子一样分了叉，把方才的共度证入虚妄。每次踏上站台，都让我想起小时候捉迷藏：脸朝大树，眼睛闭紧，数不到二十，伙伴们的喧声就迅速隐退，直到彻底被最高那根枝条上的蝉噪所超越。我生命中人来人往，聚散相倚，离开的人一去不返，消失的人一闪不见，像一只打碎的鱼缸里的水。而我是那条肺里变成真空的鱼。

穿过廊桥去到猫村，这座衰退中的山村到处都是猫，仿佛流失的人口全部变成了它们。那家"猫掌屋"咖啡馆的老板娘或许就是施法的女巫。闭户的民居，檐下挂着画有猫脸蛋的球形铃铛，没风，不会响。与村庄隔着铁道相望，瑞三煤矿废弃已久，唯一完好的一面墙上写着"产煤裕国"一行右起的标语，"产"字被从厂房里生长出来的相思树遮掉了大半。

露台上花盆排成一行，影子被正午的阳光逼退到盆底与地面相接触的那串圆里。我端起相机拍照，随着对焦逐渐清晰的仙达龙血树硕长的叶片忽然颤动了一下，有只什么虫子在那后边，浅绿色的叶面渗出它蘧蘧然时而真切时而失焦的掠影。一只橘猫潜行闯进我的构图，踞坐在花盆前边蓄势待发。我知道它要干什么。我曾见过它的同类株守在矮墙一侧，只等对侧一只懵然作乐的麻雀跃上墙头，就一把叼走了。我至今记得那对横伸在嘴角外边的鸟爪。那虫子眼看要现形，橘猫的肌束开始在毛皮的覆盖下暗暗

131

调节着张弛。我离得近，攘臂朝中间一挥，就把两者往相反的方向赶开了。心犹耿耿，乍觉得有些异样，一回首，附近几对情侣都正用猜疑的眼神看我。再抬头，但见旁边立着一个告示，写"近日有虐猫者出没"云云。我这才意识到自己方才陷在嗔恚的意业中近于叱目，一时又转而激起惯于孤独者易有的凛然态度，把单肩包往身后一甩，沿着"钢琴阶梯"就出村。他们眈眈的注目从后方狙来，像子弹被防弹衣包着戳进脊梁骨，不死但痛。

其实我的确不喜欢猫。它们假借人类的威福，却不同牛马狗那般真的驯顺。其实保留了所有的掠食性，却又不学着狮虎豹那般磊落存身。一个个女生把自己嵌进和猫咪的、臆想出来的互动里，催男友框入镜头。是看见他们，才让我想起自己怎么会一个人来到这里。其实我也不喜欢父亲。但就是这样，我却缘着父亲的志记，溯进了一处遍地是猫的桃源，说来也是讽刺。

过了介寿桥，按照路标的指示上山。低头拾级半晌，一双脚忽然出现在前方的台阶上。这双脚穿着很精灵的凉鞋，绕踝而过的细带像遍地菟丝子的延续。原来是一位六十来岁的老妇人，款款降身的风度竟不似乡民，让我疑心遇见了屈子所言的山鬼。她年事已高却丰仪焕发，像一株正在开花的古茶树。我们擦身而过时，她的披肩被路旁的荆条钩住落在地上。她对我说："谢谢。"

我一怔，还没有表示要帮您捡呢。这是把后话放到前边来当作请求，类似于"谢谢您不在本店抽烟"。好吧，我确实愿帮忙的。我拾起披肩，捧着递给她，随即又想起此时是展开今天调查的极好切入点，便打听道：

"您听说过这一带有种名叫'朝蟒'的昆虫吗？"

她疑惑地确认："什么？"

我说："朝蟒，朝暮的朝，虫字旁一个清秀的秀。是一种昆虫，朝生暮死，孤雌生殖，短短一天的生命中会经历六次蜕皮，每次蜕皮大约间隔七十分钟，长得很像蜉蝣，但不是。喜欢生活在近水的地方，临死前的黄昏会像萤火虫一样发光。"

她脸上露出一种难以置信的表情，摇摇头说："不清楚。既然它喜欢水，也许你可以去十分瀑布找找。你现在是要去猴硐神社吗？"

我说是。

她说："那你会赶不上最近一班火车的，下一趟还要再过一小时。"

我一看表，只差七分钟车就来了，想了想，还是把游玩放在今天的首位吧。朝蟒什么的，估计又是父亲编出来，拿当时还是孩子的我哄着玩的，我还信到这个年纪，真羞。于是我仍旧走在老妇人前面，匆匆下了山。

十分

火车 12:36 抵达，下一班 13:36 离开。

我也不知道这座小镇为什么要用一个副词作名字。尽管当午，还是有很多人在这里放天灯。循着静安吊桥棱锥形的塔架所指向上望去，几只天灯连成一串，勾勒出不同高度的气流方向。光天化日，那些以"灯"为名的风物反倒成了黑点，带有一种荒诞的意味，像把一幅本在夜间才有的民俗画卷反白了给人看。

铁路的道砟间青草离离，被八月的风吹出流水碧痕。经过最后几栋依傍这小河筑居的民房，游人就渐渐稀少。十分瀑布还有段距离，我拒绝了摆渡车，决定走路去。到我承认自己迷路，已经过去了小半个钟头。也就是仗着早饭在瑞芳吃得晚，不为午饭的着落着急。最后我来到一个三岔路口，指着其中一条岔往"新平溪煤矿博物馆"的路牌下伫立着一位五十多岁的女人。那时我决定悬搁社交的恐惧上前问路。

"原来你是迷路了。"

　　我一面顺从地回答"是、是"，一面琢磨着自己的举止有哪里让她在问路之前就已经好奇。她说："我带你过去。"我说不用，您告诉我怎么走就好，但她执意当向导。

　　最担心的事情果然发生了，我要用陪聊来回报她的热情。

　　"过来旅游？"

　　我说是。

　　"一个人玩？"

　　我说嗯。

　　"家哪的？"

　　我说澎湖。

　　"没和家人一起来？"

　　我故意说出心里话，想用自我暴露换她适度封闭。"我不喜欢他们。"

　　"我理解。"她竟然说。

　　我发出一个阳平的"嗯"声。她问我什么，我说："像您这个年纪的人一般更多站父母那边，更少向着小辈说话。"

　　她一时有些嗔怨地说："我也没有那么老嘛。"

　　我自知失言，连忙抵赖说不是那个意思，但是这样一来，就更加只能老老实实和她聊天以作赔偿了。我已经确定她便是那种当地人，善良纯朴但缺乏界限感。她问我为什么不喜欢父亲，我不知怎的，竟觉着这位长辈的出言无忌中有种莫名的可亲，便干脆说了。父亲这个人自己耽于幻想，却不让我写小说，讲话又没几句真，平日里愤世嫉俗得罪人，到头来却是自己手脚不干净，也难怪母亲会丢下我们。她听后说了一句"看得出来"，我心里纳闷她打哪儿竟看得出不在这的父亲是什么样子的，一时没接话，这茬就放过去了。

　　她揪着我父亲问得毫无节制，自己倒是有东西懂得掩藏。她不住地把披肩扚到胸前，想遮住脖子两侧的胎记，但我还是看见了。

这时我才发现，她和那个只见过一面的猴硐老妇人，就我已经注意到的部分，居然通身撞了衫。我在心里感叹这一路过来真是荒凉，衣服店里大概总共都搭不出几套。她两手拂弄披肩的时候，会露出涂着水蓝色指甲油的无名指，我不由得回忆那位老妇人有没有也一样。她接过披肩时手背朝下，我没有看见。因为这番联想，我才记起自己的事情，但又考虑到当地人也许对那种昆虫有什么别称，所以换了个名字之外的角度开始，把"朝蟒"向她重述了一遍。

"没听说过。"她一边把披肩理顺一边说。

这会儿我们已经走上了四广潭桥，我一眼就看见桥下平坦光滑的礁屿上有许多个大大小小或深或浅的竖洞，洞口圆得不自然。我半自言自语地轻呼一声"原来就是这里"，手从单肩包内抽出一本笔记簿，翻到其中一页。那一页的速写画着一群星座似的圆圈。这是卵石滞留在礁岩上的凹处，随水冲激却脱不了身，便不断旋转着撞击坑壁，终于把自己和凹坑都陶冶成正圆。同时坑底因着磨蚀陷落成凼，卵石也便似入筌之鱼越钻越深，做了受制于本性而千年万年解不开封印的妖物，是谓壶穴。所以速写上有好些圆圈中间还套着一个小圆。父亲第一次向我描绘，我就猜出了所有这些原理，他夸我聪明。我们之间的欢乐时光应该也曾有蛮多，但如今，这却是少数能想起来的之一。

"你画的？你这不是来过嘛，怎么还迷路？"女人略无收敛地盯着我的速写，饱览之后发问。我心不在焉地应了一声。她忽然说，前面过了眼镜洞就是十分瀑布，沿着路走就能到，她且送我到这。我道了谢，她便走了。

她说她不知道朝蟒，可我觉得她知道，而且一听我问起就躲了。这么一看，先前那位老妇人说"不清楚"的时候，脸上现出一种难以置信的表情，她也一定了解些什么，还存心拿猴硐神社把话岔开。是什么呢？这里的居民都在合力守护的秘密。

望古

火车 13:40 抵达，下一班 14:40 离开。

望古站紧接在十分站后面，只有我一个人下车的对比就显得格外强烈。这里没有人类聚落，一看就知道，在这吃午饭的期望落空了。说极端点，设立这座车站唯一的功能就是通向它本身的三间站房，其中一间还省略了屋顶。站房的纱门里倒是传出电视机的声音，让人遐想一位没有季节以下时间单位的站长。

站台前的龙眼树影里先有一个女人，此时试探性地向我走来。这种人我见得多了，立即伸出两只手，掌心对着她说："不需要，我对你的教义不感兴趣。"她欲言又止地站住脚，我转身折进山路去找望古瀑布。

瀑布下的湫潭边有十几个游客，虽然是好几拨，但简直就像一个小型派对，我的接近因此显得异常诡异。果然我这种人就该在博物馆里，不该来看水。水是用来玩的，不是用来看的。拍下几张逆光的照片，就不知道该干什么了。这里的地质学价值和冥想意义也已沉思一过，再也没有什么借口能供我傻里傻气地逗留，我就自己提议自己批准地折返。既然吃不上饭，预备的足球巧克力到底派上了用场，但它糊在舌苔上发涩的感觉，也提醒我还是有忘记带水这一个失策。从我小时候，家里就总是有这种过气的零食。边走边吃，顺便用包巧克力的锡箔纸折了几只自己都不认识的昆虫，说起来，这还是父亲教的。其实回到站台也是一样尴尬，我只不过能决定怎么把尴尬分配到两个地方，站台分到四十分钟。

那人当真还在那里，看上去是位年过不惑的阿姨。她花了点时间下定决心，再次朝我走来。燠热的长夏令我烦躁，我抢先说："不，我现在不需要上帝的甘泉，我现在就需要能喝的甘泉。"

她在离我几步的地方又一次停住，踌躇了片刻，指着一只靠近地面像只能洗手的水龙头说："你如果渴的话，其实，这个水是可以喝的。这是山泉水，不是自来水。那些阿兵哥路过的时候，都会直接喝的。"

她伸出的那只手，无名指涂着一样的指甲油。一模一样，其余的打扮竟也都一模一样！我渴极了，既顾不上刚才嫌过人家，也管不得满头的问号，就把单肩包交给她托着，折纸放在包上，蹲下身去喝水。拧开水龙头，干得起了白皱的橡胶管里就流出寂静四野唯一的清凉来。

巧克力吃到四分饱，喝水加到七分。站起来时，阿姨正对着银白色的折纸发痴。我伸手示意要接过东西，她才回过神来，竟用有些怜惜的语气问我："怎么渴成这样？"我不愿几次三番昧她的耐性，就用有来有去并且去比来多的方式答："我午饭吃巧克力当饭了。"她"哦"了一声，我挎上包，两人陷入沉默。

她显然放弃了原先的打算，转进那间没有屋顶的站房里去。其实它连门窗也没安，就是个开放的庭院。我觉得不好意思，平心而论，她和我有一些相似。她跑到这个无人问津的小站来传教，我知道是为什么。因为那就像我每次新写一篇小说，都以为自己要和一个偏门的题材互相带火了，最后却永远是沉沦，寂寞如落进壁炉烟囱的雪。我们都是想讨时代的巧，却因迟钝反弄成特立独行的人。从这方面讲，我虽然不感冒她的事业，但在更普遍的层次上，我又对她心怀共鸣。思前想后，悟到可以就用自己的调查作谈资向她弥补，于是也慢慢踱过来，但她已经从倾圮的后墙走掉了。环望四周，只有庆和煤矿那只剩一座塔架的吊桥遗迹，像勒内·玛格丽特笔下实用性可疑的元素，矗立在蓝天的底色上。

岭脚

火车 14:45 抵达，下一班 15:45 离开。

就是这栋房子了，父亲当年行窃被逮了个正着、断送掉自己

137

昆虫学家前程的地方。清水砖墙，日式车寄，叠涩出檐，都和速写本上的一致。哪怕已经荒废，犹能想见那时令父亲动心的豪奢。他被人发现的时候就在其中一扇窗外，手电筒亮在一旁，折叠刀卡着窗框顶开一道缝，一根细竹子从缝里伸进去，灯都已经被它按熄了。

这座永昌煤矿老板的旧第掩映在随煤业的兴替而盛衰的村寮深处，像落魄王孙扶挈着老仆入山避祸，彼此在尊卑的维持中分享同命的矜怜。屋基徐徐沉没入被遗忘堆叠成的丰草。蓝色的门板卸了下来，从幽暗的门洞里不时吹出一阵阴冷的叹息。被这叹息寒杀的草丛分开一条由门前通出的道路，路面的沃土亦凝结成水泥。

我如中魔咒，把笔记簿夹在胁下，不觉走人。这里一件家具也没有，地上的印迹想念着橱柜，壁间的印迹是与油画辞别留下的疤。墙皮被渗水泡胀，溃破如痈疽，再由蛛网缝补。腐味弥漫若打过嗝的嘴。顺着长了蘑菇的楼梯上到二层，绕往前间，一架耸立在空荡荡地板中间的钢琴为这座哥特古堡添上了点睛之笔。隔壁的房间隐隐有声，声音一再出现，终于确认。我惶悚无极，把笔记簿往单肩包里一揣，便飞奔远遁。

迷迷失失，直至找到河边的岭脚瀑布，从暂时的云后冒出的阳光才驱散了森冷的心境。瀑布对面的崖岸上有一排石窟，大小从只能称作龛到辟有供人深入的石阶。我一下认得了，这窟群是父亲指着说他第一次发现朝蜍的地方。我伸手去摸笔记簿，不在。糟了，刚才方寸大乱，没揣进来，掉在蔡家洋楼二层了。

当我第二次站在蔡宅的门口，楼上居然传出了不成调的琴声。与其说是鼓起勇气，毋宁说是屏蔽掉勇气，我才得以走进，循声上楼。没成想，背对房门坐在钢琴前的阴影里，竟是那个望古的女人。我划着半径渐渐缩小的螺线，绕到侧面接近她。她把我的笔记簿摊开在琴键上翻阅，每翻一页，重心的移动就让书脊压下一个走音的琴键。我们互相被对方的惊吓所吓到。我把她预设成最易激躁的怪物来交涉，嗫嚅着说："那，是我的。"

"我知道。"空屋的回音把她的温柔解释成了最不祥的预兆。

"我可以把它拿回来吗？"我的呼吸变得像安了阀门一样机械。

"哦，当然，对不起。"她近乎张皇地合上笔记簿，起身递给我。当她的脸从暗影中来到由露台透进房内的幽魅光线下时，我震惊地认出这并非先前那个女人，而是一张只比我大十来岁的脸。但是说不一样，眼眉间的气质又处处透着神似，说神似，又因为面容的年轻而显现出先前不很清晰的、成熟的、令人不安的妩媚。我连退两步，又横下心抢上前，接过笔记簿。两双手都捏在本子上的瞬间，一阵凉风恰好卷进屋内，我丢了魂似的，带上它逃掉。

平溪

火车 15:50 抵达，下一班 16:50 离开。

新到的游客都在最佳取景点后面排着队拍摄平溪车站。我已经记不起来她是一直就在我前边，还是什么时候冒出来的了。反正等我因为那一身毫无更改的穿搭注意到她时，事情就已经这样了。然而这也就推翻了我先前的猜测。我曾当它是小地方当季的流行，也曾联想到山里什么部族的服饰，还曾解释成在某个本乡组织的歌舞会上同台表演完、穿着统一的着装各回各家的队员们。可是现在，她是一名游客。岭脚鬼屋事件留下的余悸已经逐渐消退，我此行调查的兴趣彻底转移到了这身在每一站都出现的装束上。

还差一个人的时候，她忽然掉转一直没回过的头，对我说："我手机没有电了，待会可以请你用你的相机为我拍张照，回头寄给我吗？"我的头替我点了点。我的手替我按了快门。她问我要不要也拍一张，我的嘴替我答了不用，我不照相。这些器官真好，多亏它们才伪装出我还在的样子。等到它们齐声呼唤我回来，是因为嘴遇到了一个自己定夺不了的问题：女孩还没有把邮箱给我，要不要开口去问？这时我才发现自己正和她沿着倾斜而狭窄的小街走向河边。既然她没留，那就先不问了吧。我开始挨个截查从刚才起拥堵在短时存储内等待进入意识的动作记忆，想问出是谁在跟着谁，但似乎弄不清楚，顺带却发现专门为平溪车站另拍一张的记忆档案也遗失了。

她的相貌分明和那个废宅里的怨魂如出一辙，但年龄却和我相仿。要说母女的话，岁数和形象都太近了些，姊妹吧？我们可能聊了些什么，也可能没有，但两人都用态度同意现在的状态。这一天发生的事情都太荒诞了，而我也便将就这荒诞般，哺糟歠醨地行事。

我们在石底桥上站停，看桥下静静的基隆河只用溢过一道矮埭许诺着自己的流动。河道拐弯绕过的汀上，寮屋茂密地生长。我取出笔记簿，打开在这里画成的那幅速写，对照着玩味。速写率性的线条反而精准地描摹出了这类建筑性格中的柔软。可能对旅途中的陌生人容易敞开心扉是真的，也可能夕阳下的水湄绿草如茵触动了我，又或者自己就是已经神魂颠倒，我终于竟诉说了自己的心结。这本笔记簿，其实是我父亲的。几年前的暑假，我为了想搞文学的事情和父亲大吵一架之后摔门走掉，结果那天晚上父亲为了找我，遇上台风天的意外，死掉了。我一直不去触碰这份记忆，像有人在我身上插了一把刀子，我因为怕把刀子拔出来会失血过多，所以就让刀子一直插着。我在他的遗物里，找到了这本科考日志。父亲的职业曾经是研究昆虫，这里面记录了他沿平溪支线铁道考察时发现过一种未识别昆虫，他给它命名为朝蜦。这个名字原本属于一种传说中的生物，因为习性什么的都很吻合，就借过来了。算了，这些就不说了，估计是他自己创造的奇幻生物吧。我今天来，就是想按着这本日志里的足迹，走一次他当年的路。

桥下水潺潺。女孩说，你跟我说了你先人的事情，我也跟你说我先人的事情吧。很早以前，我们这一族不知犯了什么罪过，上天降下惩罚，用黑色的大洪水将我们全部毁灭，只剩下最后一位女子。她去天神的宫殿乞求宽恕，却反而被囚禁在宫殿的牢房当中，胳膊还被打伤了。看守牢房的是一位独眼神，他的眼睛可以很久不眨，并且会放射出辉煌的金色光芒，只要被这光芒照到，囚徒的心智就会被蛊惑。但是天神中有一位巨人爱上了这位女子，他有五件法宝。第一件法宝是一支长笛，他用它吹出美妙的音乐，让独眼神闭上了独眼，但牢房也随之陷入了黑暗。第二件法宝是一束闪电，他用它在牢房的大门上劈开了一道裂缝。第三件法宝是他收集的一束太阳光芒，他用它从裂缝照进牢房，指示了逃生的出口。但女子已经虚弱不堪，刚逃出门口就无法再走了。于是巨人又降下一块巨大的褐色天粮，让她吃饱，这是他的第四件法宝。接着，他又使出最后一件法宝，用一块遇火不燃、遇水不湿的布，为女子包扎了胳膊上的伤口。女子恢复了一些，便赶紧逃跑。但就在这时，其他的巨人赶到，把那个好巨人抓走了。女子逃脱出来，繁衍后代，才保全了我们一族。

我难得见现代的同龄人以那样的动情去讲述这种故事，只好用笑来稀释那股严肃劲儿说："你们还有这种传说，你不会是这山里的什么原住民吧？"

女孩说，差不多吧。

过了一会儿，我忽然从很远的地方接下去说，我有时会想到死。你观察过水果吗？水果和蒂相对的那一侧常有肚脐一样的构造，里头又黑、又脏，有些枯干发卷的死皮，往往还生虫，闻起来像发霉。你知道那是什么吗？那是曾经的花的残迹啊。我觉得这世上大部分的花是缺乏智慧的，它们的执念里总想望着一个结果，弄得一路开到败了，才肯零落。人也一样，总觉得日子没有过够，以致迁延到日子不值得再过的那天才死，就像一个小说家不知道故事应当在哪里停止。这样看来，日本人爱樱花不是没有道理呢。在最烂漫的时分断然自弃，的确是绝顶壮美不过的事情。我就常常想，人应当在十六岁到二十六岁之间的任何一个时间死掉才好……

我没料到女孩有些生起气来，她说，我这是剩下的时间还多才巴不得抛掷一些。我也笑我自己，还总动什么死亦何苦的念头呢，看着她微微撅起的嘴唇，分明尝味到再强烈也没有的生之甘美。

于是我忍不住说了，我说今天很奇妙。我在每一站都会遇到一个穿得一模一样的女性，但是年纪看上去却一个比一个小，感觉就像和一个逆向生长的女伴同行。按这样下去，我猜下一站会有一个十几岁的小姑娘出现。我们开始往回走。

在街边的小店，我买了两瓶弹珠汽水。正把弹珠往墙上撞开的工夫，她看着店里悠悠旋转的风扇对我说，你有没有注意到，风扇转得很快时，看上去会像反着转。因为人眼要隔一小段时间才能进来一幅画面，下一次接收画面的刹那，如果扇叶刚好转到从相反方向接近上一幅画面中扇叶位置的状态，那么大脑会用更短的路线去揣测它的历程，于是就以为在反着转。弹珠撞开了，气泡溢了我满手。一起边上坡边喝，气泡碎裂挠得舌头痒痒的。

一对情侣从平溪邮局走出来，卿卿我我地相向经过，闹得我们像在生气的恋人，不知道算进了一步还是退了一步。想找点什么来打破沉默。

你正好也去八仙洞？我说。

原来你是要去八仙洞啊。她说。

于是我们又不再说话。

站在洞口，她说，你走前面，我很怕蜘蛛。我说，好，我走前面。

洞很深，没有灯，而且还有岔道。起初的岔道只是一个耳室，后来的岔道又分出岔道。有些耳室里还摆着石桌石凳，就跟蔡家的钢琴一样，这等地方的人烟气比没有还恐怖。我恶作剧，闪进旁边一洞。她慌神追入，却不见。我躲在门边，跳到她身后，她急转，吓得想弹开又怕得想抱紧，两人双双伫立。那一刻我们挨得很近，我的呼吸凝在她的发际，她的轻喘萦着我的脖子。人脸的柔肤有种最纤微的绒毛，探察到唇真正贴印之前那种感热般的触。下一秒钟她却躲开，退回从洞口射来已衰减至极的光里，向外走出。我跟在后面，有意不追紧。

她离开洞口就歇住，却不回头。我不敢超过，从后边拘谨望去，仅能看见的侧颜竟好像突然苍老了十岁，甚至还不止。她连衣裙背后的拉链不知什么时候竟开了些，我思索之后，认为应当由能看见这一点的人里与她最相熟的一位承担那个尴尬的义务，于是小声告诉了她。她听完，却像受到了莫大的侮辱或者威胁一般，什么预警也没有就飞快跑走了。刚才那种微妙的感情，过头了追也追不回来，我怪自己竟就做出非要把花开到败了才谢的好例，悒悒然漫步下山。

菁桐

火车 16：54 抵达，返程车 18：06 离开。

车上几乎没有人了。一名少女从前边的车厢走来，我不知道她是怎么又年轻了十岁的。既然一切都像梦，我就用对梦的宽容来扩张接纳的边界。人类认知的适应性其实很强，任什么不可思议的罕事，真正降临下来，不久也便泰然，当他们以奇迹相称呼的时候，就是已经可以与之共处的明证。她走到我身边，呓语似的说："到菁桐就是终点站了。"我没搭腔，怕梦话把自己吵醒。她在和我隔着过道并排的位子上坐下。短短的火车驶过黄昏的经度。

我们沿着镇上唯一的窄街走去，说不上谁跟着谁。现实的考虑也不是没有，我甚至疑心自己已被某个具有奇怪仪式感和险恶用心的组织收在囊中。但醉者得全于酒，随便吧。过了菁桐矿业生活馆，街道尽头有一座卑小的水塔，它标记了小镇所有建筑曾约定不逾越的高度。水塔右面，岔出一条陡峭的喇叭口似的下坡路，坡面不设计成台阶，只靠水泥的粗砺增加摩擦。我先踏上，很快就感到局蹐，脚掌若与地面贴合，脚背就与胫骨绷成一条直线。她在后面，艰巨地下行。于是我伸出手，她搭上，四指不约而同屈起，互成榫卯相锁。天线漏收万籁的一瞬间，指肚肌肤仿若融化，血管接通，注入另一个体温的血。去中埔铁桥？嗯。

直至履上平地，我欲做绅士松手，才发现是她在用力维持那相扣。我心神驰荡，乱绪沓来，怕不落入什么特种行业的罟中，且她破瓜妙龄，教人总觉得这被恋的喜幸让什么东西打了折扣。我未能决断，宁让这优柔耽搁下去。其实，对世事的放任，是我的一种慢性自杀。像在釜山，登金井山城，崇岭千寻，近晚及巅，夕雾骤合，犹自听之，死则死，活则活，不以为意。又如走夜路，祸福有则有，无则无，未曾挂怀。求生只限用水螅式的应激对付，远虑无所加。

就这样跨上了漆成绯色的中埔铁桥。到这里，基隆河已经化为一道缠缠绵绵的小溪，在涧底漱石有声。桥窄，才可通两人，她轻轻放了手，我未眷留，她稍稍减慢脚步，我也未顺应。我走到铁桥中间，暮霭沉沉，人境邈远，两岸崖上芳树萋萋。要来了么？蠢蠢了一日的阴谋，确实没有比这里更好的地方了。这时她说："陪我走完最后一段吧。"

我自然不拒，结果却是陪她停了下来。她又说："我把一个完整的历程展现给你看，请你不要害怕跑掉。"我没有懂，但却震悚地发现，那个平溪的女孩已然替换少女，出现在我面前。

不远处镇子里的屋宅被谷底茂盛的芭蕉树托到山腰，错错落落延伸开去。她转身凭栏，语气里带着隐隐的太息说道："是啊，朝生暮死，孤雌生殖，一日之内，蜕皮六次……"

我痴讷若雷殛之木。我没跟她说过这些。

她接着说下去：

"你第一次和我说话，那时我快要蜕皮，所以约你在十分瀑布相会。但你迷了路，等我们遇上，离第二次蜕皮剩下的时间又不多了。我不想提前让你见到真相，怕把你吓跑。在望古，你有一些误会，我看话不投机，只好慢慢来。其实你初次问起朝蟒的时候，我就猜到你的身份了，但直到在岭脚翻看了那本日志，我才真正确定。到了平溪，我再也按捺不住自己，和你待得太久，险些变成你所说非要开到败了才谢的花。你看见我越变越小，就像看见风扇反着转。"

我大脑的每个部分都在高速运转，但是它们不属于我，于是就连眼见她恢复成钢琴前的模样，也没有多余的惊奇的机能。

我把今天下午的一帧帧一幕幕过连环画似的想了一遍，本来不明白的，现在全明白了，以为自己明白的，重新又明白了。

但是她还提到我的"身份"——

我狂乱地取出日志，用从未有过的潦草动作翻找。这是一页，边上的注记写着："平溪线受煤矿业污染，基隆河成黑水河，朝蟒数量锐减，濒临灭绝。"又翻到一页："朝蟒会吃巧克力。"配图上的足球巧克力，正是父亲老大不小还爱吃、每每带上作为科考时应急干粮的那种。随手再翻，刚才在石底桥上当作书签夹进去的虫形折纸滑落出来，银光灿灿，停住的那页恰好画着用锡箔纸为朝蟒修复受伤翅膀的步骤图解。我翻回最后一次科考的装备记录："手电筒、折叠刀……"旁边还涂鸦着一柄折叠刀，上下两个刀刃都打开，像一束双折的闪电。

当我再次抬头，她已是那副曾为我指示山泉的容颜。

"那个巨人——是我父亲。"

他夜间考察，无意发现一只当时已经销声匿迹的朝蟒误闯进矿东蔡家的房子，被顶灯迷惑找不到出路。于是他用折叠刀撬开窗户，伸竹子进去熄灭顶灯，再用手电筒光引导朝蟒飞出。他还喂了它巧克力，并且就地取材，用巧克力的包装纸帮它修补了在左右冲撞中破损的翅膀。

人们抓获父亲的时候，他刚刚把朝蟒放飞。而那只朝蟒，恰好已是当时的最后一只。

这就对了。大洪水神话人类有许多，幸存者总是夫妻、兄妹或者母子，她们这一族的神话却只剩下一个女人——孤雌生殖。

我感到一种插在身上的刀子被拔出去时的空虚。

我望着她正在迅速衰老的容貌，不知道该把大脑浸入当下的湍流，还是远眺旧事的长河。我说："所以你每一轮蜕皮，都会经历由年轻到衰老的全程，而你却把一生，耗在了，追寻我？"

她恻然说："从你在猫爪下救出我的那一刻起，我就爱上了你。我从你那里得到了完整的一生，所以于我，便用一生去思慕；但你给我的只是举手之劳，所以于你，便只有一天的情缘。这对我们双方，都很相宜。"

我说："可是我要如何放得下，在平溪的时候，我竟被那样爱着，而我却不知道。"

她听完只是莞尔："要说我给你的和你这年岁最相宜的青春依恋，那是在十分的时候呢。平溪，我都已是倒数第二个年轮了。"言讫，像是为了应这句话似的，她回溯到那张在路牌下守望着的容颜。

我何尝不知，这时最好的办法，或许是执起她的手，并肩等待最后一线余晖的湮没。但不行，我做不到，我受不了别人寄来一座奇伟却破了洞的沙时计，我收到的只有空虚，又恰是这空虚丈量着路程的迢遥而变作坠胀的重。

她说："那件事情之后，你父亲隐居去了澎湖，我们飞不过海，无法去道谢。他给始祖修补翅膀时留下的那张纸片，在始祖死后，千百代来，一直被我们奉为神物。今天，族人托我把它交还给你，并且说一声：谢谢。"

随着最后一句话的出口，去往猴硐神社途中遇见的老妇人轮回重现。她双手交叠，捧着一小张半面是银色的纸片，向我伸来。与此同时，她浑身衣料的绳边与拉链都开始像暴晒下的干花一般打卷、绽开，血色从她脸上褪去。她随即就定格在这个动作的瞬间，像肥皂泡在极寒的冬日结成因布满冰花而失却透明和弹性的球壳。

我从她掌心轻轻拈起那张与日志上的图样剪裁得严丝合缝的纸片。她全身已如被迅猛的火舌吞没又吐出的薄笺，愕然间保留下形状，忘却了灰飞烟灭，经我一触，才如流连不去的鬼魂邈尔醒悟到已死，轰然溃散。从委蜕的余烬中，升起一只和地上的折纸极为相似的虫。它脖子两侧，有一双对称的粉迹。背上生着一对荷白色的前翅，后翅退化，翅端有一点水蓝的彩斑。通体呈淡茧黄色，唯独腰际有一圈米白。尾部像萤火虫一样，一闪一闪放着栗金色的光。就在这同一时刻，从基隆河的上游，覆着河面泻下一股由无数相同的萤火汇成的光潮，漫过桥下，溢往远方，照亮了整条暮色沉寂的溪谷。那光潮分出一小支，氤氲般飘上崖岸，我身旁的这只，也翩然加入进去。它们凝聚成一个金色的人形，穿林而出，步上铁桥，向我走来，俨然是父亲的魂灵。我再也噙不住泪水，声音沙哑说着"对不起、对不起"，伸出手相迎上去。然而就在触碰到的一刹，它们散成无数绮霞，从我两侧飞过。我扑了空，蓦然回首，它们浮上对岸的林梢，重新汇聚，抱成一只烛影明灭的天灯，升入烟紫色的晚穹。直到很高很高，才在和星光区分不了的闪烁中，荧然不见。基隆河上的光潮也在相同时刻涸竭，向着下游流逝到尽头。原来夜的帷帘已经落下了。

从那以后，再也没有人发现朝蛴。我还去过平溪，它们也再都没有出现。后来我伤怀难遣，竟移情于那只橘猫，认为这种种机缘，实是它为点化我所开示的幻境。猫村的猫都有名可稽，那时它已很老了。我找到它，买了一包猫饼干，放在它面前。它仿佛还记得多年的旧恨，拧头不顾。后来大概又觉得这样太过残忍，傲慢地吃了两口，就拽起尾巴走了。我不知道它懂得没有。也可能，是我不懂。

屠　龙

> 庄周闻其风而悦之，以谬悠之说，荒唐之言，无端崖之辞，时恣纵
> 而不傥，不以觭见之也。以天下为沈浊，不可与庄语；以卮言为曼衍，
> 以重言为真，以寓言为广。
>
> ——《庄子·杂篇·天下》

　　和直觉相反，每条龙刚出生的时候，有着世上最为柔嫩透明的肌肤，吹弹可破。龙母要用爪子钩着喉下的一枚鳞片将它提起，浸入茨山①的岩浆。茨山岩浆，由铁英熔化而成，镀在雏龙周身，待到重新提起，淬凝之后，遂成为天下最坚硬的鳞甲。那枚被挑起的鳞片，因为在至热之时处于掀开的状态，就定了型，变成通身唯一的一片逆鳞②。它后面被龙母爪尖挡住的小块皮肤，便给这种最刚强的生物留下了仅有的、不受镀层保护的弱点③。龙最怕被触碰到弱点，从恐惧生出愤怒，有敢撄逆鳞者，必杀之。

　　这支剑，是屠龙士的祖师舍生忘死，取得铁英岩浆，掺入五

---

① **茨山及下文铁英**　《越绝书》："欧冶子、干将凿茨山，泄其溪，取铁英，作为铁剑三枚，一曰龙渊，二曰泰阿，三曰工布。"
② **逆鳞**　《韩非子》："夫龙之为虫也，柔可狎而骑也，然其喉下有逆鳞径尺，若人有婴之者，则必杀人。"
③ **阿喀琉斯之踵**　希腊神话载，阿喀琉斯出生时，其母曾提着他的脚踵将他浸入冥河，故刀枪不入，而脚踵遂成唯一的弱点。

丸龙涎香①捣成的细泥，十七颗骊珠②碾成的粉末，与三十三枚龙蛋壳研作的碎屑，锻冶而成。因为用了相同的原料，所以是绝无仅有能够穿透龙甲的神兵。取名潜龙③，谓龙见之则潜。

朱泙漫学屠龙之术，单千金之家，三年技成④。授剑礼上，他想起师父支离益当年给他上的这第一课。

朱泙漫双手捧过那支轻不胜绫的宝剑，顿生跃跃欲试之想。他便求师父，演兵三载不如实战一夕，何不找条龙来杀杀看。

支离益听见，茫茫然说："啊这个——最后一条龙，已经死在我太师父的太师父的太师父手里了。世上无龙，逾百年矣。"

朱泙漫一时着了急，刚要说话，支离益却抢在他前头又说下去："不过，龙虽虚无，屠龙术却实有。只要有龙，用这个屠龙术去杀是没错的，只不过现在没有龙了。但是屠龙术是杀如果有的龙的，虽说不会再有了。"

听说龙都没了，朱泙漫便不要那剑，怏怏然下山。身怀屠龙之技，却不知一枚布币，兑蚁鼻钱几何，市井之间，寸步难行，

---

① **龙涎香** 旧以为乃龙涎所化。《星槎胜览》："龙涎香屿……每至春间，群龙来集，于上交戏而遗涎沫。"又《稗史汇编》："大食国近海旁，常有云气罩住山间，即知有龙睡其下……龙已去矣，往观之必得龙涎。"又："大洋海中有涡旋处，龙在下涌出，其涎为太阳所烁，则成片，为风飘至岸，人则取之纳于官府。"又："龙出没于海上，吐出涎沫……"又："龙涎出大食国西海。多龙枕石而卧，涎沫浮水积而能坚。"又《香乘》："岭南人有云：非龙涎也，乃雌雄交合，其精液浮水上结之而成。"
② **骊珠** 《庄子》："夫千金之珠，必在九重之渊而骊龙颔下。"又《幽明录》："痖龙，其初一珠食之，与天地等寿；次者延年，后者充饥而已。"
③ **潜龙** 《周易》："初九：潜龙，勿用。"
④ **朱泙漫学屠龙事** 《庄子》："朱泙漫学屠龙于支离益，单千金之家，三年技成，而无所用其巧。"

只好回山问师父。

里里外外找不见，便转来师父常常舒啸的东皋。透过风铃的音管一般从天上悬垂下来的桦木，远远望见山径上倒着一个人，看衣服像是，但又有几分异样。朱泙漫赶至近前，登时面如土色，但见脸还是师父的脸，身子却已然不是师父的身子。师父脚下踩着一株焉酸^①堇带刺的毒藤，左半边肢体化而为石，右半边肢体化而为铁，为石的左手与鞘合一，为铁的右手握剑不放，显见得是刚中毒时，曾欲自斫其腿，但剑才拔出，就已为时太晚。支离益只来得及对徒儿说道："你是最后的屠龙士了，带上剑，走……"一半铁青一半石褐的癣疥就从他后颈的领口中蔓延出来，染过头顶，又自额上溢下，与由颔底升起的异色会合在未及闭拢的口唇之间。

朱泙漫用铄金之术从那只紧握的铁手中取下潜龙剑时，心里在想，可怜了师父，这支剑一生直到最后关口也未能用得上，到底取他性命的，却是一条备极细小、不识潜避的藤虬。

朱泙漫带着剑与寻龙的志向独自去流浪。

别人问他是做什么的，他没有提前演习这个问题，顺嘴还是答了屠龙士。两三回之后，遁词还没想好，习惯先养成了，也就懒得再改。

"你是做什么的？"

"屠龙士。"

"哈哈哈哈！"

朱泙漫没有话答，因为"哈哈哈哈"不是一个问句。

---

① 焉酸 《山海经》："鼓钟之山……有草焉，方茎而黄华，员叶而三成，其名曰焉酸，可以为毒。"

　　朱泙漫走到河边，见鲦鱼①出游，从容自乐，便饿了。他乃施御土之术，连唤三声，命石作灶。岸上的卵石却只是不住地颤栗，并不堆垒起来。正纳闷间，天从背后阴到了前面。猛一回头，但见尘埃散处，太行、王屋②二山各出两峰，奉敕移来做了支灶的台脚。朱泙漫无奈，从箧中取出饭盂，变到哼然极大，架在四峰之上作釜，视之若垂天之云，方广不知几千里也。又作驱水之法，从河中吸起挈之百围的水柱，连水里的游鱼一道，将巨釜注满。更行驭气之咒，双手自天际各摘下一片燧云，相互一擦，就溅出几束枝枝节节的电光石火，将四峰之间的森林燎着，以为灶膛里的柴禾。炖煮良久，自旦至昧，四峰茂林，燀灼殆尽。可是巨釜深辽阔衺，釜底的温度传不过小半的水深，就减到与平日地底的热力、温泉的汇入或烈日的炙烤输送进来的一般无二。鱼儿们浑然无知，仍于汤内嬉戏遨游，或跃在釜沿围成的渊中。

　　朱泙漫没吃上鱼，饿着肚子走了。

　　陆地上遍寻不得，朱泙漫乘大瓠③，浮海相求。

　　终于在一次惊涛骇浪的风暴里，他见到了一条孤独而不安的龙④。

　　二十合浮沉之后，朱泙漫的剑尖指在了离龙睛只有一寸的前

---

① **鲦鱼**　《庄子》："庄子与惠子游于濠梁之上。庄子曰：'鲦鱼出游从容，是鱼乐也。'"

② **太行、王屋**　《列子》："太行、王屋二山，方七百里，高万仞。本在冀州之南，河阳之北。"愚公欲移之，后为"夸蛾氏二子负二山，一厝朔东，一厝雍南"。

③ **大瓠**　《庄子》："惠子谓庄子曰：'魏王贻我大瓠之种，我树之成而实五石，以盛水浆，其坚不能自举也。剖之以为瓢，则瓠落无所容。非不呺然大也，吾为其无用而掊之。'庄子曰：'……今子有五石之瓠，何不虑以为大樽而浮乎江湖，而忧其瓠落无所容？……'。"

④ **龙的示踪物**　《真诰》："人在家及外行，卒遇飘风、暴雨、震电、昏暗、大雾，皆诸龙经过。"

方。那条龙怀着悲愤的世仇，不肯眨一下眼。朱泙漫脚乘浪端，足踏潮头，操剑距龙，良久，没有下手。

"我们都是这世上的最后一个了，你走吧，再也别回来。从今往后，我会花一生去找你，但你再也别让我找到。这样我的一生，就到死都有意义。"

于是龙走了。朱泙漫背过去，把大弧划向随龙撤退的雨云边缘流下的光瀑。

朱泙漫经过一个终年无风的盆地，盆地中央长着一棵连通天地的樗树①，有着臃肿的树干和卷曲的枝条。它大到离地十仞②才分出最低的侧枝，树荫所及放牧几千头牛还有多。在它的树冠边缘，平庸的森林开始之处，有一座驿栈。朱泙漫走进驿栈去歇脚。

一位沧桑的剑客先他一步已在栈中，他自称滑介纬萧，正对着其他座客吹嘘自己生平的冒险。

滑介先生看到一个人带着剑进来，也不与人交接，安安静静地走向自己的座位，就喝住他说："嘿，那后生，你是做什么的？"

"屠龙士。"朱泙漫总不愿冷落或欺骗一个万一善良的陌生人，所以答道。

"哈哈哈哈！"

其他人笑，剑客并不笑。一只怪鸟蹲在樗树伸到房顶的枝梢上，用难听而响亮的嗓音叫唤了几声，犹如一次慢半拍的凑趣。

---

① 樗树　《庄子》："惠子谓庄子曰：'吾有大树，人谓之樗。其大本臃肿而不中绳墨，其小枝卷曲而不中规矩，立之涂，匠者不顾。今子之言，大而无用，众所同去也。'"又："匠石之齐，至乎曲辕，见栎社树。其大蔽数千牛，絜之百围，其高临山十仞而后有枝，其可以为舟者旁十数。观者如市，匠伯不顾，遂行不辍。"又："庄子行于山中，见大木，枝叶盛茂，伐木者止其旁而不取也。问其故。曰：'无所可用。'"

② 古代的一种计量单位，一仞 ≈ 1.8 米。

有那好事的就说："朱泙漫，你听这鸟叫声像什么？像不像'丈夫无用哦''丈夫无用哦'？"

其他人又笑，剑客仍不笑。剑客说："我的剑只屠人，你的剑却屠龙，你的剑一定比我的锋利咯？如此，你敢拔出来让我验验吗？"

好事者的起哄喧哗无休，却在朱泙漫答复"怎么验"的瞬间，戛然而止。

滑介纬萧踏出驿栈，把手向腰际一探，众人陡觉日色减了几分。抬头看时，却并无云遮，再低头处，才晓得是他已擎出了三尺纯钩之剑①，剑铗犹碧潭一鉴，收贮了漫天星斗的清辉，寒光侵目。滑介纬萧将剑横空一扫，便即回鞘。剑有回，剑气无回。只觉一道凌坡夷坂的锋影滚滚而前，立时拦腰摧垮了森林外围的三十棵古木。余裕的剑风穿林而过，萧萧飒飒，遍地纤草望之披靡，像要把尖端也抓进地里不令自己被吹跑。尔后默默有顷，才又在林海的彼岸惊起一阵溅墨似的、骚动的飞鸟。

朱泙漫跟到门外，拣个空地站了，像不认识自己那剑似的讷讷然将它拔出。青天湛湛，剑刃视若罔存，运经之处，只仿佛骄阳把地面蒸起的热流微微地扭曲了后方的物象。朱泙漫使剑一划，将空气切开一个子虚的创口，就收它入鞘。四野六合，寂寂然，杳杳然，空空然，冥冥然。半晌，还是那只怪鸟率先从毫无结果的等待中惊醒过来，放声叫道："丈夫无用哦。丈夫无用哦。"于是整个驿栈爆发出胀到很大才溃破的欢腾。

朱泙漫不反顾，服剑而去。

朱泙漫在悬崖边走，脚下的鸟径像云海的堤岸，被涨潮吞没。突然有风从后奄至，风里夹带着五金的杀气。他猛转身，一凛剑

---

① **纯钩之剑** 《越绝书》："王取纯钩……观其铈，烂如列星之行。"

光已在眉睫，贴身的浓雾分开，冲出滑介纬萧的面目。朱泙漫急切却未能施展，径用带鞘的剑一挡，就被力道冲得连退两步，从崖边跌落。那峭崖起初还有些坡度，滑介纬萧亦不来赶，却拈出一粒种籽似的细物，弹入朱泙漫留在道中的脚印。不早不晚，就在这时峭崖转入了陡直的削壁，一棵刚好横生在转折点上的松树兜住了朱泙漫的两腋，教他全身悬了空。从他双脚刚刚离开的巉岩上的滑痕中，倏然探出一支焉酸堇的藤蔓，犹猱一般舒开盘香形的嫩芽，展出森然棘刺，才怅然若失停止了生长。

朱泙漫心中恍然大悲，却忘了要先长记性，还挣扎着用脚去够那松树的树干。脚尖蹭到树皮，只接触了刹那的部位就同样地萌起一支焉酸堇来，追着没有勾住树干而晃荡开去的脚便抽出二尺有余的条，方始罢休。朱泙漫指不上下盘，只好一手援住老松，一手向腰间索剑。滑介纬萧一计不行，再生一计，口中念念有词。但见那株树干上长出的堇藤，在眨眼之间开出眼形的奇花，紧接着就觉花气袭人。朱泙漫待要闭气，身上却已泄了劲，把手软软张开，就向云中坠去。

还没有下坠到全身都放松的状态，就又让什么东西给接住了。虽说神志半昏，但也不该像这样一点都不痛啊。这回正正地趴在上头，双臂双腿往两侧垂下，摸它表皮，鳞鳞栉栉，仿佛还是一棵松树。但那先顺着降落的速度下沉到静止、而后轻轻托起的弹性、巧劲和若有若无的体贴，又不似咬定青山的植物所能有的。不仅如此，方才向上的疾风现在也变成了向后。且慢，是这东西在飞！

云气极浓，像最为疏松的水。朱泙漫只觉得起初两脚越来越重，要费很大的劲才能提起，后来又越来越轻，好像不消用力，膝也能固定一个角度屈着。旅途仿佛永远在云层的中心，直到猝不及防击穿了它的边界。朱泙漫这才发现，自己腰部以下业经化为了半铁半石，而载着这具半僵尸体的，正是那条只道相忘江湖的龙。

此时已在瀚海之上，视天水为等距，挽落霞于齐肩，指长庚以将近，渺黄鹄之浅薄。

前方遥遥出现了一座孤屿，外表看去倒也平平常常。绕过一个方向，就见山岛背侧，裂开巨罅一道，与洪波相吞吐。罅洞两旁野林郁郁，其上飞鸟往还，鸣禽生息，万物陶然。待到距离缩短至经验的范围，朱泙漫才发现，去此洞天尚远，那些海鸟却已在视野中增大到超乎对域外风物的想象。他终于认清，它们全都是嬉戏翔集的应龙①。

朱泙漫乘着龙，瞬息即到。他把头从逐渐僵死的脖子上尽力抬起，就看见应龙们各自收敛，扇着翅膀悬停在空中，注目相迎。座下之龙亦不理会，驮着他一头冲进巨罅。那罅缝直到跟前，才知其高深莫测，足可凭龙驰骋。洞壁之上，多有窍穴、柱石、高台，犬牙交错，造化万端。无数虬龙②蟠踞其间，有的还化为人形，此时都颔首欠身，肃穆以待。洞极深，前行不知几许，最后是一座至为开阔高广的洞厅，就着四壁的嵯峨怪石，雕砌成槠牙薆囷。上座一人，冕旒加顶，气宇轩昂，文武两班，分列阶前，俨然帝仪。那龙一径撞入这朝堂之上，也化为人形，额间的两角峥嵘卓荦。他把朱泙漫放在地上，扶着他早已全无知觉的背，就对上座者喊道："父王，降龙锉，快！"

那被叫作父王的，从丹墀上降身，与两班文武一齐围过来，大惊责道："你怎么把人带到这里来了？！"

年轻的龙人从朱泙漫腰间一把抓起潜龙剑，向父王嚷道："是他！"

他那父王与众龙乍睹此剑，颜色骤变，踉跄便退，围成的圈子登时疏远了一倍。还是龙王镇定，稳了稳神，又走上来，换了种口气说："既然是他，那我亲自救吧。"言讫，就向腰带上解

① **应龙**　龙属而有翼。
② **虬龙**　龙属而无角。

下一柄镌着螭龙①纹的玉锉刀来。年轻龙人却一把夺了去，说道："他放过的是我，我要自己来。"

此时朱泙漫的左眼已经石化而失去了视力，他用右眼望见四根厅柱上缠绕的蟠龙②也解蜕到地面，化为四名英武骁勇的侍卫，都聚到龙人身边，纷纷恳请道："太子，让属下来吧。"龙太子断然朝他们喝道："都别在这碍事了，倒是快去把臣药、佐药、使药都找来。"接着便不再管他们，低下头对朱泙漫道："焉酸堇虽为天下至毒，然茎刺之毒剧而花叶之毒缓，还来得及。"

言毕，明知道父王不忍下手，臣僚又不敢造次，便暗暗紧着牙，举起降龙锉，亲手从自己的龙角上锉下几钱茸粉，装在碗里，用侍卫们方呈上来的金芝花蜜、石上菖蒲叶露、椹树果浆、不死草茎所泡之酒、反魂树根所浸之茶③调和，往朱泙漫下唇已枯的嘴里灌了进去。一会儿，朱泙漫就感到身体变得坠坠沉沉，这是他头一次觉出五脏六腑压着后背原来也是有重量的，次及腰，次及腹，次及股，次及胫，次及趾，须臾之间，通体瘥瘳，但觉心旷神怡，倍益平昔。

龙王见朱泙漫已被搀起，霍然无碍，乃上前致礼："那时你放了我儿一命，我谢谢你。"

朱泙漫环顾四周，方才心中的惊奇也慢慢复苏，便问道："此间是何所在？世上有龙如许之多，我竟不知。"

龙王扭头看了看殿前左侧的一个六角亭，便指着龙太子对侍卫说："去找他大哥来。"这边一面引朱泙漫先到亭中，一面说：

---

① **螭龙**　龙属，一说色黄，一说无角，一说雌性，一说龙子。
② **蟠龙**　龙属而无足。
③ **金芝、石上菖蒲、椹树、不死草、反魂树**　均出自《海内十洲记》，依次出玄洲、炎洲、扶桑、祖洲、聚窟洲。

"令客见笑，又不知被他驮到哪里去了。"未几，只见一头赑屃[①]负着一块碑碣，尽其体态所允许急急爬来，赶到亭中，对齐了方向，憨然伏好。朱泙漫看那碑文，是《方丈洲[②]记》。龙王对着这碑解说道："百年之前，龙族遭足下七世师祖屠灭几尽，存亡且夕，遂遣使四出，得此秘境，乃合族暗中徙至，不复与人世交通。此碑即当时所立，载录甚详。"说到这里，龙王转向朱泙漫着重道："屠龙之术传三十余世，擒到了龙却没有下手的，足下是头一位。"

接下来，龙太子留朱泙漫盘桓了数日。时或召龙姬起舞，窈窕曼妙。又或燕集，凤髓陈于前，鲸脯杂于后，醴用珊瑚之觞，馔用瑶贝之楄，百官为太子寿。又见过了太子的几位爱好各异的兄弟[③]。大家见朱泙漫似确无杀机，也就渐渐都由着了。太子天真烂漫，只是要热闹一刻不歇，意兴一刻不得萌发出阑珊的苗头，任那盈月要亏，他也肯拿银箔贴回一个满圆。朱泙漫脸上不露，但那心尖儿上，却偏总有些怏怏地，他自己也不明白是怎么了，开始的时候，还当是为师父的死因难过。

到了第三日，还是龙王挣得脱面子，拿住了分寸，向朱泙漫坦率说道："人龙殊途，我们不能再多留足下了。即以弱水[④]浮木所刳之一桴[⑤]相赠，足下乘桴以归，无问罗经，只管行去，途中若值大雾，也一往无前勿虑。我等自以飓飚助你，顷刻便到人境。"

---

① 赑屃　龙生九子之一。《怀麓堂集》："赑屃，平生好文，今碑两旁龙是其遗像。"又《升庵外集》："一曰赑屃，形似龟，好负重，今石碑下龟趺是也。"又《五杂俎》称之为霸下，"好负重"。参下"龙生九子"条。

② 方丈洲　《海内十洲记》："方丈洲……上专是群龙所聚。"

③ 龙生九子　《怀麓堂集》："龙生九子不成龙，各有所好。"又《升庵外集》："龙生九子不成龙，各有所好。"又《五杂俎》："盖龙性淫，无所不交，故种独多耳。"又，赑屃、睚眦，皆在九子之列。

④ 弱水　《海内十洲记》："凤麟洲……四面有弱水绕之，鸿毛不浮，不可越也。"又《玄中记》："天下之弱者，有昆仑之弱水，鸿毛不能载也。"又《括地图》："昆仑弱水非乘龙不至。"

⑤ 桴　《论语》："子曰：'道不行，乘桴浮于海。'"

　　众龙相送至海水一直伸到朝堂附近的汉港边。朱泙漫谢过了款待，龙那一边也说了许多实际是绝不去骚扰人世意思的惜别的话。礼尽于斯，登程在即。朱泙漫看了一眼龙太子，欲说还休，忽地铿然一声拔剑出鞘。左右众龙大惊失色，有欲走者，有欲以身翼蔽太子者，有奋身欲战者。朱泙漫却右手翻腕举剑，剑尖前指，左掌在剑铗上一击，就将剑遥遥射出，钉进那方此时让赑屃为来送客而卸在六角亭里的碣石之内，剑刃直没至镡。他转身向着护在太子身前的他的弟弟睚眦[①]撂了一句："送给你了。"诸龙转危为喜，又要现出大为所动的样子。睚眦性情豪侠爽朗，当下解腰间佩剑回赠，剑名无首[②]。朱泙漫收了，便舍岸登舟，飘桴而去，茕茕远影，直到碧空尽头。

　　朱泙漫追寻滑介纬萧年余，杳无踪迹，倒是听得了沿海渔村有龙肆虐的流言。他溯着流言找去，最后在海潮声里，见到了一大片墟烟未灭的瓦砾与残墙。

　　朱泙漫在满目疮痍的渔港中觅得了一条幸未受损的小船，愤而出海。经数昼夜，仍茫然不得其所。龙族送他回人界时，虽半道兴起风雨云雾以掩藏路线，但他凭着从师父支离益处所学的技艺，大致的方位和里程心中还是有数的，按理说就在这片海域，现在却遍寻而不得。正焦灼间，眼看天际风雨如晦，浊浪排空。他驱舟前往，从海平线下缓缓升起两群恶斗的飞龙。

　　朱泙漫心里觉得蹊跷，纵舟劈波斩浪，全速迫近。到得龙阵下方的狂澜中抬眼一望，一边为首的正是龙太子。再看另一边，登时明白了个大概。那群龙颌下的骊珠俱已尽失，个个项上箍轭

[①]　**睚眦**　龙生九子之一。《怀麓堂集》："睚眦，平生好杀，今刀柄上龙吞口是其遗像。"又《升庵外集》："七曰睚眦，性好杀，故立于刀环。"又《五杂俎》："睚眦好杀。"参上"龙生九子"条。

[②]　**无首**　《周易》："用九：见群龙无首，吉。"

着一条焉酸堇藤，每根藤条都恰从逆鳞下经过，卡住鳞片顶得它翻起。中军一龙，背上跨骑者，正是滑介纬萧。他念动真言，便可依不同的方式勒紧那藤条。藤条从逆鳞下的嫩肤上擦过，龙痛得魂飞汤火，敢不闻命，欲左则左，欲右则右，欲上则上，欲下则下，欲东则东，欲西则西，欲前则前，欲后则后。那藤条上更有毒刺，自逆鳞下的肌肤刺入。朱泙漫逞离娄之目，从那寸透明的肌肤望进去，但见那些龙的心脏，都已化为半铁半石，只因龙躯壮硕，毒素未遍全身，这才将死未死，但也已成行尸走肉，岐黄不至。这些失心之龙无惧无畏，个个杀红了眼，太子那面时不时有龙坠落海中，渐渐势孤力穷。

　　龙太子也望见了朱泙漫，便从战云中抽身，扎进海里，绕着渔船游成一个环。

　　朱泙漫问道："这是怎么回事？"

　　龙太子答："前些日有个异人掳走了一批去向鲛[①]国征收珠贡的龙。龙到了他手上便迷失心性，变得狂暴淫虐，受他操纵洗劫了好些渔村。父王得报，率众讨伐，出师不利，反遭其所弑。那人借此又俘获许多龙尉，羽翼更丰，汹汹而来，麾指方丈洲。我引兵在此阻击，方丈洲相去非远，若此战不谐，便已无险可守。"

　　朱泙漫听犹未讫，发已冲冠，跃上云头，一径撞入敌龙阵中，掣出无首之剑，展臂舒腰，便向滑介纬萧砍下。滑介纬萧两腿在座龙背侧一夹，就纵身飞起，跳到另一条龙脊上。无首剑砍中前一条龙的铁英鳞甲，顿时卷了半边的剑刃，那龙却是毫发无伤。朱泙漫把剑在手中一转，紧追不舍。滑介纬萧见状如此，竟不逃了，拔纯钩剑在手，径相抗衡。两剑交锋，天光骤暗，乌浪滔天，鬼泣神号。滑介纬萧神色晏如，看着身前的无首剑，由剑鼻熟视

---

① 　鲛　《博物志》："南海水有鲛人，水居如鱼，不废织绩，其眼能泣珠。"又《搜神记》："南海之外有鲛人，水居如鱼，不废织绩，其眼泣则能出珠。"

到剑尖，冷笑道："贤侄，你那潜龙剑呢？"

朱泙漫叱道："谁是你贤侄？潜龙剑岂是你问的？"

二人各自变招，仍旧相持。滑介纬萧阴阴地说："那潜龙剑本就该是我的！要不是你太师父偏心，传给了支离竖子，世上的龙早干净了①。我没想到他还有两下子，中了焉酸董的刺毒，居然来得及拔剑。恨只恨你太师父不传我金玉之术，只传我木石之术，我打不开他那只铁手，下山找熔具，才让你小子乘隙抢了先。事已至此，贤侄何不与我联手灭龙，尽取骊珠②，售于朝市，人间富贵，唾手可得，岂非远胜挟弹飞鹰、探丸借客过活？"

两人相互发力，各自弹开。朱泙漫仗剑欲前，滑介纬萧却袍袖一挥，就教龙尾从旁摆来，一击之下，便将无首剑扫为齑粉，且把朱泙漫掸退到两阵核心。几个跟头当中，朱泙漫眼见太子蛟龙出海，遁到战圈之外，急急地飞走了。

他知道自己不可足踏实地，便凌空冯虚，乘风履云，白手作法，兴起三重空中楼阁③，参于莽眇④之境。朱泙漫身登顶重，施御土之术。海中岩岩礁石，自相连属，成石龙百条，鼓浪撼波，与敌龙相征战。滑介纬萧部下有腾蛇⑤之军，喷出氤氲雾霭，令石龙目迷所见，敌我难明，诱其自相残杀，须臾便教土崩瓦解。

① **滑介** 出自《庄子》："支离叔与滑介叔观于冥伯之丘，昆仑之虚，黄帝之所休。"《庄子集解》注曰："支离忘形，滑介忘智。"

② **纬萧** 出自《庄子》："河上有家贫恃纬萧而食者，其子没于渊，得千金之珠。"参上"骊珠"条。

③ **空中楼阁** 典出《百喻经·三重楼喻》。

④ **莽眇** 《庄子》："予方将与造物者为人，厌则又乘夫莽眇之鸟，以出六极之外，而游无何有之乡，以处圹埌之野。"

⑤ **腾蛇** 一说为龙属，善乘雾，"腾"或作"腾"。郭璞注《尔雅》："腾蛇，龙类也，能兴云雾而游其中。"又《荀子》："腾蛇游雾而生，腾蛇乘云而举。"又："腾蛇游于雾露，乘于风雨而行，非千里不止。"又《慎子》："腾蛇游雾，飞龙乘云。"又《淮南子》："夫腾蛇游雾而动，应龙乘云而举。"又《盐铁论》："故贤者得位，犹龙得水，腾蛇游雾也。"又曹操《龟虽寿》："腾蛇乘雾，终为土灰。"

朱泙漫于三重之上，再起三重楼阁，檐铎琤琮，造于圹埌^①之天。他拾级登顶，作驱水之法。海面当即遍生漩涡，从中吸起百条水龙卷^②，呼啸招摇，与敌龙相征战。滑介纬萧部下，又有虹霓^③之军，曲项躬身，瞬息之间，便将水龙啜尽。

朱泙漫在六重之上，迭起三重楼阁，塔刹巍巍，薄于无何有^④之乡。他登顶及于九重，行驱气之咒，从愁云之内，召出电龙^⑤百条，神出鬼没，侵掠如火，与敌龙相征战。滑介纬萧部下，复有烛龙^⑥之属，挺身而出，将电龙一一衔去，投在西北幽冥无日之国。

朱泙漫屡战不能取胜。滑介纬萧遣出蜃龙^⑦之属，张口引吭，将那九重楼阁化为蜃气，吸入腹中。朱泙漫失去凭依，从天心坠落。

却说龙太子潜出战场，急如星火，赶回方丈洲，直闯到龙洞大殿之上。他一个神龙摆尾，掀去六角亭的亭盖，用尾巴梢盘住潜龙剑留在《方丈洲记》碑外的剑柄，向上牵引全身，绷成一条弓弦般的直线，而后用牙和前爪死死挂紧此时所能到达的洞壁间修砌的栏杆望柱。接着便通身整条地拧绞起来，把自己捻成麻花

① **圹埌** 参上"莽眇"条。

② **水龙卷** 一说为龙的原型。

③ **虹霓** 龙属，雄曰虹，雌曰霓，善饮水。殷墟卜辞有"出虹自北，饮于河"句。《汉书》："虹下属宫中，饮井水，水泉竭。"《释名》："（虹）每于日在西而见于东，啜饮东方之水气也。"《茅亭客话》："虹霓自空而下，直入于亭，垂首于筵中，吸其食馔且尽焉。"《梦溪笔谈》："世传虹能入溪涧饮水，信然……虹两头皆垂涧中。"又，一说彩虹为龙的原型。

④ **无何有** 参上"莽眇"条。

⑤ **电龙** 一说闪电为龙的原型。

⑥ **烛龙** 一说为龙属，往往衔火。《楚辞章句》："天西北有幽冥无日之国，有龙衔烛而照之也。"又郭璞注《山海经》引《诗含神雾》："天不足西北，无有阴阳消息，故有龙衔火精以往照天门中也。"

⑦ **蜃龙** 一说为龙属，旧以其吐气乃成海市蜃楼。《汉书·天文志》："海旁蜃气象楼台。"《梦溪笔谈》："海市，或曰蛟蜃之气所为。"《菽园杂记》："登州海市，世传道之，疑以为蜃气所致。"

也似，终将潜龙剑从碑中粲然拔出，带着就飞回战阵。

龙太子的部属剩已寥寥，且被冲得七零八落。敌龙远远围绕着朱泙漫，沿相同的方向，回旋纷飞，画出千万条圆周的纬线，在天空中织成一个绝云气、负青天的鼓形。朱泙漫正在这鼓形的中央下坠。

龙与龙都受过铁英岩浆的洗礼，彼此自然相克。太子却不顾密密麻麻的尖齿与利爪，浴血奋战，在敌龙织成的壁障上击穿一个阙口，冲到天心正中，将剑从上投下。那剑洞穿六气，追上朱泙漫。朱泙漫在颓然下落的半途接它在手，人剑相感，剑锋便放出大的光华。他当下意气风发，两腿一剪，从倒栽翻成正立，就势向着四极八荒抢开一圈愈扩愈大的剑气的晕华。只见从鼓形重围的缝隙中霎时穿刺出无数支清澄耀眼的光柱，光柱迅速变粗，连绵融汇，俯仰之间，将周天敌龙尽数销作灰飞烟灭。万顷排山之浪，涣然绥靖，唯余滑介纬萧分水逃逸时留下两行雁阵似的波纹，指向海空相接的天涯。

朱泙漫降落在一片礁石之上。龙太子身被数创，形同一张蛇皮委蜕在礁群之间，胸口搭在朱泙漫的脚前，上面露着一处致命的伤洞，汪汪地像一口涌血的小井。

朱泙漫知道潜龙剑与龙甲出自同一种材料，提起那剑再看了看，便以铄金之术，销锋镝为铁浆，浇铸在创口之内。又以海水淬火，转眼间便结成一块坚硬的疤。

太子致命之伤既愈，便缩回人形，从礁岩中立起。大战后幸存的龙卒，与方丈洲闻捷的龙眷，布满长空，咸来接驾。朱泙漫背过身，已在拾掇那条渔船，将欲辞去。龙太子在他身后说：

"你没有了剑，往后做什么呢？"

朱泙漫没有回头。过了半晌，那像是从两片充满意志但没有情绪的嘴唇中说出的答案被咸潮的海风卷了过来。

"报仇。"

滑介纬萧逃亡中又从樗树下经过，形容枯槁，面目黧黑。那只怪鸟犹在枝头，像是卡着时辰一般叫唤起来：

"丈夫无用哦。丈夫无用哦。"

滑介纬萧恼羞成怒，捏出一粒毒种，就向那怪鸟落脚处弹去。怪鸟眼中瞥见个影子，便蹬腿离枝，扑棱翅膀飞走了。毒种没入木质，瞬间发出焉酸堇藤，缠着树枝马上攀缘开去。

滑介纬萧盯着渐去的鸟影，咬牙切齿放话咒道：

"叫你飞！只要这树干一天还连着地，你就一天别下来歇脚，下来就是死！"

岂知那樗树只因一侧的枝条加了那焉酸堇的毫末之重，就打破了向日亏盆地里终年无风才维持住的微妙平衡，树干沿着一片陈旧、光滑、相合无缝所以不为人知的断面与树桩分离，向着这边倾倒。滑介纬萧听见身后又是吱嘎有声，又是簌簌作响，猛然回头。映入他眼中的最后一幅画面，就是樗树的粗干迫到离脸极近时，那皴裂的、教他瞬间以为是龙鳞的表面[①]。

---

① **树皮似龙鳞**　一说树神为龙的原型，此说原指松树。

镜像赋格

一、瞬移术

侬存在还不存在？

老人家躺在藤椅上，头拶着椅背的梁，往左边侧，心里想道。斜后方的屋门，全身不动，朝上翻翻眼珠就能望到。渠还是小囡儿的时候，大人说，屋里冇人，桌子板凳就都会起来走动，说话，叽叽喳喳的，一开门，马上变回原状，不管你开多快，也来不及。反过来，现在侬在屋里，门关着，外头的世界，可能也和侬们想的完全不一样，只是开门一下，飞快变成侬们打算见到的样子，像老师刚扠门进去的教室。这样说，也可能外面整个都不存在了，只有这个被门关着的屋子，浮在一片墨乌漆黢里。屋门是那个开关，开开，世界的景幕就撑出来，关起，景幕就又塌掉。拿外面的人来讲，不存在的又是侬，还有侬这间屋也从世上剅掉了，像魔芋里的空泡。

侬到底存在还不存在？

所以，老人家躺在藤椅上，往左偏着头，愕愕地挂虑的，就是这个问题。渠还是一下都冇动，眼睛直直地望着那边墙壁前面的电视。电视在放纪录节目，一条美国的龙卷风乌天乌地的，百来斤的广告牌被它卷起来，从左边转到前面，从前面又转到右边，一下就拘上天了。电视左边的墙上，挂了几个相框，每个相框里都是排成几排的螺跟蜗牛的壳标本。有的壳长爹爹儿，有的圆爹爹儿，有的尖尖的像塔一样，有的笔直的像钉儿一样，有的稀奇八怪，有的就是喫的螺蛳，有的口很大，快要看不出来螺管到里面还会打弯，有的壳上还有籁。颜色也不一样，有些不好看，就只是绿色，有些好看，跟糖儿一样。除掉那些扁扁的跟象棋子一样的，就都把壳尖朝上，底下的螺口开在右边，有的口上还带翻出来的唇。电视另一边的墙上，挂钟的两根指针绞杀着扇形的时间。屋里养的乌龟，从电视柜那边慢慢笃笃爬过来，爬到小茶几这里，拗起颈来去够那个茶几的下层。攀又攀不上，只是跟一只大个儿的瓢虫一样，用不上力。

老人这下坐起来，往左边伸出手，想去帮它。结果半空摸到个什么冰凉冰凉的东西，挡住了，手伸不过去。乌龟还在那里，越爬不上去，越攒劲爬，爪子扒在木头的漆上，听得人心烦意乱。但声是从右边来的。老人听得那声，把头旋过来，谁晓得，乌龟一下就从右边变出来了。不只是乌龟，茶几、电视、相框、钟、屋门，都变到右边去了。

侬就说这个屋里有灵异，渠们还不信。

渠又把头旋回左边，想起来那里有面镜。渠还专门找好了一条线索，每次忘记了那是面镜，就去把线索寻出来。她寻到了，那是一条镜上的裂缝，从玻璃的腹地发源，先往右斜下方流，绕过几个无形的岭，然后又撒向左，走成个折线形。每个角上都并进一条短一点儿、细一点儿的河，它也就一点点加宽，突然拐一下变正，奔过笔直的一段，最后向下汇入镜子外面，松木的暗红色里。镜子是一整扇门，左边右边各还有一扇门，带这三扇门的是客厅壁下的大立柜。渠又望到镜子里面的屋门，在左后方。

渠忍不住要拿手去扒那条缝，指甲在镜面上滑，经过它的时分，就陷进去一点点，声音听着窸窸窣窣的。要是镜子里也有一个世界，那个世界就只有这间屋这么大。侬要是走出那个门去，镜子里的侬就不存在了。作为镜子来看，侬在屋里的时分，就等于有有侬。所以还是那个问题。

侬存在还是不存在？

钟的两根指针合到一起，现在又分开了。下一个满圆的钟头从左边开始蚀残。细囵估计接到苏苏了，正在归来的路上。想到这里，渠也要准备一下，从茶几上的篮儿里寻出梳子，对着镜，梳起左半边头来。

二、穿墙术

"辇辇，你看谁归来嗲？"

老人家旋过头来，发现细囵已经徛在那里，正在喊渠。渠听到问，才把眼往细囵右边瞧。那里的壁上朦朦胧胧的一片，氤氤氲氲的，过了一会儿，各种颜色才退回到清晰的边界里，合成一个伢崽的模样，手里揽着个榔榔榚榚的东西。

"苏苏，你回来啦！"老人家看到伢崽，不晓得多高兴。

"外婆！"

"你站到我左边来，让外婆好好看看你。"细囵边说，边把伢崽曳到右边。

"这次暑假有几日在家呀？"

"导师只给七天的假。"

"只有一个礼拜哪？"

细囵抢着说："渠现在读研，哪里还有以前那样多假呢？不就系导师给几日就系几日？"其实外婆的问题，刚才在火车站，一模一样也是细囵的问题，到了外婆这里，细囵却要帮着苏苏跟外婆解释。屋里要是来个客，这些问题，又一模一样都是客人的问题，到时候渠们又要一齐替着苏苏跟客人解释。

"侬刚见你又在镜儿里寻电视看。特地把电视、茶几都放在左边，就是叫你多往左看。你还去看右边镜儿里的电视，嘻！"带苏苏见过了，细囵就又念叨起渠娘来。

"这係什么？"外婆指着苏苏手里的东西问。

"这是乌龟窝。"苏苏说。

"那係苏苏买给你的乌龟窝儿。快把你送给外婆的乌龟窝拿给她呀。我还一直说要把乌龟送人，你外婆动不动被它绊到，要不是她不让。结果你还买了个窝回来。"细囡说。

从小，家里的大人同苏苏说话，都说普通话，大人同大人说话，就说江西这里的土话，一直是这样。所以苏苏都习惯了，渠两样都听得懂，但是大人说土话的时分，渠就认为是跟别人说话，就自动不听，要你用普通话跟渠说，渠才会听进去。其实，外孙现在大了，对外婆这样的长辈，也会用几句土话去迁就。只是渠说的土话，就不过把普通话用土话的调调唱一遍，词也不换，家里人听得总要发笑。外婆呢，下放之前在大学教书，说得一口流利的普通话。但是回到江西，住得久了，土话也逐渐爬到渠舌上来得多了。但是因为渠当过老师，说话字正腔圆，所以你就能听到渠跟苏苏刚好反过来，有时会用一种朗诵一样的调调，去说土话里的单字。至于细囡，渠爹跟渠娘本来就是江西两个地方人。江西这里，叫作"五里不同音，十里不同调"，这个县说明天是"曷光"，隔壁的县就说"嵩朝"。渠爹娘互相听得懂，但是渠跟爹娘学，就学得两边都不像，早已不是地道的土话了。

一切都在变。

苏苏拿乌龟窝演示给外婆看。渠把窝搁在沙发边上，那是个塑料的片岩山洞，崚崚嶒嶒的，像国画上的山，顶上还栽了一蔸假的椰子树，像模像样的。乌龟在茶几边，跌得四脚朝天，瓢儿一样在那里打转。苏苏去把乌龟捉起来，园到山洞里。山顶是个台子，旁边有坡，也可以给它爬，还当真不错。

"别放那里，放那里外婆会绊到。"细囡说。

苏苏正在犹豫，外婆说："就那里好，就係那里。"

细囡就不争了。五天里的头天，渠的包容度也比较大。"早晚要被它绊到。"渠只是说了这样一句，就旋过面，望着渠娘的头，笑笑地说："㻬㻬，你又只梳了右半边头，你晓得不？"

"侬又忘记嗲。"外婆不好意思了，拿手去摩了摩右半边纷乱的头发。

"外婆，你要是自己给自己剪头发，不是要剪出阴阳头啦？"苏苏开玩笑说。

"欸！你不知道就不要乱讲。"细囡说。

"冇事欸，渠晓得什么？"外婆在细囡手上拍了一下。

"你不要一回来就上网，也陪外婆说说话。你外婆现在看书左边要有行号，她每看完一行，要找到行号把它圈起来，再看下一行，才不会漏掉。平时行号是我给她标的，你跟她说话的时候没事就去帮她标几页，好给她读。你们在这里聊一下天，侬去弄饭，中午蒸鼠麹糍喂。你不要成天去抠那个镜子，早晚要被你抠裂掉。"细囡叫下正要拉开电脑包拉链的崽，又喝住不自觉伸手抓那条缝的㻬㻬，把这礼拜的报纸搁到茶几上，就进厨房去了。

苏苏从茶几上捡起一本被报纸矋在下面的册子，问外婆说："这是什么？"

外婆说："这是你妈妈给我买回来的什么'仿画练习册'，照着上面的线条画或者描，不能漏掉，说是对我有好处。底下还有好几本，都是不一样的练习。"

画册的素材是星座主题的，就是一堆点和线。苏苏翻到太阳系的一页，见画着六边形北极云的土星，跟轨道上标着顺时针箭头的哈雷彗星。渠说："这画得还蛮细。"

外婆说："是啦，就是讲要把细节都画到，不能漏掉，才有作用。"

三、隐写术

10 我知觉到清晨是一个聚就养一个，仍在一个时间里起仲的一

11　神状态。其反面曾经存在于干瓶的一个状态里。所以真正说来就是

12　在镜子间里连接着两个状态。现在。连结并不单纯是像前和双取的

　　苏苏在家住了一日，有事就端把机儿坐到藤椅边，一边和外婆聊天，一边帮渠标几页行号。电视在一边放着。

13　工作，而在此也是视像为的综合能力的产物。想像为应该间关系

14　上视完着内像有。他可以用眼神不同时两种方式媒话语前连这两状。

　　“外婆，你看得懂这个书啊？”

　　“看得懂呀。”外婆戴起老花镜，一边在做线段中分练习，一边说。

15　使得这一状态就会那一状态在时间上先行发生；因为间前间自在在地

16　本身并不能被知觉，而在客体方位而不能在时间中与其中的联系

　　“我记得你书架上原先就有这本书呀。”

　　“这是新出的版本。”

17　经验地就视为向着先后，任自有后。因而我只是愿识到，我的想像

18　习把一个置于前面，把另一个置于后面。而不是客体中一个状态

　　“新出一版你就要重看一遍吗？”

　　“这个不一样，这是第一个从德文直接翻译过来的版本。”

19　先行于另一个状态；换言之，通过单纯的知觉，相互继起的客观现象

20　么客观关系仍然还是未定的。为了使这经验关系被视为确定了的，两

　　“你学生物的，为什么对这些书还这么感兴趣？”

　　“什么书都要看，看了总有好处。你晓得李思忠吗？李老师对《诗经》《尔雅》和《说文解字》都很熟，他把这些古书里的鱼都挑出来，一个一个按照界门纲目科属种，全给它讲清楚，那要读过几多书？有些鱼，我们连字也不认识哂。”

　　外公外婆都是那个年代的知识分子，念同一个生物系，两个人就是在螺类考察的时分好上的。很多现在印在教科书前头彩页上的老先生的名字，信嘴就叫得出来。就算有当面听过课，也仰慕过。

21 神秘地之间的这一关系必须这样来设想，彼此通过它，两种状态之中何

22 者必须置于前面，何者必须置于后面而不是相反，这被规定为必然然

台风要来了，在播天气预报。老小一齐抬起头，苏苏往右边去望电视，外婆往左边去望镜儿，像蜻蜓举起一对会往反方向转动的柄眼。两个人后脑勺相对，看的却是同一个东西。

强台风今天下午登陆，这次说是可以在地上走很远，过两日江西也要落雨。电视上的台风甩开几条尾巴，像忍者掷过来的"卐"字手里剑。

23 的。但是，带有综合统一的必然性的这个概念只能是一个纯粹知

老小两个同时把手里的书册翻了一页。苏苏把这段余下的一口气标完。

24 性概念，它不外于此观念之中，而却此必然是对果关系的概念，在

25 这种关系中，原因在时间中把结果规定为跟随而来的东西，而不是

26 规定为某种单单是在想像中有可能先行（或者在任何地方都不可能和

27 觉到）的东西。所以结果至经验，也就是关于一个现象的经验性的知识，

28 也只有通过把引把现象的接续，因而一切变化从属于因果律律之

29 下，才是可能的；因此就现象本身作为经验的对象，也只有依照同一

30 个因果律律才是可能的。①

"这个观点有意思。"苏苏放下笔说。

"它说了什么？"

"它的意思很难讲，我给你打个比方。"苏苏拿脚趾头轻轻拱了一下正打面前爬过的乌龟，乌龟在地板上滑出去几公分，头脚都缩了。"就说这下我们都认为，我拨了它一下，它被我拨开了。我去动它是原因，它的位置移动是结果。但如果这是在你右边那面镜子里呢？镜子里发生的是一模一样的事情，但就不能说，镜子里的脚是镜子里的乌龟移动的原因，因为它们都只是倒影，倒影动不了倒影。镜子里的脚动它，是因为我在外面动了它；镜

① 镜像部分内容出自邓晓艺译康德《纯粹理性批判》"先验要素论"之第二部分，人民出版社 2004 年 10 月版。

子里的乌龟被动，是因为外面的乌龟被动。镜子里的脚和镜子里的乌龟之间，没有因果关系。所以对镜子来讲，世界只是无穷个相邻之间没有链锁的瞬间排列成的。每时每刻，都是前一个时刻的世界完全消灭，下一个时刻的世界凭空产生，并不是从前一个时刻变成下一个时刻。好玩吧？"

"喫价！但我感觉这不像康德会说的话。"

苏苏从一个江西人嘴里听到过的最高赞美，就是"喫价"了。这下渠笑嘻嘻地望着外婆问："外婆，你真的看得懂这个书吗？"

外婆说："看得懂啊，怎么这样瞧不起你外婆？你外婆是'文革'前的大学生，还可以的。"

苏苏把书翻到前面几页，指着右边纸，还是笑笑地说："你晓得这一面上也有字嘛？"

这下外婆好奇了，把那本单面印刷的书拿过来问："在哪里？"

苏苏说："外婆你眼睛跟着我的手走。"就把手指到左边，沿着一行字，慢慢往右移，移过最后一个字，陷进中缝，又顺着另一边的弧坡爬上来。这下那面蜡白蜡白的纸，被手摸过的地方，犹如感觉到指头的热力，就洇出一个二个麻麻点点的字来，渐渐地摆满了一页。

外婆这下眼睛瞪得老大，跟拿到一本新书一样，翻前翻后地看。苏苏说："妈妈帮你在每行的左边标了行号，结果你圈起了右边这页的行号，就没圈左边这页的行号，说明你读了的每一行是没有漏掉左半行，但你翻过的每一页都整个漏掉了左半页。所以你懂得的书跟我懂得的书，可能不是同一本。现在我再来检查一下你今天做的练习。"

外婆还在瞧那本书，苏苏拿渠的两套练习册翻了下，说："外婆，你看这个图案删除练习，是叫你从这一堆形状里把所有朝左的三角形挑出来杠掉，你漏掉了很多。你看这个是左的，你漏划了；这个也是左的，你也漏划了；凡是属左的，一个都不能放过。

还有线段中分练习，让你找出一条线段的中点，给它标一下，你找的偏右，划到左边去的比例太大了……"

也许是因为觉得挫败，外婆突然不耐烦起来，推开苏苏伸过来的练习册，就从茶几上拿起遥控器，去搜纪录频道看。刚这下子，乌龟见有人来撩它，伸出四只脚，桨似的飞快划归窝里去了。

四、变形术

"来吃饭啦！不要一天到晚就是坐在房间里上网，叫三遍了应也不会应一句。羍羍呐，来喫饭嗲。这饭桌上是你的论文嶓？快点拿开，我要上菜了。"

苏苏搔着鸡薮一样的头发，踢着拖鞋走出来，觉得上了大当，因为细囡还在厨房里哐哐唧唧地弄菜。饭桌已经拖到屋中间，正对着电视。外婆在侧面坐着了，苏苏走过去，才看到渠正拿着自己忘在饭桌上的论文初稿，懒得再走开去寻眼镜，就伸直两手，鲠起颈，把论文举到臂展的尽头，皱起个眉在那里读。渠手里还捉着一支笔，每读一行，就把论文收回来，在右边的行号上打个圈，再放远了读，已经圈了小半页了。论文还是英文的。

苏苏着了急，上去就抢。哪个晓得外婆这下倒快，手往旁边一缩，就叫苏苏扑了空，嘴里还说："做什么？专门标好的行号，不是叫我看？"

"什么呀！那是期刊要求的投稿格式，为了方便审稿人提意见的。外婆你快还给我。那是我的论文，还没发表呢。"

"你没发表的论文我更要看了，还可以帮你把把关。"外婆把身子从苏苏的方向旋开，翼蔽着文章，两手拿它擎远了看。

苏苏见来直的不行，就来弯的，干脆绕到桌子对面去坐下来，一边委委屈屈地说："外婆，学生物好累人，好多师兄师姐延期两年都不得毕业。毕业了也只能去药厂。"

外婆从论文后面抬起头，舒开为了看字而眯起的眼，望着苏苏说："我们那时候都是国家缺哪块的人才我们学哪块，都不会去想什么毕业啊工作啊这些东西。"

"哎——唷——"苏苏做出一副让柚子酸倒了牙的表情。

"干什么？是说真的！"

一般的人家，老的退休享福，崽囡还有参加工作，就全是两个大人攒钱养家。哪个攒钱，哪个说话就算数，别人靠边倚，所以在这样的家里，"太上皇"跟"太子"就要联手。人家说"隔代亲"，就是这样来的。但是苏苏家里，渠娘这一边，从外婆起，连着三代都学生物。学问这个东西，又不会老掉，越老还越尊。虽说现在理科的知识也淘汰得快，但是大学净在那里扩招，眼下的博士还当不得老三届的高中生，名气上还是一代不如一代。所以在苏苏家里，哪怕细囡一个人又要主外又要主内，弄得脾气也臭，有时念叨起渠娘来跟念叨小伢崽一样，一到本行上，还是"老太君"说的话分量重。细囡跟苏苏，倒是隔三岔五要倚到一队，像电视上、书上那样爷孙两个倚一队，反倒有得见。问题是咃，外婆这个人，就老拿着以前的事情，来理解现在。

"外婆你现在还能看英文呀？"

"能看呀。但你为什么要写英文呢？写成中文发在《华南动物通讯》上不也很好？"

"哎唷外婆，现在发中文期刊哪个认哟？"

"哪个讲的？《华南动物通讯》可以的，我跟你讲，那当年可是武兆发创的刊。说起武兆发后来也是可怜。"

"外婆你翻的这都哪年的老黄历唷，谁创的刊还能管得到今天？再说你看看我做的方向，也不适合发《华南动物通讯》啊。蛋白质 α 螺旋，你晓得嘫？"

"不就你图上画的这个嘛。"外婆把文章翻过来对着苏苏，指着上面的示意图。一根丝瓜藤一样的带子从左边开始，绕到上面，弯去背后，再从底下穿回前头，这样打上五六个转，直到右边。"别这么小看外婆，生物大分子，什么 DNA 哟，我当年是国内最早开始读这块文献的一批人，只是后来退休了就没再做了。"

"哎唷，你还晓得 DNA 唷。"苏苏着急把外婆比下去，话一出口就在心里大喊倒灶。这哪里还躲得过？怕什么什么就来了。

"当然啦。"外婆起了劲，搁下论文，两根食指在空中比出双螺旋，每根指头划出的轨迹都跟示意图上那根带子差不多。"讲起这个，我们家三代学生物的好基因，可得靠你再传下去。抓紧带个女朋友回来才是真的。"

"外婆我给你变个魔术吧？"

"什么魔术？大变活人？你有女朋友啦？"

苏苏想的是丢车保帅，外婆奇怪渠怎么不像以前听到这些话的时候反应那样大，还以为开了窍，戒心松了。哪个晓得苏苏右手一下就从桌上把论文卷了走，同时左手举起早已偷偷从茶几上摸过来的报纸。外婆着急地叫起来："快点还给我。"苏苏说："好好好，给你给你。"就把两手当桌交叉成十字，左手到右边，右手到左边，伸给外婆。外婆只认从自己左边又过来了几张纸，望都不望右边，就接过去，这下摸不着头脑了："欸？怎么变成报纸了？你当真会魔术哇？快点拿过来，听话！"苏苏笑得咧起一张嘴，慢慢把右手沿着左边缩回来，捱下桌檐，把论文塞到椅垫下面去了。

"都别动哦，滚烫的！"

争来争去的两个人，被细囡这一句话定在桌子两边了。刚从微波炉里出来的盘子，拿湿抹布围着，被渠端上了桌。

"我同事从崇仁带过来的麻鸡，你最喜欢的。自己去打饭。荦荦呐，侬去帮你打饭。"

五、复原术

"准备吃饭啦！不要一天到晚都趴在电脑上，去把乌龟找出来喂。"

家里的时间好像是圆形的，每天相同的时分总会听到相同的话。就像打飞了的乒乓球，跳到一道狭缝里，要在两壁之间飞快地、周期性地反弹几轮，才能出得去。暑假就是那条短短的狭缝。

乌龟冇在窝里，冇在沙发下，也冇在茶几底下，到处寻不着。最后才看到，它囥在茶几的下层，那些放冻米糖的奶粉罍罍中间，到底被它爬上去了。这几个铁罍罍还是苏苏小时候吃奶粉剩下的。

苏苏把乌龟掇出来，去厨房下打了个转身，出来的时分，跟昨日外婆看论文一样，把手伸得老直，远远拈着两块腥臭的鱼杂，蹲着捖给乌龟喫。喂完乌龟，渠就去使劲把手洗净了。肥皂沫沿着顺时针的漩涡一夢一夢地流进下水口。饭桌已经摆好了，今天有"王伢壳"炖荷包蛋，配饺儿喫。

"王伢壳"是一种鱼，喂给乌龟喫的鱼杂，就是细囡从它腹里掲下来的。它像鲶鱼，牙齿很厉害，会咬人，头上、身上有几块黄色斑块，煮出来的汤也黄白黄白的。不晓得那几个字怎样写，也不晓得普通话怎样说，所以家里人一直拿土话叫它"王伢壳""王伢壳"。苏苏以前总以为它只是江西有，上了大学才晓得，到处都在作兴这道菜。在湖北，叫"黄骨鱼"；在扬州，菜谱上写"昂刺鱼"；在别的馆子里，也有喊它"黄颡鱼""黄丫头""黄辣丁"的。苏苏总估计，这样大多都是一种鱼。"黄"跟"王"，江西话不分。"伢"，在土话里可以是"额"的发音，跟"颡"是一个意思，"丫""辣"，都只一音之转。"额壳"就是"脑壳""额头"，不会写的人想往有意义的词上靠，就成了"丫头"。可能因为老是做成辣菜，所以再讹成"辣"。这些都是说，这种鱼有黄颜色的额壳。额上骨多，所以又变成"黄骨鱼"；"黄骨"再变，就成了"昂刺"，

"黄"就是"昂"，鱼的"骨"就是"刺"。后来又看到书上说："鳠一名黄颊鱼是也。徐州人谓之杨。""鳠""杨""颖"，读音也都差不多；"颊"跟"额"，土话读上去更是一样，并且反正都是头上这块那块。所以这一大串估计就都是鳠鱼不会错。

苏苏在家好不过三日，前三日细囡看得跟块宝一样，三日开外就嫌腻了。今天已经是第四日，细囡把刚好盖满一整个左半盘、却空着右半盘的饺儿，端到外婆面前，一上桌就叨："你一天到晚在网上干吗呢？那么忙吗？"

"我找了个网上的兼职。"苏苏突然说。

"唔？什么兼职？"细囡的语气完全转成了好奇。

"说不清，我也不知道那叫什么，就是我到网上发帖，然后就能有钱，跟刷单差不多。"

"你上哪里找到的兼职？"

"我们学校论坛上挂的。"

"什么时候找的？"

"就期末考完那段时间。"

"你去网上发那些乱七八糟的帖子别人还能倒给你钱？"

"那你当然要发别人叫你发的话啦。"

细囡自己也在大学教书，晓得研究生寻事做很正常，但是落到自己崽头上，又是这样一个冇听过的东西，渠觉得要点时间理解一下，低头揿了个饺儿蘸醋喫。结果外婆插进嘴来："你打的那份工，不会就是那个什么'水军'吧？前两天电视里还在说，讲是现在很不好的现象。"

细囡望着苏苏，看渠怎样答。渠不想显得自己跟不上，就指着多听跟多想去把落后了的认识追平。苏苏说："不是啦，我这哪够得上什么水军哦。"

细囡给每个人打了一碗荷包蛋汤，三个人默默地喫了一轮。外婆还是说出了看法："我觉得这不是什么正经工作，少做的好，你现在还是专心念书，钱不够让你妈打给你。"

苏苏拖长个声说："是，就只有读完博士留校当老师才是正经工作，别的都不是正经工作。"

看这下苗头不好，细囡才出来说："辈辈，苏苏懂事嗲，寻到第一份工作，侬们应当表示下鼓励。是嘛苏苏？"

外婆不理细囡，只是望着苏苏问："那别人都叫你发些什么话呢？"

"主要都是些好话，捧场的那种。"苏苏说。

"但既然是别人叫你发什么你就发什么，那别人如果叫你发坏话，你也去发喽？"

"如果叫我发我就发一下呗，这只是个工作。"

"你都不认得人家，怎好就说人坏话呢？"

"坏话不一定说人嘛，也可以是说东西。"

"什么东西呢？"

"像出了一部电影，去说它不好这样的。"

"那电影是人拍的呀，你去说它不好，拍电影的人看到了不会难过吗？"

"哎呀外婆，我晓得分寸嘛，太过分的话我也不会去发。而且你不要这样紧张，这种事很多人在做，很正常的。"

"这话有蹊跷。你说不会发太过分的话，你又说很多人都在做，那很多人一起发不太过分的话，合在一起对别人会不会就太过分了呢？"

"嘻！不是你想的那样。外婆你又不懂，我到现在接的基本上还是好话。"

"好话也不行啊。人家要是有个对手，你们这么多人净讲他好话，那他对手不就到下风去了？"

"那他对手也会买别人讲好话的嘛！"

"哦！所以就全看你们这帮，你们这帮——"外婆调门突然高上去，满脑子寻那个词，"你们这帮——小将！斗出来哪派赢就算哪派对吧？"

苏苏只觉得说不通，投降一样地举起两只手，就勾着头去喫饺儿了。外婆把剩的最后一个饺儿又到细囡碗里说："我喫不下嗲，给你。"细囡出来打圆场："毑毑，你还连一个饺儿都冇喫，怎么说喫饱了？"外婆说："侬盘子都空嗲呀。"细囡说："那你看着哈。"就伸手去捏住外婆的空盘，转上一百八十度。哪个晓得，跟着渠的手指，又凭空长满了一整个左半盘的饺儿。外婆惊了一下，接着还是说："侬喫饱了，下桌了。"说是这样说，但又还是坐着，冇有马上就走。细囡就说："那就拉倒，侬等下给它冻起来，夜间热来喫。"然后渠拣了一个觉得怎样都不会牛头不对马嘴的问题转向苏苏：

"你发一个帖子能赚几多钱呢？"

苏苏说："这个说不好，看帖子写得怎么样，也要看发在哪里。"

"那赚到了没有呢？"

"赚到了呀，那个乌龟窝就是用这钱买的。"

两娘崽同时瞟了外婆一眼，结果一下都笑得前俯后仰。外婆气还冇消，颏了细囡一眼，说："笑什么？"

原来渠坐在那里拿纸揩嘴，只揩了左半边嘴，右边唇上沾到一块白白的饺儿皮，冇揩掉还被纸碰到鼻孔边，像长了一只大痦儿一样。

"快去帮外婆擦一下。"

三个人嘻嘻哈哈，刚刚的事再冇提起。

六、疗愈术

落了一日的雨，喫过夜饭才停。

每星期这一日的夜间，外婆都跟渠那些老姊妹到江滨公园的凉亭里去唱三脚班，雷打不动。细囡送渠过去，苏苏是个伢崽人，不听戏，想待在屋里。细囡想到苏苏后日也就走了，就都依着渠。渠坐在藤椅上，看外婆那本《纯粹理性批判》。阳台上传来窸窸窣窣的声音，乌龟在拱待卖的纸壳箱。

直到门砰的一下打开，苏苏才听到。渠扯下耳机，旋过头去，看到细囡扶着外婆，跟只大蜘蛛一样，两对蹄加四条爪地挤进门来。

"快来搭把手！"细囡叫渠。

苏苏一听就晓得出事了。家里人只有在心情激动或者正生渠气的情况下，才会和渠说土话，就跟叫渠全名差不多。渠冲过去，发现帮不上忙，赶快又退回来，在门到沙发之间清出一条路。细囡搀着外婆去沙发上坐好，苏苏干脆也用土话问："这怎搞的？"

细囡说："过马路呐！侬就一下冇守住，渠就往马路上窜，那送外卖的电动车从左边飙几飙落地开过来，被渠在左臂上刮了一下。亏得侬拼命上去扶住，那一下倚都倚不住，倒下来就休了！"

外婆像小伢崽犯了错一样委委屈屈解释："侬望到灯绿了哇。"

细囡说："你望灯，那些送外卖的会望灯不会？跟你说了几多遍，过马路要望车，不能只望灯，并且要先望左，再望右。"

苏苏见渠娘还会发火，就晓得冇多大事了，这才仍用普通话问："那个送外卖的呢？"

"你还想堵得到渠呀？早也飙得冇有影子了。"

"那有没有伤着哪？"

"看起来冇有。"

细囡边说，边去电视柜抽斗里寻出那只医药箱来，拿着听诊器，俗到渠娘右胸上听了一分钟。那一分钟屋里静静的，像极了处在台风眼里。一分钟完事，细囡开声："这下係冇什么。"听诊器还不收，先搁在茶几上。

苏苏去酾了一杯热水端给外婆。渠倚在外婆右边，外婆坐在沙发上，却别到身儿，伸左手过去接。细囡一转身，正好望到了，立马叫住渠说："等一下，犟犟呐，你拿左手接那杯水给侬看一下。"外婆倒是冇有不依，只是哪个晓得，渠居然用左手抓着右手的腕儿把它曳起来，去接那杯水，自己还不晓得。

"这就不得了，又这样了。"细囡喃喃儿说，水也不让渠喫了，抓着渠两只手，在渠面前蹲下来说："犟犟呐，你举下右手。"

外婆就举了下左手，细囡帮渠放下。

"你再举下左手。"

外婆冇动，两娘崽都冇作声，细囡只是说：

"你两只手一起举下。"

外婆想也冇想，就举起了左手，悬在空中，像个冇下文的破折号。

"这是中风了吗？"苏苏两只手抱着水杯，声都细了。

看到苏苏吓着了，细囡反倒冷静下来说："不是。现在有时候会这样，出过好几次了，你都不在家。就是受了刺激，比如被那辆电动车擦痛了，她想克制那个痛，就把那边的知觉屏蔽掉了。"

"可刚才还好好的。"

"是哇，以前也是这样，坐下之前还行，坐下一放松就不行了。你现在让她站，她都站不起来，左脚没力。"

"这要怎么办？"

"别急，她这种是急性恶化，按以往能好的，有办法。"

细囡去把小杌儿掇过来，坐到外婆跟前，跟渠说："犟犟呐，你左半边身又不会动了。你照侬说的做，好哦？乖。"

外婆点点头，细囡就捉着渠左手说："你现在动下左手的大拇指头。"

外婆想拿左手去掰右手的拇指，得细囡捉到了，说："要用左手，不要用右手。莫急，侬们慢慢来，再试下。"

外婆这下不用左手了，但只是拿眼盯着右手，一动也冇动，苏苏的右手大拇指甲倒是在左手的虎口上掐出痕来了。

"冇用嗲。"外婆说。

"冇有那回事，你记得上次哦？多试几次。"

外婆勾着头，定了半日，右手大拇指头忽然就小小弯了一下，像老鼠点了下头。

"哎呀真厉害！现在再来，食指头动下。"

接下去慢慢就快了。冇得一刻钟，五个手指头都会动了，只是还不太活。然后就能捉拳了。然后又能抬手了。这下细囡才说："辈辈你歇一下，侬帮汝再听一下心跳。"

又是一分钟静静的。不晓得从什么时候开始，外面已经又落起雨来。外婆嫌太静，去捞苏苏说话，这回用的是土话："你晓得渠为什么喊侬'辈辈'嘞？"

苏苏摇摇头。外婆用那只才好的右手去托了托听诊器旁边的乳房，说："辈辈就是奶的意思，小伢崽喫姆妈的奶，所以喊姆妈叫辈辈，晓得了嘞？"

苏苏点点头。细囡摘下听筒，装作冇听到渠们刚才諁天的样子，红着面徛起来，透了口气，同苏苏说："等下还要带她起来在家里走动，要让她把那边都恢复过来。怎么样，妈妈厉害吧？像不像巫医？"

苏苏这才反应过来，使劲鼓了两下掌，忘记了手里还有水杯。水溅到手上，才发现已经全冷了。

七、读心术

外面在打雷，雨下冇停。天还冇夜，屋里就墨暗的。乌龟窝缩在沙发的影子里，乌龟缩在窝里，四只脚缩在壳里。细囡挂虑明天苏苏要斗雨去车站。电视留在纪录栏目，几只四角招潮种的招潮蟹挥起茁壮的左钳，像在邀更多的雨。

细囡跟苏苏一个坐藤椅，一个坐机儿，在给红薯梗剥筋。外婆昨夜已经好了，今天冇什么事。细囡习惯了，苏苏听渠娘说了前几次的事，也就冇再放到心上。外婆从房间里走出来，老花眼镜还搭在鼻上，勾着头从镜片上面望苏苏，杀气腾腾地，手上拿着报纸也不坐：

"我看见说，有老师被学生举报，还就是你们学校你们院系的，怎么回事？"

"渠就正在讲这个事啦。"

"怎么讲？"

"你把刚才的话说给外婆听。"

"我就是说，那个老师也确实总扯些奇奇怪怪的话。他开的那门课叫'生物学思想史'，我也选了，他在课上净跑题。还说什么自由意志是不存在的，理由是：你分不清你是在镜子外面还是在镜子里面，因为外面和里面的动作永远是绝对同时发生的；但如果你在里面，你做一个动作，就是因为外面那个人做了这个动作，而不是因为你想做这个动作；所以就算你先有做它的念头，你最后做出来也不是出于自己的意志；但你永远也看不出来，因为两边是同步的。这不是很唯心吗？"

"就因为这个就把人家开除了？"

"不是啦，举报他的是另一个事，是他在课上讲胡先生，夸他反对主流什么的。"

"什么反对主流，胡先生那是反对李森科主义，那还能有错么？！"

"没错，但这里面很微妙的，讲不清楚。他总归是反对当时的主流哇，那个老师拿到这点大讲特讲。"

"就算在当时，他反对的也不是主流。放到世界上来看，把他反对的东西当作主流的那一个小圈子，自己才是非主流。你怎么可以这样讲自己的前辈？"随着外婆把手挥左挥右，报纸在渠手里自然卷成了一支教棒。苏苏对教棒过敏。

"我哪清楚几十年前到底是怎么回事，再说又不是我举报的，你冲着我来干吗？"

"才几十年的事情你们就不清楚了，这本来就是忘本，就是错，你还拿来当借口啊？"

"我们搞理科的，本来就要打破旧传统嘛。"

"反正会做这种事的学生就不是好东西。"

"外婆，那个同学是我的朋友。"苏苏捺下手里的红薯梗，老祖宗跟外孙崽荷起各自的义愤，在那里吵嘴。

"哈？还是你的朋友？那赶快跟这种人划清界限。"

"欸——欸——欸——欸！"苏苏竖起一根指头，在外婆面前左右晃了四下，"你晓得嘪，'划清界限'，正是当年那帮人的用语，叫什么来着？就是喊着要破旧思想、旧风俗，还有旧什么的那帮人。口号本身没喊错嘛，我刚也是这么说的。所以讲，你跟他们还是一种人。怎么样？我也还是晓得点事情的吧？"

外婆被呛了这一下，哪还得了，要绕过两娘崽，坐到沙发上去慢慢地扳回这一局。细囡因为苏苏就这一日在家了，冇太向着外婆，本来正要叫渠崽别太顶撞。结果外婆一下又冇望到，右脚被沙发影儿里的乌龟窝一绊，人就向一边斜下去，手撑在大立柜上，就听得咔嚓一声。两娘崽早就跳过来，一边一个扶住。乌龟从颠动的窝里逃了出去。那条镜儿上的裂缝，被渠一撑，又往上进了尺把来长，加上新的部分，现在就像一蔸从底边长起来的，冇什么枝桠的树，杪都差不多要探到顶了。

夜已晏了，外婆先去睏了。雷还在打，像楼里有人拖桌子。苏苏收完行李，出来望一圈还有冇有忘的。细囡在拣几个家里腌的咸鸭蛋，装到袋里给苏苏带去，边拣边说起来：

"1957年那会儿，你外公还在读大学，因为同学揭发，被错划成右派。十年动乱里，连累你外婆也受冲击。那一大群后生没轻没重的，一个铜头皮带打在你外婆头上，损伤了右脑，落下这个左半侧空间忽略症，一直不得好。原先条件落后，我们也不清楚，只说你外婆是脑子有点毛病，后来医学进步了，才知道这病还有个名字的。你怎么了？"

"没，肚子突然痛。"

"要用卫生间吗？"

"不用，现在好些了。"

八、消失术

老人家躺在藤椅上，头拗着椅背的梁，往左边侧，想着心事。斜后方的屋门，全身不动，朝上翻翻眼珠就能望到。早上，细囡送苏苏，就是从这个门出去的。

渠还是一下都有动，眼睛直直地望着那边墙壁前面的电视。电视在放纪录栏目，半透明的金星正绕着它的南极逆时针旋转。电视右边的挂钟上，时间螺旋形地炀化；另一边墙上的标本里，时间螺旋形地凝固。搬到阳台上的乌龟窝，乌龟正趴在那苑椰子树下，拗起颈来，晒雨后还朦朦胧胧的太阳。

老人家望着渠和电视之间那条长长的裂缝。裂缝从下面木头的镜框发芽，栽起笔直的一段，突然往右歪掉一节，长成个"之"字形。每个权上都分出一根短一点儿、瘦一点儿的枝，它也就一点点变细，弯过一个无形的檐，接着又向左扭回中间，最后抽出很嫩的一条，差点儿就冒出镜框去了。

渠忍不住要拿手去扎那条缝，指甲在镜面上滑，经过它的时分就陷进去一点点，声音听着窸窸窣窣的。渠越扎，越忍不住，扎得都有些心慌了，忽然就听得咔嚓一声。好像就在那一声的瞬间里，有一个世界完全消灭了，而另外一个世界从消灭之后的"无"中凭空地产生出来。像按下一个开关，一块景幕撒走，跟着另外一块不同、但又只变化了一点点的景幕翻立起来。

老人家躺在藤椅上，头拨着椅背的梁，往左边侧，想着心事。旁边壁下的三门大立柜，中间那个门本来是一整面镜儿，现在只剩了左半面，又像是刚刚才这样的，又像是一直以来就这样的。那条把它跟仃见了的右半分割开的边，像地图上的海岸线。它从地图的下边开始，先笔直往上画，突然往东凸出一带，拗成个阶梯形，每个汉里都伸进一条短一点儿、狭一点儿的港，再转过一个无形的岬，接着向左折回中间，最后绵延长长的一截，直到地图的上边。斜后方的屋门，全身不动，朝上翻翻眼珠，就能从这半块镜儿里望到。

附录一　《镜像赋格》创作后记

这是一篇隐藏的幻想小说，整个故事都发生在镜子里。小说中添加了十二组锚定物充当破绽：90% 的螺壳、大部分 DNA、大部分蛋白质 α 螺旋都是右旋结构；99% 的龙卷风、绝大部分台风、相对多数的漩涡，在北半球都采用逆时针旋向；从北天极俯瞰，哈雷彗星做顺时针公转，而金星做顺时针自转；绝大部分四角招潮大螯足居右，而超过 99.9% 的人心脏居左，至于中国的道路（以及全世界 72% 里程的可通行道路）通行方向则为靠右行驶；此外，时钟通常顺时针走字。在小说里，这一切都反了过来。

当然，读者可以认为这些都是巧合（或笔误），是低概率事件凑合到一起了。值得一提的是：哈雷彗星的公转和金星的自转本身也分别与绝大部分太阳系天体的运动方式相反；四角招潮在招潮蟹里同为少数派，因为大部分招潮蟹的大螯在左或在右的概率均等（这点和螺类相反，大部分螺类均有对称性破缺，唯少数乃双旋向物种）；大部分忽略症都针对左半侧空间，大部分行号也标在左边，这两点在小说里也是反的。此外，"苏苏"的"苏"字，繁体的下部分由两个可以左右对调的构件组成，即蘇、蘓。

小说分为八节，对应魔术从效果上划分的八个主要门类，依次是：易位、穿越、创造、变形、复原、心灵遥感、意念魔术、消失。除了第七节，其余各节的魔术实现都基于外婆身上的一种罕见病：半侧空间忽略症。

小说的最后一个情节（魔术）存在两歧性的解释：既可以认为是镜子裂成两半后，外婆对它的认知从"一"变成了"二"，从而忽略掉右半面镜子（基于心理学的现实阐释）；也可以认为最后的外婆是左半面（从外部看是右半面）镜子里的外婆，从这半面镜子当然是看不到另外半面镜子的(基于物理学的幻想阐释）。如果采纳后者，那么外婆的存在并不是连续的，此前是倒映在整面（尽管开裂了的）镜子里的存在，此后是倒映在左半面（因而是新的一面）镜子里的存在。可以说，在这个瞬间，外婆以及整个世界经历了一次死亡和重生。

附录二 《镜像赋格》中赣方言字现代汉语对照

侬：我	归：回	掇：端	頚：瞪
冇：没	嗲：了	朾：凳	望：看
拶：压	徛：站	誐：聊	哇：嘛
渠：他／她	係：是	哋：的	佮：合
囡：女	吧：呢	落：下	酾：倒
扠：推	喬：天	掟：扔	哦：吗
劂：剜	崩：明	嶓：吗	斗：冒
㧅：掀	朝：天	薮：窝	荷：驮
夦：点	菀：株	崽：子	杪：梢
喫：吃	囥：藏	髭：罐	晏：晚

籭：刺	蘷：麵	挕：塞	睏：睡
扠：抓	莫：别	謁：解	齛：卤
细：小	日：天	殟：厌	
羋：妈	罨：盖	搛：夹	总：54字

附录三 "三、隐写术"中《纯粹理性批判》行号标注

10 我知觉到诸现象一个紧跟着一个，即在一个时间里有物的一
11 种状态，其反面曾经存在于前一个状态里。所以真正说来我是
12 在该时间里连结两个知觉。现在，连结并不单纯是感官和直观的
13 工作，而在此也是想像力的综合能力的产物，想像力在时间关系上
14 规定着内感官。但它可以用两种不同的方式联结前述两个状态，
15 使得这一状态或者那一状态在时间上先行发生；因为时间自在地
16 本身并不能被知觉，而在客体方面也不能在与时间的关系中仿佛
17 经验性地规定何者在先、何者在后。因而我只是意识到，我的想像
18 力把一个置于前面，把另一个置于后面，而不是在客体中一个状态
19 先行于另一个状态；换言之，通过单纯的知觉，相互继起的诸现象
20 之客观关系仍然还是未定的。为了使这种关系被视为确定的，两
21 种状态之间的这一关系必须这样来设想，即通过它，两种状态中何
22 者必须置于前面、何者必须置于后面而不是相反，这被规定为必然
23 的。但是，带有综合统一的必然性的这个概念只能是一个纯粹知
24 性概念，它并不处于知觉之中，而在此它就是因果关系的概念，在
25 这种关系中，原因在时间中把结果规定为接续而来的东西，而不是
26 规定为某种单是在想像中有可能先行（或者任何地方都不可能知
27 觉到）的东西。所以甚至经验、也就是关于现象的经验性的知识，
28 也只有通过我们把现象的接续、因而把一切变化从属于因果律之
29 下，才是可能的；因此现象本身作为经验的对象，也只有按照同一
30 个因果律才是可能的。

六番棋（外一种）

楔子

"你叫什么？"

"林荣兴。"

"认不认识一个叫王一鸣的？"

"不认识。"

友引第一

> 留连事难成，求谋日未明。
>
> 官事只宜缓，去者未回程。
>
> 失物南方现，急讨方称心。
>
> 更须防口舌，人口且平平。
>
> ——佚名·六曜吉凶歌诀

　　鹄立的看客围成一口井，井底的圆形内接着一个象棋盘的正方形。两位棋手嵌坐在井壁里头，棋手一老一少，老的体形宽广，往那一坐，肚子上的肉一层垒一层都叠起来了，像压没了气儿的手风琴。要说老的也不甚老，年轻的可就太年轻了。那有些脏兮兮的脸蛋、锁骨和腕子，总让人觉得若是浸到清名桥下的水里洗一洗，能洗出个藕娃娃来。

一位先生模样的男人，听见人们聚拢的时候，口里窸窸窣窣叫着自己此行的目的地，什么"小扬州""小扬州"的，就也动了心，楔进人墙中，想看个究竟。

挤到从里往外第三圈，就再也挤不进了。这先生就算踮起脚尖，也只能从不同的肩垛里窥见棋盘的不同局部，然后再拼成一个整局。那少年的棋极快，前边的人头又时不时地攒动，乌黑的后脑勺每遮断一次先生的望眼，再找着新的望孔时，棋形就变了个样儿，跟开了个新局似的。不一时，那大肚男人的楚河就变作筛子，把少年的车马炮都扑簌簌筛进来。再一转瞬，人群就传出欢呼："小扬州赢了！小扬州赢了！"前前后后的人，便都跟着胪欢起来。

一会儿工夫，人群的嚣闹就参差地平息下去，原来是大肚男人起身有话要说。先生从第三句开始才听清楚他要说什么，道是："吾前日来此，曾说全无锡城，只要有人能吃得了我这老将，我就把这枚老将，送与他。今日这小兄弟胜了我，君子不重千金，不轻一诺，这枚玟瑰将军就此归他了。后生可畏啊，小兄弟，也是你今日有福星高照，见龙在田呐！"

大肚男人正说这话的时候，人群为了凑近去看，又箍紧了一重。胳膊与胳膊之间的缝隙彻底消失之前，那先生刚好来得及透过它，瞥见大肚男人捏在手里准备递给少年的老将，和其他棋子是大不一样的。

男人言讫，收了棋摊，挈上那副缺了黑将的象棋，分开净来向他对手道贺的人群，扬长而去。看客们也渐渐散去，只剩一帮游民浪子，还有几个看打扮像是茶楼伙计的人，簇拥着少年，撺掇他再把棋子多举着把玩一会儿。

这棋摊原就摆在一个茶楼前边，茶楼两侧是一副对联："三尺寒随龙吻淬，一泓清岂虎跑香。"那先生眼见热闹转成了冷清，便一挪步跨了进去。掌柜的接下，安排在一个二楼的雅座里坐了，正待要走，先生顺嘴就问道："这外面是怎么了？"

掌柜的便说："嘻！前日来了一个弈游的棋客，带着一副象棋，里头的黑将是用乌溜溜的玳瑁雕成的。他口出狂言，说是锡山龙光塔顶目力可及之处，但有一个人能提得起这老将，就不用再放回他棋篓里了。得说艺高人胆大，本地的棋手叫这么一激，纷纷挑战，还真就个个败下阵来。但是崇安寺戏院有个小跑龙套的，叫林荣兴。他家本在扬州，爹娘死得早，有一顿没一顿混口饭吃，早年跟随一个唱扬剧的戏班流落到此，龙套事闲，他就时常跑到茶楼里来看棋人们下棋。我也不轰他，有个什么跑堂捎信的活，也会支使他。他看久了也跟人下，一下还常赢，因他本是扬州人氏，所以大家就叫他'小扬州'。这肯定是店里伙计见那外来的棋客嚣张，上哪把他哄了来，还真让他给赢了，这小子！"

"这位'小扬州'的棋艺，究竟如何？"

"这我可是外行，不好评说。唯左近吴县地界，有位新晋的棋生惠颂祥，也才十七岁，棋龄和齿龄都只长他一年。二人曾交过手，惠可让林双马。这小扬州没什么得罪您的地方吧？"

"不不，没有。"那先生现出一团和气，微微颔首叹道："天下十步好棋，三步下在扬州啊。待会儿他要进店，请他来帮我沏茶吧。"

掌柜的当即应了好，诺诺退下，心里却一咯噔，不知该往哪个方向去想这件事情。那先生却只摆出一副自带的象棋，对着本《竹香斋》打谱遣兴。

掌柜的下楼，店伙计果然前呼后拥捧着林荣兴走进店来，掌柜的便兜头照面在过道当中迎住。其余人见掌柜的找小扬州有话讲，一下散了。掌柜的朝楼上努努嘴说："去给'望蠡'座的客人沏茶。"

林荣兴刚刚得了胜，意气一时收剎不住，忘形道："我又不是你店里的帮工，只是常来看棋，得空便搭把手，你怎么还真使唤上了？"

掌柜的倒不恼，攥住林荣兴的胳膊把他掖近些，低声说道："别犯浑，伺候好了，指不定有赏钱呢。"

林荣兴听说有赏钱，就没腰杆了，去竹炉上提起一壶开水，一面将那玳瑁棋子在前襟上揩了揩，揣进衣兜里，一面拨开珠帘，进得雅座来。那先生在帘子里都瞧见了，心想这孩子是穷过来的。真穷的人，对于超出他认知限度的钱货，反倒没了感受力，如同轻财一般。纵使玳瑁这样的宝贝，那油腻腻的前襟和连个扣子也没有的衣兜，就是他能给予的最上的礼遇了。

林荣兴进来，那先生正下到"远水征帆"一局，并不抬头看他，顾自钻研棋数。林荣兴一面酾茶，一面禁不住偷眼觑那棋枰。先生趁他分神，却也偷眼觑这茶僮，见他眼珠子扫了一圈，就定在那个红相上了，再一睨手中棋谱，下一着正该飞相。童子看棋，先生又看童子，没人看茶了。这茶楼里的茶水，汲自惠山泉。惠山泉水质最重，水面涨出杯口半分，还不溢出，直到后来再绷不住了，轰然溃成一案的鲛珠螭鳞。两人这才各自省悟，赶忙去擦，林荣兴连声赔礼，先生却是笑盈盈打岔："懂棋？"

林答："下过几盘，马不至于走田罢了。"

先生眼中黠光一闪，乃问："陪我下几局，我就不把刚这事说与掌柜的。"

先生固知他不是茶馆里雇的，这话要挟不到他。少年也固知掌柜的遣他来，就不着急要他回去。于是两人相让坐下，对弈起来。先生看后生，是又喜欢又嫌弃。他那一副棋子，虽说不是玳瑁，也是桐木雕成，打过蜡的。少年那汗津津的手指，每拈一个，就在上头留下一个清清楚楚的指印。然而，但凡是他留了指印的子儿，就都下在了关节处。先生有来头，前两局当然总归赢了。但他也看出对面的少年棋锋凌厉，纵是口鼻被人捂住，也要从对方掌心里嚼下块肉去才断气。

第三局杀到中盘，楼下吆喝着叫人掌灯，先生正琢磨走炮还是走马，让喧声扰动了心念，误进右驹。少年登时咬住这个破绽，再不松口了。先生的意态反倒闲豁下来，见手谈投机，便启了个话头：

"你在戏院里做事，工契签到哪年？"

林荣兴推了个车四进五，漫应道："没有工契，干一天饱一天。不卖座的时节，戏老板还不乐意养我这张嘴呢。"

先生着将4进1，又问："那你以后，靠什么安身立命？"

林荣兴念头一转，这客官眼看要输，拿话诱我分心呢，便一面走车四平六，一面把话头截短：

"干什么都成。"

先生应一手将4平5，再问："就没有一个自己特喜欢的事情？"

岂知林一步车三退一等在这里，追着就下下来了，置问话若罔闻，径喊一声"将军"，接着便抿起个嘴，微微扬起下巴，等着人佩服。先生却一眼也不去瞅那棋盘，他十步之前就自知是输了的，此时暗忖这后生胸无城府，拐弯抹角是行不通的了，便略眯起一双眼睛，定定地望着林荣兴的两眼，拿左眼定住他的右眼，拿右眼定住他的左眼，口中缓缓说道：

"你是想继续学戏，在无锡，还是想跟我学棋，去上海？"

林荣兴把这话慢慢地、慢慢地听进去，才玩出些味道来了。他长这么大，一直是面前独有的一条路还没堵死，他就沿着这条路七弯八拐地走到今天。现在是头一遭，人生的道路在他面前分出岔了。他竟不知该怎么选。

但又一想，戏唱得比别人好不好，看风尚，这样也是好，那样也是好，有时这样好，有时那样好。下棋就不同了，一个老将顶多四个气口，全给闭上，任他是什么巧嘴、什么辈分、什么家学、什么师承，也不能把死的说成活的。走学棋这条路，他能争一个真真正正、有褶有馅的第一，从此出人头地。于是，在那先生已经要为了自己给别人造成如此大的两难而觉得唐突、准备把两眼挪开让对方下台的时候，小扬州出着神的目光忽然聚了焦，斩截地说道：

"我要学棋！"

但是紧跟着又蔫声儿说："可戏院那边，我也不能就这么走了……"

先生按捺着兴奋之情，摆摆手道："这些你不用想，我都安排停当。这几日我还不在，你且回戏院，照常做事，不久我就来接你。"

于是林荣兴先回了戏院，当夜无话，次日也无话。第三日，他又上茶楼的棋档里耍弄了一天，回去的时候，早已锣鼓喧天。这夜唱的是《邯郸记》，吕翁都扮上了，正在索他的仙枕，就要登场。林荣兴忙去什物堆里掇出那只枕头，忽然觉得班主走到了身后。他两肩下意识地一耸，就预备着藤条之落下，谁知班主非但没打，口气还比平日和悦三分：

"团仔有两下子啊，万先生跟我说了。他近日还要去扬州弈访，待他回程，路过无锡，就来接你去上海，横竖不出月余。"

小扬州一时愣住："万先生是谁？"

班主道："怎么，你在茶楼上边赢了一盘，还不知道自己赢的是谁？"

"谁？"

班主这下觉得又好笑又好气，乜斜了眼，看着小扬州道：

"金陵名棋手，人称'常胜将军'，万启有。"

先胜第二

速喜喜来临，求财向南行。

失物申未午，逢人路上寻。

> 官事有福德，病者无祸侵。
>
> 田宅六畜吉，行人有音信。
>
> ——佚名·六曜吉凶歌诀

　　无锡人称小上海，原来大上海是恁地大。来上海也有一年了，这座城市的各种化现就像舞台上的景片，自己如当初跑龙套时那般走两步的工夫，就够它们统统倒换一番天地。昨夜还由"小煞星"叶景华领着在大世界看"爱克司光"，今天却闻着城隍庙吃食摊上的鸭血汤味了。这样想去，那个又黑又圆的窥孔便又在林荣兴的思维里浮现出来。

　　那家"爱克司光"是大世界四层一间窄小的铺位，由左边的书场和右边的舞厅夹着，犹如一条高深的狭弄。门脸都被厚幕蒙起，两侧闪着怪异的黑色玻璃灯，老板端把马扎株守在一旁。说是爱克司光，其实只是个有点爱克司光意趣的西洋镜。小煞星早已看过，交了两角钱，叫一头雾水的小扬州自己看去。老板身都不起，坐着将幕布撩开，露出后边的门板，门板上有一个装着玻璃的圆形窥孔。小扬州把眼靠近，就见狭弄里一片昏暗，唯尽头有光，光下站着一个盛装华服的美女。正看间，那灯光一暗一明，美女就变作一丝不挂。看犹未饱，灯光又一暗一明，裸女就再变而为森森的骷髅，算是点出店前的广告上所写的题旨来："锁骨菩萨，垂方便化。"小扬州一时像吃蛤蜊咬到来自海底的细沙，继续嚼又没了口感，又不甘连肉吐出，又不喜带沙吞下，又不能囫囵地就这么含着，只好紫着面皮，悻悻然转身，见小煞星正倚着栏杆，恶作剧地看着自己发笑。

　　这天晚上小扬州辗转反侧，一闭上眼就看见那个裸女，好像她画在自己眼皮内面了一样。但这裸女的形象总是模模糊糊的，如果他硬要廓清这模糊，便同时又立即看见那细网纹布一般的肌肤下，叠映着显现出霉迹斑斑的白骨来，仿佛自己的眼睛射出的就是爱克司光。倘若他试着把那裸女的形象从白骨中剥离出来，画面便随之又变得模糊起来。如此折腾了半夜，总算睡着，到现在还有些晕乎乎的。所以当他听见旁边的轩阁里传出叫茶的声音，又看见跟前的湖面上横着一条曲折的平桥，便知道自己已经穿过城隍庙，来到湖心亭茶室了，一抬腿便迈将进去。

小扬州一进来便窘住了。只见这茶楼的壁间装着吊钟花形的磨砂玻璃电气灯，白天也亮着；赭漆的桌子纤尘不染，像从猪血豆腐里雕出来的；配的椅子一概是琼州白藤工艺，用清漆漆过，光而不油，滑而不腻；地砖采自黔贵"海贝花"的石料，再加上与海贝化石斜交的切割，表面上便尽显出好似菊瓣的纹理；旁边有楼梯通往二层，楼梯一旁镶着亮晶晶的玻璃镜，镜面平匀，从楼上传下来的说书声与丝竹声叩在上面，几乎能反弹出细小的波纹。再看周围的茶客，男人都是些摩登少爷，头发怕不是苏绣的绣娘绣上去的，一丝一缕能数出来那般整齐。他们女伴的洋装更是一个赛一个时髦，露出的酥胸比施了釉还剔透。当场便有好些茶客也朝这边看过来了。一名个子高挑的男侍走到小扬州面前，礼貌地俯瞰着说："请问您找谁？"

这侍者和洋人一样高，身子翩翩半躬，仍多出一个头去，小扬州觉得该从他的腿上看起。两根笔直的裤管到了腰间一勒，便收出一条马屁股般的臀线来。浆过的衬衫括在身上，俨然雄孔雀的胸脯顿时修具。小扬州心想，自己还是为了赴前辈邀约特地捯饬的一番，却连个侍者也比不过，只好怯怯地问道："想请教这里可是湖心亭茶室？"

侍者听了，不动声色地说："城隍庙后头有两家茶馆，我们家是春风得意楼，湖心亭在对面，过了九曲桥便是。"

小扬州像得了赦令似的仓皇遁出。他拿棋界向来以名手荟萃的四美轩、天蟾、长春等茶楼一比，顿从刚才的环视中，瞥见了自己的圈子在这个世道上所属的阶级。

湖心亭茶室的氛围就让人觉得安全多了。抽劣质烟卷的男人的口臭，茶客自备的宜兴土制老茶壶的开阖声，为了显示热情而有意夸大音量的熟人见面礼，这些都像一帮忠诚但却拿不出手的老朋友那样包围过来。遍地瓜子壳隔着薄薄一层布鞋底把知觉传到脚上，头一次令小扬州觉得止不住地嫌恶。他步上二楼，"白莲教主"李武尚与"小湖北"雷海山已在一个临湖的隔间里等着了。三人叙礼毕，各自落座。李武尚看那小扬州，是越看越喜欢。话说小扬州来沪一载，风度仪容早已大变了样儿了。对这等岁数的少年郎来说，十里洋场的娇小姐们躲在扇子后边掩口一哂，比什么戒尺竹鞭都教得快。现如今他将自己收拾得偍偍傀傀，两片脸颊好比从象牙里新雕出来、一口气刚把尘屑吹了个干净的模样。小扬州这会心事未散，仍有些讷讷，他的"雷大哥"便拿肩膀拱了拱他说："还不谢过李教主。"

李武尚忙道："哪里哪里。这次是老张贩蟋蟀来沪，在凌云阁被我撞见了。他问我上海可有哪些后起之秀，我就向他说了，近来冒出几个小字辈，有'小扬州'林荣兴，'小煞星'叶景华，'小杭州'董文渊，与早几人成名的'小湖北'雷海山一起，合称'上海四小'。我还特别介绍了你，说这小扬州由常胜万先生发掘、引荐，拜在'江汉三龙'罗天扬门下，不出年余功力便突飞猛进，四小之中杀性尤重，凭一手其疾如风、侵掠如火的技艺，已经杀败过一众一等一的高手，就连'总司令'谢侠逊谢老前辈都推枰认输。老张来了兴致，就点名要和你小扬州过过招。你抓住今天这个机会，好好显显自己的身手。"

小扬州一边连谢带推辞加上答应，口不暇言，一边从夹袋里摸出那只玳瑁将军，放在手中，摩挲了几圈。雷海山问："这又是怎么个说法？"

林赧然笑道："这是我从一位弈游的胖棋人那赢来的，我的好运气就从那天开始。每和劲敌交手之前，我就摸摸它，沾点吉利。"

李道："我听过它，拿来我看看。"

林荣兴就把棋子交到李武尚手中，李武尚拿起来细细端详。棋子呈抱鼓形，径寸许，较寻常略大，通体玄色，半透不透。顶面阴刻一个李阳冰体的"将"字，笔画内用蟾绿描涂。侧面上下沿各雕有一圈疹粒一般细小的乳钉，中间还刻着集板桥字的《象棋十诀》："不得贪胜，入界宜缓，攻彼顾我，弃子争先，舍小就大，逢危须弃，慎勿欲速，动须相应，彼强自保，我弱取和。"字形乱石铺街，首尾衔续。底面还有图案，是取自《烂柯神机》的残局"炎炎者灭"，红棋用阳刻，黑棋用阴刻，煞是堪玩。棋子一侧另有极不显眼的机关，拨动之后，顶面尚能掀开，内中竟已凿成空腔，别有洞天，可以当作宝盒，珍藏些玲珑物件。若有心细瞧，四壁各以蝇腿粗细的线条，錾着四幅白描，尽精微而致广大。从"将"字头上那面按顺时针方向，依次是"吕子衡枰中自荐""魏玄成楸上斩蛟""杨季鹰盘间平戎""曹子文局内杀身"。内壁顶、底两面亦有图画，是用莳绘工艺，分别勾勒出一枝梅花、一摞橘子，寓意合称"橘梅"的象棋两大名谱《橘中秘》与《梅花谱》。李武尚赏玩一过，把机关恢复，奉还小扬州。雷海山对小扬州道："怎么样，你师父待你好吧？"

小扬州说："怎么讲？"

雷道："嘿——这白眼狼！若是换了别家师父，徒弟手里这么好的宝贝，哪个不给刮了去？"

李也附和说："洋铁这人正派。"小扬州他师父原是洋铁匠出身，本名幼时即已失却，人只称他"罗洋铁"。成名之后，才借谐音改为"罗扬天"，再后又倒转写作"罗天扬"，取"天下扬名"之意。

小扬州省悟过来，说道："是是，师父待我着实是厚。即如今日，张前辈出这样大的彩金约我下棋，他也不要我分润。"

李指着小扬州调笑道："瞧瞧，这棋还没下，彩金已是直当赚到手里了。不过，今天这位张锦荣，你可千万别轻敌。他是大名鼎鼎'淮扬三杰'之一，棋风运思缜密，万般周全，方肯落子，有时长考，竟至一二时辰，故有'慢国手'之誉。等闲起手，无非间关莺语、幽咽泉流，待到银瓶乍破、铁骑突出，悔之晚矣。你平日棋技以短快为主，锋利无及，今番却务要戒骄戒躁，临杀勿急啊。"

雷海山看了眼表，接茬说："讲到慢，今次老张慢了有三刻钟吧？"

李武尚听了，抿嘴而笑，与雷海山交换了一个眼色，仿佛素知这位张锦荣的脾性。正在这时，雷海山忽然又收了声，神经兮兮地说："你们听，说曹操，曹操到！"

三人便都一动不动地静听。在一片茶楼的喧声中，但闻楼梯下隐隐传来拾级的蹬音。先是若有若无的一步，尔后便没了下文，待到几乎要让人疑心那并不是什么连续成串的跬步时，才又有了下一步。雷海山听到第五响，扑哧一声乐了："我当年就是在此等张老爷子，知道了这里的楼梯共有十七级。"言罢，又和李武尚对视窃笑。李武尚则偏过身子，压低嗓门，把方才的意思对小扬州又讲了一遍：

"老张是棋客中的苦吟派，吟安一个子，捻断数茎须。你下棋，是雨天过泥沼，先把沿途的落脚点都看好了，每一步都能有下一步，而后便依计速行，唯恐水涨鞋湿。老张下棋，是林间觅鸟径，步步都当它柳暗花明，另有乾坤，所以步步都要视作新的局面，通盘重审。今日你与他对垒，可谓外家拳对内家拳，不免有一场恶战，仔细着点。"

说完这么一大段，还过了片晌，这位"慢国手"才算是从头到脚完整地升入二楼了。四人见礼，小扬州拱手作揖，岂料老张的揖先作在李教主面前，却只是拱了拱，便停住，并不像平常人那样顺势以身为轴划成一个弧，把三人都涵盖进去。小扬州放下手又不是，抬着手又不是，正犹豫间，老张的揖转到小湖北面前，又拱了拱，停住。小湖北知根知底，这时才抬起手来，与他对揖。完了之后，才到小扬州，也是拱了拱，终于礼毕。接着便落座。小扬州蹲身就往下坐，裤子挨到了椅面，腿上肉还没挨到，却发现李、雷二人只是站着不动，撅着屁股抬眼一望，那边厢老张正在缓缓而又缓缓地降低。小扬州复只好幽幽地立起，待老张坐定，三人才齐齐坐下。

老张有意思，来见客，两手十个指头却乌漆墨黑的脏。李教主挑起话茬说："又上菊龄书店翻旧书去了吧？可曾拣到什么宝？"

老张憨笑着搓搓手，答说："未曾，上回淘到一部丹麦人葛瑞麟旅华所著的《象棋七星聚会》，甚善。菊龄旁边的'葆光'，开了十几年，竟倒了，世道废弛啊。"话虽简练，奈何说得慢，此时是上午将过一半，他每说一个字，茶杯在桌面上投下的日影能缩短一分。

大家又说了一会闲话，李、雷两人便挪到间壁的隔间里，另叫了茶坐着。张、林这边放下三面湘妃竹的夏帘，不叫外人轻易知道老小两辈争胜的战果。二人沿楚河布下兵阵，便起征伐。

两兵已交，这边李、雷隔着疏疏密密的竹帘，口中搭着讪，耳朵却竖起来听那棋子落在盘上的声音。一声"噗"后边，总是紧跟着就有一声"啪"，但这"啪"后边，却笃定要过很久才续上下一声"噗"。如此，声音之间的间隔总是一短一长，长短交错，短的仿佛不假思索，长的又好似无际无涯。过了十数个周期，一声"啪"后，忽听得老张开腔了：

"年轻人，你欺我棋中无深意，不值得费思量啊？"

李教主心头一紧，屏息等待着下边的事态，准备随时过去解劝，且听林荣兴的声音道：

"前辈误会了，小生只是得计便用，就没有存心去放慢。"

李教主暗拍了一下大腿，心想这小扬州忒不晓得怎么说话了。

且再听张国手那面，却只是若有若无地哼了一声，便没了动静。良久之后，又是一声"噗"，李、雷这才松了气，静观其变。

但是自打刚才以后，那长的间隔就逐渐变短了，短的间隔却毫不变长。雷海山凑到李武尚耳朵边，把声音压到极低，说："老张心气浮了，以己之短，合人所长，怕是要败。"李教主示意他噤声。就在这时，一声"噗"后，忽然没了向来的那声"啪"。李、雷二人左等等不来，右等等不到，几乎疑心起方才数间隔是不是数错了，那一声"噗"其实是"啪"，又或者小扬州的棋实在太快，"啪"声并在"噗"声里，给掩过去了。桌上两盏茶没人喝，由热转凉，乍传来石破天惊一声"啪"，尔后便又回复了一长一短的间隔，然而不仅长的越来越短，短的也越发短了起来。不出五合，小扬州的声音响起："将军。"

接着是张老应将的落子声。紧随其后又是小扬州的声音："再将。"张老复答以一个"噗"声，小扬州接踵便道："三将。"然后就只听见搓麻将一般收子归匣、重新开局的声音了。李教主和小湖北互递了一个眼色。

第二局，长间隔还在努力往短了靠。现在听来，就像瘸子走路，深一脚浅一脚。往还数十合后，小扬州叫了"将军"，旋即又是各子归位之声。

第三局，长短间隔之间的差距，愈发小了，最短的长间隔将将能够着最长的短间隔。弈到通常一半的回合数，老张猛然开了口，语气已是急而成恼："这局我认输了，重开一局吧。"

第四局近终，听来已有大半棋子超生在劫争之外，蓦然间老张再度开言，却只大呼两字："有鬼！"

日薄中天，棋至六局。张国手一撩帘子闯出来，李、雷二人尚不及起身相迎，但听他以生平从未有过的语速疾声说道："有鬼！我慢国手一上午连输了半打！"

小扬州跟在他身后过来，脸上现着又惶恐又兴奋的笑容。张锦荣转过身，又气又怜指着他说：

"李教主当日捧你，我还不信。今日一见，果然出手不凡。平心而论，你能胜我六局，上海这里，就没有多少对手了。若要见识天外之天，须往南边去寻。人在江湖，得有个名号才打得响亮。扬州集华东之美，'小扬州'这个诨名，衬不出你的能耐。你行棋并刀如水，破竹如苇，我今日送你一个诨名，就叫'小剃头'罢。"

小吉第三

小吉最吉昌，路上好商量。

阴人来报喜，失物在坤方。

行人立便至，交关甚是强。

凡事皆和合，病者祷上苍。

——佚名·六曜吉凶歌诀

民国二十四年秋，李武尚扮作商人，偕"小剃头"浮海南下，弈访香港。香港棋坛盟主周德裕设宴款待，地点在大三元酒楼。

李武尚在上海棋界，也是头面人物，不全是靠棋艺打响的。他消息灵通，交游广泛，吃得开，镇得住，所以被警察局选召，当了一名线人，兼有些太平绅士的味道。由于这几重关系，乃受尊为"白莲教主"，与那个一时反清复明、一时灭洋扶清的教，实没有半点相干。也是因此，众人请他坐了主宾之位。林荣兴虽然齿序最少，但初来乍到，人地生疏，吴侬软语对上南腔北调又是鸡同鸭讲，况且大家情知二人此番南来实是他要向周德裕挑战，老的只供搭台，少的才管唱戏，故此让他坐了李武尚紧右手的尊位。这是小剃头难得不从上菜的方向端详一张酒桌，虽然酒桌是圆的，从哪边看去都一样，但毕竟不同了。周德裕告了主位，还有钥智中学刘滇光、中南体育会罗伟超、西医施文慰、孔教会李善卿等雅爱象棋之人士，列席作陪。酒楼看上去十分高档，仅仅天花板上悬着一两个月前还曾为食客们扇风送爽的吊扇这一条，就已叫小剃头大感匪夷所思了。

分宾主坐定，李、林两人各把稀罕的目光在领座的女侍身上多停了两瞬，周德裕便道："香港九月亦有好花，要不要看？"众咸称善，周德裕便搦管挥毫，飞笺数纸。接着就看茶，茶是新界大帽山的野生云雾茶，小剃头呷了两口，觉得无甚好。其实他打小不曾喝过好茶，但从能辨味起，喝的茶不分好赖就都是用无锡惠山泉泡的。所以他品的不是茶，是水。而惠山泉偏是陆羽亲评的"天下第二泉"，第一泉又是天下公认评错了的，可想而知，自打出了无锡，林荣兴不管喝到什么茶，都是个"不如家乡好"——尽管始终还有人"小扬州""小扬州"地这么叫着，但现在他管无锡，就叫家乡。

随茶上了三件手碟：一件干果，鹰嘴桃仁；一件蜜果，南华李饯；一件水果，大树波罗。李善卿道："这大树波罗，是大埔康乐园的波罗树上结的。岭南波罗树，据闻都自番禺南海神庙前的两株分种而来。"

林荣兴问："大树波罗，可是向所谓波罗？"

李善卿道："不是不是，波罗乃是波罗田里长的，大树波罗乃是波罗树上出的，或亦称之波罗蜜。"

林荣兴更糊涂了："此波罗蜜，可是彼禅宗所谓波罗蜜？"

李又道："不是不是，两者实无瓜葛。"

这时周德裕却解颐笑说："善卿误矣。我看这小兄弟倒颇有佛缘，一眼看破两者实有瓜葛。波罗蜜为菩萨道品，可脱离烦恼，度至彼岸。因此果味甘，服之解忧消愁，如登极乐，故借以为名。《本草纲目》析之甚详。"

施文慰打趣道："周广陵果然是悬壶世家出身，三句话不离本行啊。"大家听了，都笑起来。

众位一面闲话，李武尚也就把林荣兴又介绍了一遍。还是信上那些话，也说了他后来改投鲍子波门下，同样从游一年，今已出师。鲍子波人称"慢金刚"，与那"慢国手"张锦荣同占一个慢字，都是文火细炖、好棋凭熬煎的高手。林荣兴这柄剃头刀新硎初发，又从反面的风格中得了涵养，自是博采众长，攻守兼备，上海一地再无敌手，所以南下取经。这些话李武尚说出来自要替林荣兴谦抑几分，但意思总归是那么个意思。言甫及此，几位端正姣好的姝丽抱着椰胡、筝琶等物，缤纷并至，来兮如云，由店家领着，在屏风前边看座。

"噢，原来这就是花啊——那确实开得到九月来。"林荣兴这样暗忖道。

与此同时，又上了一道皮蛋酸姜，伴一瓶洋人喝的餐前酒。那酒有个洋名字，音都连成了串儿，小剃头没听清，听清了也学不来，不敢再问了。反正喝起来是甜不啦叽的，比无锡街上卖的宿州烤梨还甜。刘滇光用粤语对女侍说了些话，女侍转过去，还用粤语对姑娘们说了，于是姑娘们嘈嘈切切试了几个音，便莺啼燕啭地弹唱起来。

古人说，丝不如竹，竹不如肉。小剃头一向不懂，今日懂了。那姑娘嘴里唱的，他一个字也听不明白，但恰因为如此，他只得把这歌喉当作一只肉做的乐器来听，没有什么人说的巧言，只有一串谐振的乐音，竟觉得像有人用麾尾的鞭子，轻轻抽着自己的腰窝那般熨帖。他向李教主问道："她唱的是什么？"

李武尚不比小剃头更不是吴人，哪里晓得。李善卿听见小剃头发问，解说道："这点的是地水南音中的名曲《客途秋恨》。说有士子缪艮与歌女麦秋绢中秋相逢，一见倾心，欢好两月，却因缘悭命蹇，别离山水万重。次年秋夕，缪艮思念意中人，遂谱此曲，所以起首一句便是：凉风有信，秋月无边，睇我思娇情绪好比度日如年。"

小剃头先聆那曲子，倒还过得去，一经善卿解说，顿时听得痴了。后来还唱了粤讴里的《长发梦》《花花世界》《水会退》几曲，鸡茸粟米的头汤上来，他一概全无察觉。李教主听得兴起，看那姑娘中有一个颇可人的，扭头要对小剃头说起，冷不防撞见小剃头不知什么时候，从兜里把那枚玳瑁棋子掏了出来，放在桌下怀中，开着顶盖，悄悄地打量。那棋子里头比过去空空如也的时候多了些荧荧的微光，像装着一枚女孩儿的耳珰。林荣兴见李回头，把四指向掌心一卷，咔哒一声阖上棋盖，连拳头一起揣回兜里。李武尚老于世故的人，脸上一片茫然，刚才的话不便说了，只好另起一个话头低声说道："别忘了我下午跟你讲的。"说完只自依旧听曲。

他下午跟小剃头讲的话，他都讲过好几遍了。说这周德裕和你小剃头是老乡，位居"扬州三剑客"之首。三年前，在华东、华北区际大赛中，代表江浙两省，力挫吉、黑、直、鲁、冀五省主将张德魁，获封"七省棋王"，那回连你万先生也只是他的副手。而今客居香港，南海波涛为之靖，风头一时无两。当年他爹周焕文，坐着"清末民初江都第一手"的交椅，却与正值年富力强的张锦荣两战皆北，一气之下，远走沪上，为使衣钵有后，曾延请罗天扬与幼子德裕对弈百局整。从这一层上讲，他是你小剃头的同门师兄。后来周德裕棋艺有成，遂向张锦荣挑战，交兵七十局，胜数五有其三，一雪父耻。从这一层上讲，他对于你小扬州又是攀上傲来峰，见到的扇子崖，是高山之外的高山。你若向他叫阵，胜面固然较大，但我听说他近日曾搜罗你的局谱，谅必也知道这一点。今日摆酒接风，可能还有他的算盘。我看他叫来作陪的，都不是棋林中人，都是些沾着边儿的帮闲角色，不知是什么意思。今日席间，他或者有什么话说，或者没有。如果没有便罢，如果有，你可得想清楚了再答，万万仔细着点。

仔细着点，仔细着点，小剃头老听人说，叫他仔细着点。但是究竟该仔细什么，别人又没说。世界大约比棋盘还要凶险，一格一格都该仔细。但是自己到上海之前，不会比现在更仔细，现在也绝不会比那时候更弱小，那时候都好端端地活下来了，现在怎么反倒好像出点什么岔子就要万劫不复呢？世道真是奇特。

几首粤讴曲终收拨，刚好正酒上桌，用的是梅州所产"珍珠红"，佐以凉菜一道——生烫毛蚶。女侍帮几位姑娘将凳子搬至众客身后，参差环绕着重新落座，恰恰是一人一妓。林荣兴此时对他身后那位有些不甚冷热，周德裕见状便道："怎么，花不好看？可以另摘一朵的。"

罗伟超也帮腔说："康南海来港时，所咏'怕闻清曲何堪客，遍绕群花也似僧'，莫非说的就是这位林贤侄？"

刘滇光插进来道："明年这个时候，想有都不能有喽。港督两年前已经下了禁令，三载为期，烟花禁绝。有花堪折直须折，莫等无花空折枝啊。"

李武尚心中有数，此时也不免尴尬，扭头去看小扬州，又止不住觉得天然可爱，便调笑般地对他解劝道："这是人家来讨你欢心，不会要你就娶了她的。"

还是李教主把话说在关窍里了，林荣兴闻言，闷声不响喝了一口姑娘递的珍珠红，这事且算过去。

盛筵的"凤头"至此便已上齐，接下来是"猪肚"。一个江西瓷的大盘，举案及眉，传了进来，越过众人，降落在酸枝柸桌的中央，由洋紫荆花形云母吊顶灯投下的圆影里。只见盘中躺着整整一大块琥珀色蚀月形的膏腴，半呈透明，表面上还有许多散射状的褶裥，每条褶子里都浸润着浓滑清醇的上汤。李善卿捧场道：

"这道就是红烧大裙翅。本港风尚，与外江颇有小别。后者目燕席为上，其次参席，再次翅席。本港却是独尊翅席，鲍、肚、参、燕等而下之。大家请尝尝。"

李、林二人听了这番话，再对照着"鱼翅"二字反过来重估那盘海错的茁壮，都当它只能是从幼鲲身上割下来的。林荣兴打了一碗，尽情吃尽，嘴里最后一口还没咽下，就想再打一碗。李武尚从桌子下面扯了扯他的袖子，呲着声道：

"出息点，又不是只拿一道好菜招待你。"

他这么一提点，小剃头连嘴里那口都不敢嚼了，只把它就那么含着，含到全靠涎水泡软和了，才紧挭着嘴预备一整口往下咽。周德裕安坐主位，环顾四座，见气氛惬意，便笑吟吟关照对面的小剃头：

"林贤侄此番南游，是想要名，还是想要利？"

话一脱口，就连鱼翅汤上隐隐飘起来的蒸汽都冻住了。小剃头也定在原地，忘了嘴里还有东西没咽。周德裕便又添上一句：

"若是要利，我们就不要交手，因为一交手，你有了名，利就难以得到了。你还年轻，这一行里有句话，叫作'开局时，炮不换马'。"

此时李武尚心里就像滑轮两侧拴着一对吊桶，一个沉底，一个吊起。沉底的是知道了今夜开筵果然只为挡驾，吊起的是不知小剃头这边还将如何决断。然而眼下是在席间，也没法当着众人的面交头接耳地商量，况且小剃头真要来问，自己也不确知怎样才是最好。却看那小剃头，眼都不往李武尚这边斜一下，倒也并没有要找人商量的意思，只不知是出于习惯还是紧张，拿放在桌面底下的手，隔着衣服有意无意地摩弄着那枚兜里的棋子。随后但见他喉结高高地耸动了一下，将嘴里的东西吞净，然后就在众人正盘算着是不是该救一下这个冷场的节骨眼上，出声答道：

"童子何知，躬逢胜饯。倘得微利，已堪万幸，岂敢侈谈浮名。我要利。"

听了这话，周德裕就像一个做得有十成真的假人，忽然被仙家吹进了一口生气，浑身上下从僵硬中活络过来，花开两颊，喜上眉梢。适逢烤乳黄麂上桌，李善卿赶紧找个话茬抛入场中：

"这个四不像的乳兽唤作黄麂，似獐而有角，类犬而略大，性近野猪，形同赤麂。香港本岛、新界、大屿山间，时有出没。与裙翅同席，正是山珍海味俱全哪！"

大伙闲叙一会，二汤也上来了。李善卿旁白说："这道也是本地特色，叫西洋菜鲜陈肾汤。用水田里种的西洋菜，与鲜鸭肾、鸭肾干同燉，至菜色黑黄，下桂圆、瘦肉和味，出锅即成。你们没来过香港的，也许吃不惯，但是若吃得到第三口，将来就会想念了。"

嗣后是葡萄牙烟鲍鱼，这位李善卿又有说法："近时外江人进香港酒楼，总是先点石斑。其实港人食鱼，有道是第一鲍，第二魟，第三马家郎。论名次，石斑都排不上号的，只因为肉多刺少，食客又懒，才出名了。这鲍鱼才是最肥美的，本地有清蒸、油煎、红烧种种做法，今日却都不是，带大家尝个鲜，试试葡人的烟鲍鱼做法。"

小剃头盛了一碗肾汤，不大敢吃，又捡了一块烟鲍鱼，也吃不太惯，仍旧转回去吃烤黄麂。大抵筵席，总分为三个阶段：第一阶段，所有人都参与到同一个话题中来；第二阶段，人们分成好几个小圈子，每个圈子讨论各自的话题；第三阶段，其他人都不再说话，但永远有个话多的人还在撑着场面，所以大家的注意力又像第一阶段那样，回到整个酒席上来。眼下就进行到第二阶段，周德裕在熙熙攘攘之中，也不像专门对谁说，也不像自言自语，就那么像要紧又像不要紧地说了一段话：

"大凡天下之事，都要开个好头，发个好兆。像这摆一桌酒，头菜就要大裙翅；若是摆一局棋，头阵就要当头炮。"

说这话的时候，他的目光也没固定看哪，但说到"当头炮"三个字时，就那么似是刚好又似是特意地从小剃头身上扫了过去。

那会小剃头满口牙正在和一条没烤烂的黄麖腱子较劲，听到此处，抬起眼来，正好与周德裕的目光撞在一处。也就是这一刹那，桌上忽然裂开了一道短得不能再短的寂静，最多不超过抽走一张夹了很久的书签在两页纸之间留下的缝隙，随即就恢复了方才的燕饮喧哗。小剃头心里亮敞敞的，嚼下这口腱子肉，便也那般有所指没所指地徐徐答道：

"有一就有二，这第二总是个带蹄子的。譬如大裙翅后边，就有烤黄麖，中炮当头，后边就有右马发躁。"

话音未落，烧肥沙锥上桌，李善卿侃侃道："沙锥就是鹬鸟，当季正值南迁，深圳河口一带多如过江之鲫。港人不兴吃鸭，却以沙锥为上品。"言讫，众人称赞一圈，仍旧各去交觥畅谈，跟缺心眼似的。周德裕乃接上先前的话，说道：

"天上北雁成行，地上黄麖成双。有牝就要有牡，不如来个傌二进三凑一对。"

小剃头好像都不用想一般，应声便答："马有八面威，抵不得一车十子寒。凡战者，以正合，以奇胜。桂圆、瘦肉，正味也；西洋菜、鲜陈肾，奇味也。奇正相生，乃成至味。此时正兵已有，当出一个车1进1的奇兵。"

下一道菜跟着又端进来了，盖子掀开，竟是响当当的五蛇羹。李善卿跟进道，此羹用金脚带、饭铲头、过树榕、三索钱和百花蛇五种香港地面上的毒蛇，劖去皮囊，合在一起煨成。众人分食一遍，就不着痕迹地回到各说各话的状态。周德裕这才又说：

"常言道车正永无沉底月，车要用正兵，不可用奇兵。年轻人只怕出车迟，殊不晓这皮蛋酸姜，酸姜还是老的辣。俥一平二，才是正途。"

小剃头紧随其后："冷菜不如热菜，冷兵器不如热兵器。酸姜再辣，不如烫过的珍珠红酒辣。砲8平7，有火最辣。"

接下来上桌的是油炸槟榔芋虾。"槟榔芋是一种剖开来有槟榔花纹的芋鱼，将它切作细丝，入油浸炸，成形之后，像是小虾蘸面粉炸成的虾饼，故名芋虾。"李善卿言讫，众人若无其事地就把谈笑的烟幕又施张起来。周德裕就在这烟幕后面放话：

"槟榔芋虾，说槟榔不是槟榔，言虾不是虾。兵者诡道，虚则实之，实则虚之。傌八进七作屏风，屏风之后好运筹。"

小剃头紧追不放："所谓假作真时真亦假，无为有处有还无。酒席酒席，无酒不成席；象棋象棋，无象不成棋。他大帅躲进屏风，我也象 7 进 5，把老将请入帷幄。"

"猪肚"之中，冰糖百合压轴。百合在扯旗、西高二山，皆有野生，但这菜碗中的，却是粤北南雄出产。周德裕待众人品尝过后，才道：

"沙锥近水则危，中卒临河则殆。然而若无兵五进一入虎穴，焉得小卒过河当大车？"

小剃头毫不露怯，投桃报李："海阔凭鱼跃，天高任鸟飞。沙锥、鲍鱼，皆因拘泥于方寸之间，才做了盘中餐、口中食。若是车 1 平 6，直上青云，岂非横冲直撞，任由驰骋？"

殿后的淮杞水鱼姗姗来迟。报菜名是"水鱼"，小剃头探脑袋看那汤盆里，原来就是甲鱼，和着红艳艳的枸杞子同炖。按善卿的讲法，这水鱼乃是金钱鳖属，也从广东运来。等到余人不约而同分散了注意力，周德裕才又重拾话头：

"讲起这金脚带，也有个捉蛇的窍门：把蛇逼进洞，再用两头堵。所以免不了是傌七进五，双马如铰刀，看你往哪逃。"

小剃头拣了一个大树波罗，应道："吃个波罗蜜，度我砲 2 进 4，直到楚河彼岸。"

"百合虽小，调理脏腑；一卒虽微，攸关全局。兵五进一。"

"中卒守将门，无事莫轻进。神龟虽寿，若是曳尾轻进，也难逃瓮中捉鳖。卒 5 进 1，斩兵。"

"岂不闻饵兵勿食。水鱼折寿，非关曳尾轻进，盖因贪食诱饵。

炮五进三，吃卒将军。"

"毛蚶有壳，不怕开水来烫；老将有士，不怕大炮来将。士6进5，救将。"

如此钟摆一般往复周旋，直到二十余合。其他人面上扯东说西，内里都一个字不落地在听，只是有几个不善盲棋的，早已乱了套，不知哪个棋子在哪处了。但他们光看双方的意态，小剃头一面还能从容嚼菜，只把一口菜已经嚼下、下一口菜还未入口时的嘴巴，用来答棋，周德裕却往往要吃一圈菜，拖延良久，才道出解招拆招，众人心里也就猜着了谁的棋路康庄好走，谁的棋路艰险难行。李武尚的心里却是明镜一般，洞若观火，猛见到五步开外，周德裕就要输棋。周氏也预见到了，踌躇半晌，实无良策，只看他就往施文慰那边递了个眼神。施大夫本已是云里雾里，这一下全明白了，急忙从表面上正在进行的小圈子对话中撤出来，对着全桌人说道：

"说起这港人不爱吃鸭，连腊鸭也做不好吃，我一直觉得不解。后来才知道了，这做腊鸭，要把全鸭高高地挂起，用风干不用阴干，那味道才能出来。所以这腊鸭的要义，就在一个'打挂'。"

说到"打挂"二字，施文慰把头重重地点了一点。李善卿、罗伟超见状，才晓得胜负已分，也都"正是正是、打挂打挂"地圆场。周德裕眼见有了台阶，就附和了一句"正该挂起"，下得这个高台。刘滇光抬手略一招呼，筵席的"豹尾"就登场了。一道主食，南洋椰汁年糕点心，搭配两荤两素四样小菜，蒸禾虫、酥炸生蚝、槟榔蕃薯、沙雍冰激凌。善卿急于把话题岔开，拉拉杂杂又说了一大通；禾虫已为港府所禁，桌上的乃从中山经澳门偷渡而来；生蚝是宝安的蚝田所产；槟榔番薯煮熟了就成紫色；沙雍冰激凌是中西合璧的甜点，所用的冰供自雪厂街上的牛奶冰厂有限公司。最后更进以岭南最负盛名的荔枝，生津解腻。众人重新把酒言欢，席间周德裕还对小剃头说：

"香港这里多的是大彩，由我出面介绍，你只管四方征战。输的话，彩金由我出；赢的话，彩金各半收入。"

众人直吃到肴核既尽，杯盘狼藉，意兴阑珊，月满西窗，这才散席。小剃头沿着海边的路跟李武尚踱往旅馆，途中还回了好几次头，望向大三元酒家用名为"海镜"的贝壳嵌制、透着蜜柑色华灯的明瓦窗户。他心里好像总有一根刺，刺着他要拿今天酒席上遇到的每样东西，去跟另一个场景中占据相同位置的那样东西逐件地比较一遍。这时候，他方才看不惯的花间女子，吃不惯的鲜陈肾汤与烟鲍鱼，竟然都奇妙地转变成了某种优胜的证据。直到安然无恙地发现，只除却茶不够好以外，一桩桩一件件都比过去了，他才在天鹅绒的床褥上翻了个身，对着沉落在维多利亚港的亏凸月，睡着了。

大安第四

大安事事昌，求财在坤方。

失物去不远，宅舍保安康。

行人身未动，病者主无妨。

将军回田野，仔细与推详。

——佚名·六曜吉凶歌诀

"两周前报名的对吧？这里有您的记录。现在需要确认一下您的身份与报名时填写的信息一致，然后您就可以登台攻擂了。您的姓名？"

"王一鸣。"

"年龄？"

"行年十八。"

"真是小。哪里人？"

"江苏扬州人氏。"

"听口音像。扬州人就是会下棋。长居地？"

"上海。"

"在广州的联系地址？"

"长堤大马路，先施公司东亚酒店。"

"好的，都没问题。擂台赛的规则跟您再说一下：您打的是夜场，一共对阵四局，您可以随时认输或放弃。只要能战胜擂主，就有奖品，最高奖是放在擂台右边的那尊银鼎。如果能连胜擂主三局，就可以扛鼎而归；连胜两局，赠送美丽香烟四罐，入场券八张；胜一局，赠送美丽香烟一罐，入场券四张；如果下出一盘和局，也赠送入场券两张。需要注意的是，连胜是指胜局要连在一块。如果两个胜局中间隔着一个败局或者和局，只计胜一局。多个不相连的胜局，奖品按最多的连胜计算，不可叠加。其他还有疑问吗？没有的话您可以跟随主持人上场了。"

于是，这名擂台司事就目送着一个眼眉修长、鼻梁精致、身穿日式水手服的毛头小伙，在数百位观众好奇、惊叹、怀疑、轻蔑的眼神中，由主持人领着，走到了"大新公司大众象棋擂台"几个擘窠字组成的虹形下方。若是换了平时，司事那两道穿过眼镜投来的目光是绝对不会在一个不知天高地厚的攻擂者身上停留超过三秒的。杂工已经把悬挂在台右、写着"日场擂主赵培"的竖牌翻转过去，现出另一面上写的"夜场擂主黄松轩"来。另有杂工把分别写着"王""一""鸣"的三张斗方贴在擂台左侧，盖住了前一场攻擂者的名字。

与此同时，一位体格魁伟、面容方阔的绅商，着中山装，戴礼帽，在二楼咖啡馆拣了个过道上靠栏杆的位置坐下，从这里可以一览擂台的全貌。这栋"城内大新百货"楼高五层，擂台设在楼内的天井当中，台下摆着两百来张椅凳，供棋迷观战。座位后方还留有空地，晚到的人就只能在那站着助阵，或者在其他各层凭栏眺望。此时上座已过九成，六点刚好，主持人报了幕，介绍了王一鸣，请出黄松轩。王向黄施礼，黄还礼，便就开枰打擂。擂台上除了两人，只留一员棋侍，背景立着一面用若干支竹篙纵横扎成的巨型棋盘，交点上都有挂钩，两人每下一着，棋侍就照着用叉竿把牛粪饼大的棋子撑到相应的位置。

两军才沿楚河列下阵形，就有肩挂卖烟箱、头戴鸭舌帽的小孩磨磨蹭蹭地叫卖过来了。到了身边，才知道烟盒子里面装的是赌棋彩票。中山装就问他："王一鸣的赔率是多少？"小孩说："五比二。"

绅商说："也不太高嘛。"

小孩说："黄天王从不赶尽杀绝的，只要下得有一丁点章法，就不至于让他全输。有人还就买那年轻不懂事的赢呢。"

"从不赶尽杀绝？"中山装眨了眨眼睛，意味深长地上下打量了小孩一圈，说道，"那我下一注，买那年轻不懂事的赢。"

刚要掏钱，邻桌上一个也在观擂的棋友扭过头来，操着特意选用的不甚标准的官话腔调问道："听口音您不是本地人吧？"

中山装就把掏钱的手放慢，答道："不是，我上海的，来这路过。"

棋友接着问道："您是不是不太了解华南棋坛？"

中山装又眨了眨眼睛，再次意味深长地说道："确实知道得不多。"

那位棋友可算找到机会打开他的话匣子了："这黄阿七上个十年在穗成名，一战横扫光孝寺，二战技压许容斋，三战大败郭乃明，身兼'粤东三凤'第一凤，'三宝佛'之中央佛。辛未年广东全省象棋大赛，他是妙手轻折桂，一身独占鳌，从此领衔当时的亚、季、殿军，共分'华南四大天王'的名声。眼前天下宇内，四海八荒，只有现在香港的七省棋王周德裕，据信还能与他一较短长。他在这守擂数载，无所动摇，不知道哪来这么一个初生牛犊不怕虎的，还一鸣？哑炮！棋谚云，微隙在所必乘，积小胜乃成大胜。 你押那个愣头青，是在孤注一掷，押黄阿七，才是源源不断。"

"哦——"中山装故意把声调拖得老长，"那我押愣头青。"

小孩早不耐烦了，找完零钱就闪开。棋友讨了个没趣，扭头自去看棋。哪曾想只这一席话的工夫，枰上风云已是大出意外。二十七着，王一鸣突走傌四退八，轻骑奇袭中砲，并沮黄车于边陲，右翼杀气登时呼之欲出，台下已听得有些眼尖的人发出小声的惊呼。三十三着傌六进八，砲锁车路，千钧之重渐加其顶，场内响起几下拍大腿的声音。再经调度得法，于四十八着傌七退八踩车，且亮出七路傅捉象，左右开弓，控弦有声，楼下喝王一鸣正彩的声音与喝黄松轩倒彩的声音一发鼓噪起来。由此长驱破象，左中右三路乘势并进，大军连营直压城下。黄松轩三振三蹶，终不免于颠踬。全场一片哗然，有些沉不住气的人当下就把彩票撕了掷在地上。中山装只是歪起嘴，不出声地笑笑。

中场休息间，却见有几个人和场内各处游荡的卖烟小孩交接数句，就汇聚到天井对面三楼的一家理发店，有位满腮肥皂泡的阔佬正在店里修面。李武尚是道上的人，知道那就是地下赌彩的庄家了。

第二盘王一鸣以过宫炮开局。卖烟小孩又转悠过来，李武尚问他："这局王一鸣的赔率是多少？"

"四比一"。

"怎么赢了棋，赔率反倒推高了？"

方才那棋友一直没好意思再看李武尚，这下找到了台阶，赶紧回头说道："没想到今天黄阿七把让的局下在最前边，接下来他肯定不会再输了。"

卖烟小孩见有人替自己答了，也就不再作声。李武尚安安静静，又在王一鸣这边下了一注。第二十五着，王误走俥一平四，此后便被擂主循循诱入彀中，逼宫成杀。上一局为黄松轩负气的观众鼓起了报复性的热烈掌声。旁边的棋友扭头说了句："瞧瞧。"李武尚还是歪着嘴，把两张彩票叠在一起压在咖啡垫下，笑得不声不响。

第三局，王一鸣的赔率涨到了六比一。对面的庄家已经脖子上挂着一条毛巾，两手撑着栏杆，站到外面来观战了。至四十八着，黄不走砲八进七，却走砲三平五，王舍俥兑象，打开僵局，黄便申请封盘，起身如厕。那位庄家把毛巾往随从手里一撂，也转往后头去。李教主什么世面没见过，先结了账，让侍者把座位留着，礼帽放在桌上，就抢先一步赶进厕所，找个格间，把门锁上躲好。不一时，便听见有人进来小解。李武尚不禁暗笑，这黄天王居然真是来上厕所的，定是被对面的无名小卒杀得焦头烂额，中场明明解过，现在又急出这一大泡尿来。正思量间，另一个油滑而阴险的声音在门口响起：

"七叔，你有钱赚，怎么不叫上小弟我呀！"

"胡说，我赚什么钱啦？"小解的位置传来一个沉着中透着恼怒的声音。

"所有人都押你胜，算上这局，你却都已经输上两局了。符老板为那小子设的赔率和我相反，是一降再降，这回肯定赚得盆满钵满咯。他给你多少回扣？我也可以给呀。"

"要不怎么说符老板比你懂棋呢？让棋，哼！我下得坏是我让的，别人下得好，哪是我让得出来的？那第一局后半段，分明一等名手着法，你自己不会看吗？再说了，我和你们赌棋的人素不来往，你也是知道的，你们要赌就赌，但是我下我自己的。我还想问你呢，历来打擂的人，你们都会先查他的底细，好定赔率，顺便报来给我，要早知道这么厉害，我一开始就摆酒挡驾了。这次怎么没来跟我说？"

"确实什么也没查出来呀。"被对方反将一军，这个声音就有些中气不足了。

"不可能。棋学如武学，须得跟活人切磋才能长进。就算没在江湖上的棋手，要到这般境地，也必定没有家学，便有师承，绝不会是关起门打谱打出来的。一定有来头。王一鸣，这有可能是个化名。一鸣者，不鸣则已，一鸣惊人也。"

"那我再让手下人去查查，但现在也来不及了。七叔，您看您下一局胜算大吗？"

这里出现了一阵短暂的沉默。"若是分先对弈，我有把握。但擂台的规矩是擂主让攻擂者定先……"

另一个声音与其说是在安慰对方，不如说是在自言自语一般，从牙缝里迸出来似的说道："没事，他要敢破我的财，我剁了他的手！"

黄松轩嘴里发出一串极不赞成这个主意的咕哝声，先回场上去了。另一个人随后也跟着离开。李武尚等动静去远，才开门出来。他把方才的对话听得真真切切，心想危如累卵，事不宜迟，急匆匆转到前边来。黄松轩已经回到台上坐好，入局续弈。此时五羊城内的棋迷听说今晚来了个狠角色，都闻讯奔至。中排的观众激动得站起身来，后排的观众就干脆踩上椅子，没有座位的观众则索性都往楼上跑。全场之内，少说也挤进了四五百人。李武尚好不容易挨出大门，站在骑楼下拦住一辆黄包车，对车夫如此如此、这般这般地说了一通。车夫点了点头，就不再走了。此时楼里爆发出一阵空前的喧骚，听其中格外响亮的几声呐喊，是王一鸣刚赢了第三局。

李武尚重新扎进楼内，从人隙中钻到二层，侍者几乎要守不住他的空座了。他赶紧过去坐回位子，给了点小费，并且终于对那个多嘴的棋友产生了好感，因为没拐几个弯，他就把话题引到了自己的意图上：

"这个楼里现有几位庄家？"

"两位：一位是广东帮的霍老板，在对面三楼理发店，从这就能看得见；一位是外省帮的符老板，一般在头顶四楼的戏院里听戏。"

"怎么不见另一位庄家的彩票过来叫卖？"

"各有地盘的。下面三层姓霍，四楼、五楼姓符。"

如此推心置腹，唯一美中不足的是，别人在得到想要的信息之后，还要花一点工夫友好地使他刹住话头。接着李武尚问侍者要了纸笔，封了一张便笺，下到一楼，请擂台司事完赛后交给王一鸣。接着又回楼上，途中打听到正在进行的第四局，霍老板这边王一鸣的赔率仍维持六比一，大概因为后来涌入的棋迷有一多半是拥黄派吧。他在楼梯拐角处找到一个刚被小流氓欺负过的报童，用互相都听不太懂的对话，叫他去以两倍的买入价格收购押在王一鸣身上的散彩，只要霍老板坐庄的，能收多少收多少，然后交给自己。这些都安排停当了，他才又一次回到咖啡馆，又一次从虎视眈眈的看客眼下占回自己的位子，又给了一笔小费。这第四局厮杀得十分胶着，皆因连胜擂主三局固然已没指望，但连胜擂主两局也是自开擂以来从未有过的事，所以关键都在这最后一役，两人俱格外用力。直下到整六十手，黄松轩才渐形力绌，颓势难挽，彩票便也随之封盘了。那个报童藏掖着收到的彩票来了，张口就敲竹杠，李武尚打了他两下屁股，按说好的酬劳付钱给他，也不再等终局见出分晓，卷起彩票就寻路而出，另叫了一辆黄包车，飞也似的走了。

却说林荣兴这面与黄松轩杀了半夜，到头来净胜两局，台下响起如雷的欢呼。只要不是黄氏最忠心的拥趸，多多少少无不感受到一种打破禁令似的狂欢快感。主持人宣布战果时念出他化名的声音，把林荣兴拉回了比梦境更像梦境的现实。他这时才知道"王一鸣"这个名字对自己来说有多么不真实，就好像它其实是对手的名字，而现在获胜的也是对手。黄松轩从主持人手里接过四罐美丽香烟、八张入场券，如数颁给乳臭未干的赢家。林荣兴在前辈难以掩饰的诧异中道了承让。擂台司事递过来一封便笺，林荣兴打开，见上面写道：

"有麻烦，我先回旅馆。你领奖之后速来，门口有一辆黄包车在等你。途中切莫逗留。"

林荣兴读罢，不形于色，迎合着程序走完了其实他自己也不是很舍得的过场。接着便下了台，穿过人群意犹未尽的瞩目、赞赏和真正最令他得意的敌视与暗詈。有那么一瞬间，他恍然回到了手握玳瑁棋子，被众人簇拥着走进茶楼的时刻，并且生出一种"拼命奔跑却仍在原地踏步"的噩梦幻觉。但是烟罐反光的赫奕与便笺传来的暗流都不容许他在这种幻觉上多停哪怕电光石火的一瞬。他发现自己站在骑楼下，果然有一辆黄包车等在这里。他坐上去，人群随着黄包车的缓缓前进而豁开一道在车尾不断愈合的黏滞缺口。最后黄包车把人群甩在了后方，沿着夜广州的霓虹大路，疾驰而去。

东亚酒店一口气就走到了，车夫遵循李武尚先前给过的指令，停在楼下等候。林荣兴快步上楼，径直走到房门口，被骤然陷入墙面的门后伸出的一只胳膊拽了进去，紧接着李武尚的脑袋探出来，往走廊两边张望了一下，然后又缩回去。门缝随即闭合，门里传来上锁的声音。林荣兴看着已经全部打点妥当的行李，问李武尚："出什么事了？"

"来不及说了，回头再跟你解释。你现在要跑。旁人都以为你是自己一个人，所以我先回这。我有一个计划，成功的关键就是不能让人看见我们两个在一块。我们把行头换过来，快脱衣服。"

小剃头听了个半懂不懂，只顾先照着做。李武尚一边解开中山装的扣子，一边继续说道："待会儿我先下去，从前门走。你随后下来，从后边的水路走。今晚我们分头行动，你随便找个不招摇的地方过夜。明早九点有一班火车回香港，我们八点三刻车站见。"他含胸收腹，把林荣兴换给他的日式水手服两襟从后腰披到肚子前边扣上，嘴里闭着气说："你回上海以后多吃肉，还得再长点个儿。"

几分钟之后，一个身穿小两号水手服的人，提着一只行李箱、一袋包袱，下楼退房。然后他走到停在酒店大门旁边的黄包车畔，站在半明半暗、教人稍隔一点距离就看不清衣服不合身的光线里，仗着小剃头今晚也没说几句话、没人记得他的声音，故意用周围人听得到的音量问那车夫：

"这个点还有什么船出港？"

"怡和跟太古的船都没有了。现在只有野鸡客轮。"

"去天字码头。"水手服已经上车坐好，大声说道。黄包车拉起就走，紧跟着从附近骑楼廊柱的暗影中就拆出几个影子，循迹在街灯投下的一片又一片明亮拱形中穿梭，似极了费纳奇镜的窄缝里透出来的景象，每一条窄缝都能捕捉到同一串动作的不同相位。

另一边，一个身穿大两号中山装的人也下了楼，同样提着一只行李箱、一袋包袱，穿过大厅，转往楼后当时东亚酒楼独有的专用客货码头。在那个年代，东方式的防御心理和西式的隐私观念交融得恰到好处，酒店雇佣的船员看见一位客人穿着下摆能盖到大腿的中山装，这个时分要来坐船，脸上还露着尽力掩饰的紧张，他什么也不会多问，相反还贴心地加快了解缆的速度。林荣兴跳进电船，说去大沙头，电船就飞流直下地开了起来。不一时，他便在大沙头码头舍舟登岸，往火车站周边找了一间旧式的客栈歇宿。林荣兴这个年纪的少男，心像石灰墙一般，什么东西在上边都粘不久。没睡着的时候，固然也辗转反侧，心绪不宁，然而睡着之后，就是英雄式的酣眠。

一觉直到大天亮，还晚了些。小剃头急忙赶到车站，买了票，便上站台，兀地就被几个站没站相的人拦住了去路。

"你叫什么？"顶头的一个问道。

"林荣兴。"小剃头一时没反应过来，脱口就报了真名。

"认不认识一个叫王一鸣的？"那人又问。

"不认识。"小剃头惊出一身冷汗，庆幸自己再怎么装，也装不出方才那歪打正着的真实。然而这样多想了想的神态，倒让他的第二句话也更真实了。

"三哥，认错了。"后边有一个人说。

几个地痞正待要走，一转身，刚好撞见李武尚以为自己从寻常人群分开的间隙中找到了小剃头的神色。两下一看，三撮人都懂了。李教主大喝一声："跑！"就和林荣兴一个往车尾，一个往车头，没命狂奔。那些地痞也分成两拨，各自去追。正当此时，铁道上的号志灯凛然变色，车轮的曲轴一摇，火车就缓缓开动起来。李教主后边追着两人，他虚晃半步，甩开一个，兔子蹬鹰踹倒另一个，噌地一下就蹿上了刚好要相向驶过他身边的最后一节车厢。小剃头后边也追着两人，前边人伸直了手，眼看就要扣上他的肩头。他情急之下，望着正在加速从身边超过的车门鸡嬠上墙般地一跃。后边人看见到手的鱼要溜，奋臂一抓，揪住了林荣兴肩上的包袱。两人还没用上力，包袱就被火车与追车的人加快拉大的距离轰然撕裂。四罐美丽香烟乒乒乓乓撒了一地，八张入场券被车头劈开的疾风霎时卷得无影无踪。小剃头向前跌进车里，揪着半截包袱皮的人栽在站台上，把后边的同伙也连带着绊倒，滚作不知哪条腿归谁的一团。

林、李二人虎口脱身，在中间的车厢会合，找了个座位坐下。林荣兴气喘吁吁地问："这到底是怎么一回事啊？"

李武尚说："还消问！我们踢了人家擂台，坏了这边规矩，他们算账来了。"

两人沉默片晌，把气喘匀。林荣兴望着站台退远之后继之出现的荒草，忽然笑着一张脸说："幸好没赢到那只鼎，不然这下可惜了。"

"别丧气，"李武尚凑近来，边神神秘秘地说，边把他的包袱解开一个小口，露出里面一沓叠得整整齐齐像块蛋糕的钞票来，"我们赚到了更大的。"

"你哪来这么多钱？"林荣兴掐着声线问道，"对了，你昨晚上哪去了？"

"我引开了跟踪你的人，又甩掉他们，然后把从一个庄家那里收来的赌你第四局胜的散彩，按利润打个折扣，当作对冲卖给了另一位庄家。"

就在这时，竟然还有一张没被刮跑的入场券从前边飘过来，吸在车窗玻璃的外边，速度之快就像凭空出现的一般。它的四角被风吹得飞快翻动，中间却像涂了胶那样死死地贴紧。小剃头推开窗，轻手轻脚地把它揭下来。百货公司在华兴起未久，人们还当是个稀罕物，争相参观，为了减少客流，入场也须花钱购券。对于小剃头，这样的入场券能敲开通往荣耀与辉煌的大门，只可惜现在它却写着王一鸣的名字。他把它对折又对折，折成银圆大小，然后掏出那枚玳瑁棋子，对着李武尚掀开顶盖，李武尚看不到里面有什么。林荣兴把那张入场券填进去，把盖合好，依旧藏回兜里。

三周后，两人结束弈访，踏上了由港返沪的客轮。小剃头打开从岸上买来的煎堆，拈起一个要吃，却从它露出的空缺中，瞥见用来包煎堆的《华字日报》上印有一则数天前的象棋通讯。他把报纸连着煎堆递到李教主面前，眼里闪着异样的光芒，指了指那条被油渍加深了颜色的标题。李武尚见上面写道：

华南盟主与七省棋王战成平手

过去数月，华南四大天王之首黄松轩，与客居香港的七省棋王周德裕，分别作为华南、华东的执牛耳者，在裕记酒楼、长堤青年会、东山梅花村、海珠公园、省民教馆等场合，累计征伐十七局，胜负相抵，未判高下云云。

李武尚眨了眨眼睛，把煎堆推回给小剃头，含笑说道："周广陵没好意讲，我在香港也就先没对你提。他们还有三局言明不公开胜负的私谊赛，那次是黄多胜一局。因他本是粤、港霸主，坊间已把他荣升'九省棋王'，广州街头都有人打过鞭炮了。如今整个棋界，他是这个！"李教主说着，把一根大拇指竖到两人中间，摆了摆，像是在说黄松轩，也像是冲着小剃头。

赤口第五

赤口主口舌，路上好商量。

阴人来报喜，失物在坤方。

行人立便至，交关甚是强。

凡事皆和合，病者祷上苍。

——佚名·六曜吉凶歌诀

夜，是霁蓝的青空被揉卷成团，投在面前的小潭里浸洗。今天它又抻平了新崭崭地晾挂出来，偶有褪色的地方，就做了高秋的流云。褪下来的蓝色借给了潭水的绿，如果不是一尾白鲦用唇点水惹起的软漪，这潭要教人以为是露出地表的、坚硬的半透明晶矿。潭水溶解不了的绿意，就析出、沉淀成湖心的兰沚，只以一条似断似续的短堤与岸相连。沚上隆起的地势凹进一角，封植着半荒半扫的冢墓一茔。金风拨着过午斜阳的光弦，一笺楸叶被弦响振落在冢侧，因为干得发硬，撞击出好像含有许多重量的声音。

"这哪是什么水木明瑟园，明明是人家的墓园。"

林荣兴绕过几株冢柏，看见一块砌岸的太湖石上，惠颂祥对枰跌坐，从"我"中分出"非我"，两我互弈方酣。惠颂祥在回信里说，等他来时，自己若不在家，便在水木明瑟园。林荣兴找了半天水木明瑟园，没找到，见有个园子漂亮，就转进来，不想果真在这里。两人简单地见了礼，林荣兴就像上边这样埋怨道。

"你不知，这里确曾是水木明瑟园，本为徐白的别业，后来才改成了毕沅之墓。"

林荣兴往木渎造访，先有信到，所以惠颂祥见他突然冒出来，也并不怎样意外，只是暌违数载，相见甚欢。

"现在都快荒废了。我很喜欢这里，经常一个人过来走走。你一说要来木渎，我就想着必须带你看看。对了，还有样东西专门留着等你。"

言罢，惠颂祥就丢下林荣兴，兴冲冲地跨过短堤，去到对岸的墓庐中。须臾便又带上门出来，手里携一只瓦罂，另有纸包、磁瓯等一应零碎，渡堤回沚，把其他什物都放在嵁石上，独将瓦罂的盖子揭开，捧到林荣兴眼前令他看。林荣兴越过鼻尖向里一望，起初觉得没东西，后来略一滉荡，见了反光，才看出有满满一罂的清泉，罂底沉着几颗磊磊的石子。

"你猜这是哪的水？"惠颂祥问。

"莫非是惠山泉？我只听说过惠泉有取山中石子放在其中的做法。无锡的老人讲，这样就可以把泉水运往远方，而保持其味不败。"

"正是正是。前些日有无锡的朋友经过顺路捎给我的。正好你要来，我想到你信上老说出了无锡，哪里的水都不能从你嘴里过了，我就特意留到你来再喝。现在天明水净，一切刚刚好，用它煮个茶吧。"

林荣兴连连称可。于是两人就近拾起扫墓的笤帚，把覆满环沚石径的竹叶拢作一堆，又斫了三截竹子在那枰未竟的残棋边搭成炉。竹叶点火，径用瓦罂装着惠泉，投入纸包里的茶叶，上火烧煮。泉至二沸，冲入瓯中，看那茗性，争如雨积莲叶，露凝箬尖，绿色嫩得能割开三月的雪。小剃头咂了一口，就闭上眼睛，不复言语，良久才睁开，只说了一句："是惠山泉。"于是两人围炉拊掌，评水分茶，相问了别后的光景，也互道了年来的游历。远山入瓯影，雁唳惊池鱼。

聊着聊着，自然又说回棋上头了。惠颂祥异军突起，去年刚在谢侠逊裁判的苏、锡、吴、昆、虞五地联赛中，以不败之绩，拔得头筹。他开局善用"仙人指路"，所以日后得了个"仙人"的雅称。林荣兴自从笑傲华南，又过去一年多，虽屡有征伐，但已是曲高和寡，难求一败。拔剑四顾心茫然，就剩下这个曾经让他双马的惠颂祥了。小剃头此番到木渎，固然由衷高兴见见故交，但也存着孙膑报仇的心。提起这个话头，惠颂祥情知不免，就信口问林："要赌多少？"

小剃头去口袋里，兜底掏出十六个银圆，放在手心，拨出零头，说道："六圆作回上海的路费和这两天的吃用，赌十圆。"

登时惠颂祥看那银圆，就像看老君的葫芦嘴儿，但觉乾坤也装得下，因为他看不到十个银圆，只看到几百斤的白米。林荣兴把手一掂，他倒觉得腕子酸。普通上庙门口去摆棋档，纵使棋星高照，顶天也就一日一圆。他面上不露，心下却已大惊，不信自己是矮看了这个当年的穷小子，于是索性卖个假痴不癫，说道：

"你我少小相识，一别三秋，难得重逢。我身为东道，也不想赚你的彩金。何妨作枰上清谈，不带赌彩，未知意下如何？"

小剃头只是要赢，也就随便。于是惠颂祥把自己的棋具拖过来，这套棋子是用无人收藏却又弃之可惜的汉瓦碎片磨成的。两人收拾了残局，各子归位，因为辈分相当，就分先对弈。鲦鱼闻见撒进潭里的茶沫，聚过来十几尾，仿佛在观战。举棋不定的静默里，它们像被摄走了魂魄，全体伥然不动。汉瓦的棋子每撞击棋盘，发出一个玄远冷峻的音，它们便又倏尔惊窜，改换一种阵形，旋即堕入新的出神，直到下一次落子。几局下来，惠先行的，还可争个和局，林先行的，惠全都输了。

惠颂祥对林荣兴刮目相看，但又心有不甘，他便聚集斗志，贾售余勇，整装再战。也不知是自己心念强大，果然发生了效力，还是林荣兴得胜轻敌，抑或下得有些累了，又或者看在交情面上，有意让自己三分，惠颂祥总觉得这一局，小剃头的棋锋比先前确实钝弱不少。后来，林荣兴竟至于做了一次前所未有的深思。鲦鱼定在空澄的秋水里，他定在无形的晚风中，两道众生，仿佛梦魂相约，出走去南溟，做了逍遥忘机的鲲鱼和列子。末了，一粒桂子从枝头掉落棋盘，恰停在一处经纬相交的官子上。小剃头眼前一亮，如梦初醒，就把马挪过去，压在那桂子之上。鲦鱼听见铿然一声，翕忽远遁。此后复十余合，惠颂祥的大帅就被斩于马下。

这局下完，惠便起身小解。回来之后，林荣兴却不见了。惠料他也是一样的事情，便在园子里边逛边等，正好活动活动筋骨。绕到一座叠石山旁，不期然透过那山石上的嵌空穿眼，睇见小剃头倚坐在假山洞内，把他照亮的是旅行用的袖珍烟灯，旁边横着一支便携式的烟枪，他正从口袋里搜出一枚精致粲然的棋子来。惠颂祥听过这枚棋子，据那些喜欢乱编派的人说，小剃头就是得了它才能独步棋林，小剃头的棋才，都在那里头。惠颂祥正待要看看个中究竟有什么法门，不想小剃头掀开棋子的顶盖，用一柄小匙从里面挖出一勺乌黑油亮的烟膏，填在烟葫芦上，就着烟灯去烧。惠颂祥暗惊暗叹，进退两难，只好蹑手蹑脚回到棋枰边，坐着静等。

过了半刻钟，小剃头才再次出现。他说自己也去小解，岂料这园子曲径通幽，险些找不着路回来。惠颂祥也就姑妄言之姑听之，全当没事人。他借着西斜的日色看去，林荣兴的脸就像瓷器新砸碎的断口一样白，两个腮帮子就像玉匠多凿了一刀似的削进去。结果战鼓重开，小剃头自此竟用兵如神，妙手迭出，三下两下，便踏破了惠的九宫山河。

两人又弈了数局，直下到指带汉瓦冷，棋沾桂子香，惠颂祥离席躬身，自愧弗如。二人便抛开棋局，又啜了两道茶，聊些闲天。林荣兴也说了周德裕未战先怯、黄松轩大栽跟头的事情。一痕新月像女孩儿指甲往天边掐上去的，都快要落山了，却仿佛才刚升起来。惠颂祥说："我想到一个上联，你试对对看：一座四友，清风明月你我。"

林荣兴索句不得，却去行囊中取出一叠手稿，递给惠颂祥，说这是从自己的对局中选出三十多局，辑成的《卧槽马破仙人指路法》，想在苏州找个书馆，将它付梓。

惠颂祥诧道："上海没有书局肯印吗？"

林荣兴说："我说算一局十圆，稿费要三百圆。他们说回去商量商量，就没了后话。"

惠颂祥一听，便有些为难，问道："那这个开价换到苏州可有得谈？"

林荣兴想了想，说："这书上的本领在本领里是第几，书的价钱在价钱里就也该是第几。我思来想去，觉得这没问题。"

"我先问问吧。"惠颂祥听言，就且把手稿收着，"那你接下去有什么打算？"

"当然是回上海，我是在上海成的名。"

惠颂祥沉吟片刻，说道："如今时局动荡，我看为长久计，往东去不如往西去。"

林荣兴欲言又止好几番，最后吐露说："周德裕避战不出，我攻黄松轩，用的又是化名。跑了好大一圈，小剃头的名声，终究是没打出震天震地的响。要往西去，就更没人知道我了。"

惠颂祥听罢嘿然，久之，忽然转回先前的话题说道："讲起你这局谱，如能出版，打算下什么标题？《卧槽马破仙人指路法》，太长了吧？"

小剃头说："也许叫《小扬州秘谱》吧，若嫌太狂，就改成《橘戏新方》什么的。"

"那你可知象棋为什么叫橘中戏？"

"大家都这么说，我还真没跟人问过。"

"这里有个故事。说过去有个四川人，家里种橘子。橘子熟了以后，有两个特别大的。他就摘下来把它们剖开，结果每个里面各有两位矮小的老人，还在专心下象棋。其中一个还说：橘中之乐，不减商山，但不得根深蒂固，为摘下耳。意思是说，他们在橘里，倒可以长长久久地待下去，只可惜橘子在树上，却待不长久。这些老人就在橘中过了一辈子，橘外的世界，他们也不知道，也不觉得欠缺。我们以为自己在棋上是个尖儿了，但棋在这世上却只是个底儿。棋外还有更大的棋啊。外行讲我们，有一句话，叫'棋人一世无前途'。名利奈得何？偌大一个园子，身后还不是做了别人的墓田？相墓只求受用千古，而今还不是断井颓垣？"

小剃头没有话接。淡淡的暮霭垂在天际，和灵岩山的轮廓逐渐混在一起，天上的银汉显现出来。小剃头恍然说：

"我对出下联了：三载五迁，星河云海西东。"

空亡第六

空亡事不详，阴人多乖张。

求财无利益，行人有灾殃。

失物寻不见，官事有刑伤。

病人逢暗鬼，禳解保安康。

——佚名·六曜吉凶歌诀

董文渊逃往杭州避战之前，想起来还有一笔由李武尚担保的棋彩忘了收，于是上门讨要。

"你看我搞到了什么？"他从口袋里捞出一枚玳瑁棋子，炫耀着说。

"你能下得过小剃头？"李武尚两边的眉毛被惊异扭曲得一高一低，连成一个完整的、有凹有凸的波浪线。

"不是赢来的，是我从当铺里买来的。"董文渊脸上的表情，不负责任到天真烂漫的地步。

"那小子什么时候把它当掉的？"李武尚脸色骤变，揪住小杭州的两襟，瞪圆了双眼，喝问道。

"当……当铺老板说是前天。"

"放屁！前天才当的东西怎好今天就卖？"

"现在老板们都要逃难，钱最好带，货最不好带，当铺都急着把货出清换成钱。他们说，这仗才刚开打，就落得要当东西的人，拿着当去的钱也没命活到赎货的时候，所以——"

"呸！知不知道你说的是谁！"李武尚一个巴掌削在小杭州的后脑瓜子上，伸手把玳瑁棋子抢过来，转身就往外走。小杭州吓得噤了声，被人提着的领子一放开，他就整个儿往后瘫靠在桌沿上，同时嘴里还在嗫嚅着说道："就算棋彩不要了，买那棋子还花了我好几块大洋呢。"李武尚这时刚走到门口，陡地转身，劈面折回，小杭州瘫着的身子又给吓直了。直到李武尚一把揪住他的衣领，将他的脸拉到离自己只有几公分的地方，他才从自己说"不要了，不要了，都不要了"的求饶声中，听见厉声的质问："哪间当铺？！"

"元利……"

两张票子照着脸就甩过来，等它们滑出视野，李武尚的身影已经隔着院里的弹坑，消失在街上。

"真不是我讹他呀，我才刚出价五角，他就成交了。他要是肯再说两句，我还会给他加价的。"

　　见到李武尚亮出警察署发给的执照，元利的店东终于肯承认自己收过这枚棋子了。

　　"我不是问你这，我是问你知不知道那人现在在哪。"见执照奏了效，李武尚一肚子的又气又恼就不如刚才憋得住了。

　　"嘿哟，这位长官，我们是买卖人，只管钱来不管人去的。我看那小伙两只眼窝抠得跟个猴似的，就知道是个烟鬼，神志也不太清醒，净说些什么'还有一盘棋要赢'的话。谅他正在瘾头上，拿了钱也不会是去赌棋，准保买大烟了。但我们确实给的是钱，他用这钱再去买什么可不关我们的事，我们店里可没有大烟啊。那棋子不会是他从您府上偷的吧？坏了，原件已经让一个吊儿郎当的小鬼买走了。好在我们这还有珐琅棋子、珊瑚棋子、蜜蜡棋子，您看上哪件随便拿，就当是我们赔给您了。我们店一直老实本分做生意，要先知道他是警察在追的逃犯，怎么也不会帮他销赃呀。现在店里乱成这样，也没有地方藏人，再说了，我跟他非亲非故……"

　　店东就怕出城之前遭人敲诈，屁颠屁颠追着李武尚把他送出门，对着半打没有栽在自己头上的罪名喊了一路冤。最后还得是两架日本人的飞机，也就刚接近到能听见蚊子般的声音，总算把他吓回储银地窖里去了。李武尚想，小剃头既然那么说，莫不是跟谁约了下棋？于是他抄了楼房倒塌形成的近道，火急火燎就奔天蟾茶楼去。

　　茶楼倒还有几个棋客，与其说是人，不如说是与繁华世界一同死去的鬼。掌柜说，小剃头这两天没见，再早些日子倒来过。

　　"他哪是还有一盘棋？他那是就缺一盘棋。他想上这来摆弈棋茶座挣口饭吃，我跟他说你的棋太慢，"掌柜见李武尚不胜惊诧，有意在这里加快了语速，"他只肯下整局棋和让子棋。可是现在鬼子的飞机不定多久来一趟，就只能是两趟之间的间隙，有气儿的出来露个脸，还不够下个把盘整局棋的。炸弹丢下来，我自己都要躲，也不图客人放着命不要，为一盘半没下完的棋在我店里流连忘返呀。这时节下棋，不就是几步走完，分个输赢过把瘾嘛，谁还有耐心一步一营地想？我问他愿不愿下残局棋，他饿着肚子，心气倒高，非说残局棋都是那些地摊棋手摆的'例和棋局'，照着谱上走就成和，谁先不照谱走就谁输，要么就是些看着好下、内藏陷阱的饵局，他一个在广州大新擂台杀败过黄天王的人，不稀罕下这种棋。那我就说了，我说你这么厉害，怎么不也上大新公司摆擂去？大公司百足之虫，财力雄厚，也养得起你。他就走了，临走嘴里还咕哝什么'让我再赢一盘'，我看他是饿糊涂了。"

掌柜的与棋人一向交好，今日听口气突然不大待见他李教主。李武尚纳着闷儿，斜眼一瞟，瞥见本就稀少的客人，又闪了几位。他素日在警局出入，屁股上沾点屎的，见了他多半想躲。他自觉没趣，况且又得了大新公司这一线索可以寄些希望，就不多纠缠，怅怅然出来。

一片大火把熟路给封死了，李武尚只好绕远路，途中又遇上日机轰炸，所以落夜时分，才赶到虞洽卿路。他隐隐之中，总觉得有一阵一阵的臭气弥散在从南边吹来的风里。

"我还是头一次知道就算人这么重，溅上天时划的弧也和水星子一样。我之前还以为人的胳膊和身子总算连得够牢了，人皮人肉也挺经拉扯的，没想到竟能这样分开，就跟在油锅里炸脆了似的。"小剃头当日半是毒瘾发作，半是吓得缓不过劲，打着摆子一般说出这番话。李武尚闻着这臭气，就听见他的话音又在耳边缭绕。

那时才开战第二天。叶景华家没了，想去大世界前的临时救济站领救济。小剃头过不回靠人施舍的日子，陪他到附近，想找找租界里有没有零工做做。两人在离着李武尚现在只有几条街的恺自尔路分手，小煞星转身就扎进了难民的人山人海。一眨眼的工夫，两颗炸弹就掉在大世界门前的十字路口，当场死了三千人。

尸脓好像沁进了水门汀的地皮，过后总能闻见一丝丝恶臭飘溢出来。小剃头捡了条命，一只胳膊掉在他跟前，手还呈爪形，正搭在他的脚背上。要说神志不清，他自那之后就一直恍恍惚惚的。

土话里有个词，叫"街楦"，是说那些游手好闲、不务正业的瘪三，成天在街上瞎混，好像街面倒是靠他们楦起来，哪天没了他们，就要瘪下去似的。看见上海大新百货里的商户关了近半，李武尚想起这个词的妙处了。顾客寥寥，许多店门紧闭，使得楼内的空间狭隘了不少，仿佛真是一抽走楦子，墙壁就从临街的外窗瘪到了朝里的铺面。小剃头一直仰慕李武尚联合他罗师父在新新公司天台花园设擂，赈济民国二十年皖北水灾的义举。广州大新一役之后，就更疯魔了。去岁大新公司开到上海来，别人去逛公司，都去看全上海独一份的自动电扶梯和冷暖气管，只有他对着当时也属首创的地下室商场说："我的擂台就摆在这，地下室里开商场，在上海滩是第一，我在上海滩，也是第一，第一配第一！"然而事还未遂，闸北的炮声就惊破了残梦。

"确实有这么一个年轻人来问过。可是他的棋太快了。这种时候，大家都人心惶惶，就需要有一样东西能让他们长时间地沉浸其中，麻醉痛苦，引开注意。可要是没几招就把对手将死了，顾客们自然又要想起外边的战事来，谁还有心情逛店？况且我也担心他能不能胜任任何一份稳定的工作。他两眼没神，说话也语无伦次，嘴里念念有词，听上去像什么'就剩这一盘了'。反正他的状态，不适合当擂主。"

这又是大新公司经理的见解了。

"你说怎么就没有一种能兑成本事的钱呢？"小剃头上雷海山家回来的那晚，他两眼发直盯着烛焰，前言不搭后语地说。

"什么？"李武尚没听懂。

"譬如我有米，你有布，我把米卖成钱，就能去买你的布。米也许不好换所有的东西，但先换成钱以后，就能换所有的东西了。

我有无穷多米，就能换无穷多布。本事也是一样，互不相通，人会了这个，就不会那个。但要本事和本事之间也有这样一种钱该多好，以雷大哥的棋艺，如果卖成这种钱，再用这种钱买一身铜头铁臂的本事，那再被小日本拉夫也就不会死了。他那样硬的棋，换成铜头铁臂，也该是最硬的铜头铁臂，怎么都不至于才去了两天，就被使用成这个样子……"

那是李武尚最后一次见到林荣兴。林本想去问小湖北借点钱，结果倒把身上最后几个子儿留给了意料之外的孤儿寡母，只好上李教主这来蹭顿饭。

直到差点从两个吵架的人中间穿过去，李教主才意识到，自己正路过一个街头学生剧团的后台。右边是个面黄肌瘦的小个子，刚从木板钉的台阶上被赶下来。台阶顶层当关站着一位女学生，梁红玉的扮相，为了撑起一身枝枝蔓蔓的行头，半不自主地绷出几分架子。自由发育的胸脯高耸如典当行里的柜台，一双勒头紧出来的吊梢眼越过它往下俯察。听她嘴上带着还没从戏里出来的腔调，一板一眼有平有翘地说：

"你真饿昏了，病急乱投医。我们这是戏台，是艺术的园地，不提供给你下表演棋，中场也不行。识时务者为艺术，什么是时务？抗日救国。连我们的剧目，现在都只选忠义，不选风月。你们那玩物丧志的小聪明，不兴啦！"

小个子眼见争不着饭碗，反倒决心要争口气，奋然说道："你口口声声时务时务，我对你讲，打仗之前，有人下棋，仗打完了，也有人下棋，世上不是打仗的时候多，就是下棋的时候多。就这玩物丧志的小聪明，才是真正长长久久着呢。"

那梁红玉寸步不让，抖一抖簪缨雉翎，飒然应道："你们这下棋的怎么都说一样的话？前两天就有个饿得尖嘴猴腮的棋士弟弟来问过，我告诉他：你的炮能打日本人的飞机吗？"

李武尚耐了一天的性子，这时忽然发作起来，抢进去说道：

"这小妮子！你知道前两日那小棋士，他的炮下了多大功夫练成的吗？"

"能多大功夫？"那女学生梁红玉附了体，来两个杀一双，"这么说罢，我们这也来过一位魔术师。他能点四十根蜡烛，两两相隔一寸，排成一排，在一边拍一下掌，就把三十九根齐齐熄灭，单留着最后一根，再在另一边拍一下掌，这最后一根的火焰就斜过去，舐着烟把其余三十九根又递次点着。他一辈子就练了个这，你说绝吗？绝。可有什么用呢？"她刚说完，不给人回话的机会，就把雉翎一甩，阔步转进去了。

李武尚一口大气没地儿出，转身对着那小个子。小个子做出怏怏的模样正要走，李武尚愈看愈觉面善，一把拦住他的去路，幡然变了脸说："你下午在茶楼为什么一见我就溜了？"

小个子感念合力吵过一架的交情，也不支吾了，倒有些迎上去的意思说："李教主您可是在寻小剃头？"

李武尚甫听得"小剃头"，便惶惶然说："你见过他？"

小个子说："就前天，他来找我，想买鸦片。他那钱根本不够买鸦片了，他求我说，小煞星被炸死之后几天，就来梦里找他，一只胳膊没了。小煞星说，有个骷髅捡到了他的胳膊，要和他悬彩赌棋，他赢了就能把胳膊拿回去。他下了三天，都是输，只好来请小剃头帮忙。小剃头说，不想这骷髅厉害，他从此夜夜叫阵，不但一局没赢，还把自己两手两脚上的肉都输给它了。它拿了这些肉，就往骨头上贴，结果渐渐地骷髅倒成了人形，小剃头自己倒快近于骷髅。小剃头说，他只要再吸一次鸦片，再赢最后一盘棋，替自己兄弟挣回那只胳膊就行，别的都不要了。我看他被梦魇住的样子实在可怜，就给了一包鸦片吐根散让他缓缓瘾。"

"他在哪？他现在在哪？"李武尚双手抓住小个子两边的膀子摇撼道。

"他在广信路，就睡在街边，要没走的话，你去就能找到他。"

　　白天敌机轮番轰炸，一入夜，国军又开始反攻。李武尚绕来绕去，总算到了广信路。多亏了几处未央的兵燹，延续着街灯通明的往日风情，否则黑得像在乡下。两边的房屋都没有顶了，只有些竖着的墙，偶然插进了弹雨的缝隙而幸存下来。整条街也就一个墙角还能充当些掩蔽，那里的地上的确有几堆破烂。李武尚不知所之，在前边半等半找地徘徊了三四趟，才发现那几堆破烂里，有一堆就是林荣兴。他靠着把刚听来的噩梦当作真实去理解，从对小剃头的印象上减掉许多肉，才确认了墙根这具瘦小的、仿佛向着生命之初坍缩的形骸。小剃头面颊白得令人联想到干净，仿佛骨头的颜色穿过薄薄蒙着的一层皮透了出来。李武尚拉起他的一只手，却好像还和原来一样沉，因为臂弯已经僵硬，一只手上就连带了全身的重量。李武尚俯下身，把他抱起来，小剃头的口袋里掉出一只耳珰，一张入场券。那耳珰坠入泥尘，入场券随风飘远。